ALESSIA GAZZOLA

Warum ich trotzdem an Happy Ends glaube

Roman

Aus dem Italienischen
von Renée Legrand

»*Und wenn es sich lohnt, etwas zu riskieren,
dann setze ich mich mit ganzem Herzen dafür ein.*«

CHE GUEVARA

Vor ein paar Monaten riss mir jemand auf der Straße die Handtasche weg. Am selben Tag fiel bei einem Unwetter die Parabolantenne vom Dach, und ich konnte den ganzen Abend über kein Sky sehen. Ich bekam mein Portemonnaie wieder, aber der Dieb hatte das Geld herausgenommen. Bei dem Überfall war ich gestürzt und hatte mir den kleinen Finger der linken Hand gebrochen. Seither weiß ich, dass der kleine Finger zwar zu wenig zu gebrauchen ist, aber wenn er gebrochen ist, kann er ganz schön wehtun.

An diesem Tag hatte ich darüber gejammert, dass ich immer so viel Pech habe, zur Strafe traf mich ein Fluch, und alles wurde noch viel schlimmer – so als wollte mir das Schicksal beibringen, dass man sich nur beklagen soll, wenn man auch wirklich Grund dazu hat.

Dieser Tag, der mir damals so furchtbar erschienen war, bedeutete nicht das Ende der Welt.

Das kam erst später.

Ich heiße Emma de Tessent, und das ist meine Geschichte.

1

DIE EWIGE PRAKTIKANTIN

Ich kann von mir behaupten, dass ich ein ehrgeiziger Mensch bin und zäh wie ein alter Pekinese. Diese beiden Eigenschaften haben mich in die Lage versetzt, die *Fairmont Holding Italia*, eine Tochter der amerikanischen Filmproduktionsfirma, zu überleben. Ich fing dort gleich nach dem Examen als Praktikantin an und friste hier immer noch mein Dasein. Jemand hat mich mal die wackere Praktikantin genannt, was keineswegs schmeichelhaft gemeint war, aber es würde wohl besser passen, mich als ewige Praktikantin zu bezeichnen, denn mein Praktikumsvertrag wurde jedes Jahr verlängert, um lächerlich wenige Monate, und wenn ich Glück hatte, mit ein paar Euro mehr Gehalt.

Ich teile mein Büro mit einer anderen Praktikantin, und da wir in einer amerikanischen Firma arbeiten, kommt es mir manchmal so vor, als seien wir in den USA, denn ein eigener Mac gilt als unveräußerliches Menschenrecht und ein *caffè americano* gehört zur sozialen Grundausstattung.

Es ist nicht einfach. Ich verdiene nur wenig, und alle Versprechungen, dass bald alles besser wird, werden immer wieder verschoben. Manzelli, mein Chef, ist, was das angeht, nicht gerade zuverlässig, er tut zwar so, als sei er fair und umgänglich, aber wenn man dann mal nachhakt, rastet er gleich aus, und so ist es kaum möglich, mit ihm darüber zu sprechen.

Wenn alles so läuft, wie ich es mir wünsche, ist dies nur eine Übergangszeit. Ich habe jetzt ein Ziel vor Augen, das leuchtet wie eine Werbetafel in Las Vegas. Auch wenn ich eigentlich nie so recht wusste, was ich machen wollte, weiß ich heute, dass mich die Abteilung Rechte und Lizenzen am meisten interessiert. Dass ist mir klar geworden, seit ich mit Tameyoshi Tessai verhandele (sehr privat und heimlich).

Ausgerechnet mit diesem schwierigen italienisch-japanischen Schriftsteller, der seit einem Jahr in einer Hütte im Wald lebt, allein in Italien eine Million Exemplare seines Romans *Schönheit der Finsternis* verkauft hat und sich leider bis heute weigert, die Filmrechte an diesem Bestseller zu vergeben.

»Emma, hat Manzelli eigentlich etwas zu unserem Vertrag gesagt?«, fragt Maria Giulia in meine Gedanken und sieht mich mit großen Augen an.

Maria Giulia ist die andere Praktikantin hier, ein liebes Mädchen mit nur einem Fehler: Sie benutzt ein schweres Parfüm, das in den achtziger Jahren mal angesagt war. Ich kann mich einfach nicht an diesen süßlichen, pudrigen Duft gewöhnen – trotz der endlosen Tage, die wir nun schon gemeinsam in diesem engen Raum mit dem schmalen Lichtschacht verbracht haben, der unser Zimmer mit spärlichem Tageslicht versorgt.

Maria Giulia meint unseren Praktikumsvertrag, der in zehn Tagen ausläuft. Man hat uns versprochen, dass wir dann keine Praktikantinnen mehr sind und einen echten Anstellungsvertrag bekommen. Sogar mit bezahltem Urlaub! Ich antworte ihr freundlich, denn Maria Giulia ist sehr ängstlich, immer wieder muss ich ihr sagen, dass alles gut wird und sich alles zum Besten wendet.

»Sie beschäftigen uns jetzt schon seit drei Jahren als Praktikantinnen für sechshundert Euro im Monat. Es ist gesetzlich verboten, solche Verträge immer wieder zu verlängern. Diesmal müssen sie uns einen richtigen Vertrag geben«, erkläre ich im Brustton der Überzeugung.

Sie nickt dankbar. »Ja, da hast du auch wieder recht. Dieses Jahr darf ich meinen Job nämlich auf keinen Fall verlieren, schon deshalb, weil meine Hochzeit sehr teuer wird.«

»Wieso verlieren? Was redest du denn da für einen Unsinn. Warum solltest du deinen Job verlieren?«

»Manzelli hält nichts von mir. Und der Firma geht es nicht besonders gut. Das wissen doch alle …«

»Ja, klar, die Krise ist auch an unserer Firma nicht spurlos vorübergegangen. Aber es geht ihr immer noch besser als vielen anderen. Denk doch nur mal an die langen Schlangen an der Kinokasse zu Weihnachten, und das für so einen Mist!«

»Du hast ja recht. Aber andere Sachen sind lange nicht so gut gelaufen. Und wenn sie jemanden entlassen müssen, können sie auf uns als Erste verzichten. Die Lage von uns beiden ist prekär.«

»Prekär ist sie nur, weil wir so einen blöden Vertrag haben. Aber ich hänge mehr an der Firma als der Schimmel

11

an der Decke. Ich kann mir einfach nichts vorstellen, was ich lieber tun würde. Außerdem braucht Manzelli uns. Wer hat dir bloß den Floh ins Ohr gesetzt, dass man uns entlassen will? Jetzt mach dir mal keinen Kopf, Maria Giulia. Keiner will dich oder mich opfern. Ich habe nichts von Entlassungen gehört. Manzelli ist, wie er ist, aber so etwas würde er nicht tun.«

Maria Giulia scheint sich wieder beruhigt zu haben. Ihre Augen, mit denen sie immer schaut wie eine Katze, die gestreichelt werden will, konzentrieren sich jetzt wieder auf den Bildschirm.

Ich arbeite weiter an der Tessai-Sache. Nachmittags habe ich eine Verabredung mit ihm auf Skype. Und da er manchmal für eine Überraschung gut ist, könnte es heute vielleicht klappen.

Ja, Signorina de Tessent, ich habe über Ihr Angebot nachgedacht und nehme es an.

Der Tag wird kommen, an dem er diese Worte tatsächlich sagen wird, ich weiß es genau. Und so warte ich geduldig, denn ich habe gelernt, dass Geduld das Geheimnis des Erfolgs ist. Man muss nur warten können, dann wird man befördert und geht durch die Decke, dass die Wände dieses kleinen Büros nur so wackeln – eines Büros, das übrigens dringend neu gestrichen werden müsste. Ich starre in den Computer und versuche gerade eine besonders heikle Text-Passage in eine Filmszene zu übersetzen, als eine E-Mail von meiner Schwester Arabella hereinkommt.

Emma und Arabella. Meine Schwester und ich haben Namen wie die Heldinnen aus den englischen Romanen des

Regency. Aber was sollte das Schicksal auch anderes für uns bereithalten, wo unsere Mutter einen englischen Adeligen geheiratet hat, der bezaubernd war wie ein Märchenprinz und ebenso lebensuntüchtig? Ich heiße wie die Heldin von Jane Austen, und ich war genau wie sie die bessere der beiden Töchter eines geduldigen und stets liebevollen Vaters. Unsere Mutter war – von einem Standpunkt aus, der mir bis heute ziemlich aberwitzig erscheint –, überzeugt davon, dass es uns Stärke geben und Glück bringen würde, wenn wir die Namen dieser romantischen Heldinnen hätten. Dabei wurden wir wegen unserer komischen Namen allenfalls von unseren Mitschülern verspottet, und besonders Arabella, die nach einem Roman von Georgette Heyer benannt ist, weiß davon ein Lied zu singen.

Meine Schwester hat einen Architekten geheiratet; er betrügt sie unentwegt, und sie hat zwei reizende Töchter mit ihm, Maria und Valeria, fünf und drei Jahre alt, die ich über alles liebe.

Ich bin eigentlich kein allzu großer Fan von kleinen Kindern und kann nicht behaupten, ein Kind zu haben wäre im Moment mein größter Wunsch, aber diese beiden sind einfach unwiderstehlich, und ich besuche sie oft. So spart meine Schwester das Geld für den Babysitter, und ich freue mich auch. In einer Mail, die eigentlich freundlich sein soll, aber eher einem Ultimatum gleichkommt, erinnert mich Arabella jetzt daran, dass ich heute Abend meine Nichten an der Ballettschule abholen und nach Hause bringen soll, bevor ich selbst nach Hause gehe, in die Wohnung, die ich mit meiner Mutter teile.

Es dauert eine Ewigkeit, bis ich endlich allein im Büro bin und ungestört mit Tameyoshi Tessai skypen kann.

Wenn dieser Vertrag zustande kommt, werde ich bis in alle Ewigkeit keine Süßigkeiten mehr essen, das schwöre ich!

Zur verabredeten Zeit ist Tessai offline.

Ich fasse es nicht!

Auch die nächste halbe Stunde ist er offline.

Er hat mich versetzt, so sieht es aus. Und das ist nicht das erste Mal.

Nur Mut, Emma! Es muss ja seinen Grund haben, warum alle aufgeben, diesen Autor zum Teufel schicken und entnervt schreien: Dann behalt deine verdammten Filmrechte doch!

Aber es gibt auch einen Grund dafür, warum du es schaffen wirst. Weil du nämlich warten kannst.

Alles nur eine Frage der Zeit.

2

DIE KLEINEN FREUDEN
DER WACKEREN PRAKTIKANTIN

Was ich nicht mag: Lärm, Diäten, die Schickeria, falsche
Schlussfolgerungen, den Lärm von Staubsaugern. Auch
schlechtes Benehmen bringt mich durcheinander.

Was ich mag: Wenn meine kleinen Nichten in Lachen
ausbrechen. Hübsche Einrichtungsgegenstände und Hoch-
glanzzeitschriften über Wohnkultur, die ich immer kaufe,
kurz durchblättere, aber nie wirklich lese. Den Geruch von
Wäsche, die in der Junisonne trocknet. Kleine unerwarte-
te Freundlichkeiten. Einen efeuberankten Innenhof. Alte
Straßenlaternen. Und für ein Stück ofenfrische Pizza könnte ich jemanden umbringen.

Ich mag auch Liebesromane, die man am Kiosk kaufen
kann, die offiziell keiner liest und in denen es erstaunlicher-
weise niemals Krisen gibt.

Vollkommenes Glück besteht für mich aus folgenden Dingen, aber sie müssen alle zusammenkommen: Stürmisches
Wetter draußen und drinnen eine brennende Kerze, ein
anzüglicher Liebesroman aus der Regency-Zeit, ein Sofa,
eine kuschelige karierte Wolldecke, eine Dose mit Butter-

plätzchen – bei Letzterem bin ich nicht wählerisch, ich mag alles, auch wenn Schokolade oder Palmöl drin ist und es einem die Herzkranzgefäße schon verstopft, wenn man die Dinger nur anschaut. Eins jedoch unterscheidet mich vom Klischee der alten Jungfer, und das ist meine Katzenallergie.

Ich war nicht immer so. Doch manchmal passiert etwas in unserem Leben, das uns in jemanden verwandelt, der wir gar nicht zu sein glaubten oder – anders gesagt –, durch das jenes Wesen ans Licht kommt, das wir offenbar auch in uns tragen. Je nachdem, wie man es sehen möchte.

So bin ich also nun, und das, was verborgen war, ist an die Oberfläche gekommen, weil jemand dafür gesorgt hat. Unter dem Namen eines Mädchens aus gutem Hause, einer recht ansehnlichen Erscheinung, einer brillanten Studentin mit einem festen Wertesystem verbarg sich eine alte Jungfer schlimmster Sorte, die abweisend und störrisch ist.

Und während ich die Supermarktkekse voller Chemie gerade statt eines ordentlichen Abendbrots verschlinge, sitzt der Mann, der zum Vorschein gebracht hat, wer ich wirklich bin, vielleicht gerade mit seiner flämischen Ehefrau und seinen beiden kleinen eitlen Söhnen beim Abendessen, und es gibt köstliche Flammkuchen. Unsere Geschichte dauerte vier lange Jahre. Das eigentliche Geheimnis ist, dass meine lebhaftesten Erinnerungen daran jene Momente sind, in denen wir uns in seinem Auto trafen. Die Kindersitze, die hinten angeschnallt waren, erinnerten mich auf tragische Weise an deren Existenz und machten, wenn dies überhaupt möglich war, die Lage noch schlimmer.

Ich gebe zu, dass ich außer der ewigen Praktikantin auch die ewige heimliche Geliebte war. Die Absprache war immer klar: Er würde seine blonde Ehefrau niemals verlassen, und ich habe das auch nie von ihm verlangt. Ich habe es aber so oft gehofft, dass ich heute, da ich nicht mehr von einem Leben an seiner Seite träume, glaube, dass ich keine Wünsche mehr habe. Nicht, dass ich nicht mehr träume, aber daneben sind alle anderen Träume so blass. Nichts hat dieselbe Kraft, nichts ist so lebendig, nichts bringt mich so zum Weinen und macht mich so traurig wie dieser heute so weit entfernte Wunsch.

Irgendwann beschloss er plötzlich, seine ganze Energie wieder seiner Familie zu widmen, »sich ihrer würdig zu erweisen«, und machte mit mir Schluss. Was soll man zu so einer Formulierung sagen? Ich habe sie mir angehört und bin gegangen. Das hat mich viel Mühe gekostet.

Heute kann ich mich über nichts mehr so richtig freuen, auch nicht über meine kleinen Vergnügungen. Ich lebe zurückgezogen und ergehe mich in melancholischen Gedanken.

Als es Abend wird, kommt eine Nachricht von Tameyoshi Tessai. Er hat jetzt Zeit, mich zu treffen. Aber nicht auf Skype.

Ich frage gleich, wo, denn in den Jahren mit dem treulosen Ehemann habe ich gelernt, Gelegenheiten beim Schopf zu packen – man weiß ja nie, wie schnell sie wieder vorbei sind.

In der Via Margutta, in einem Restaurant gegenüber einer Bildhauerschule, wird mir mitgeteilt. Er habe Lust auf Spaghetti Amatriciana.

Künstler sind oft seltsame Menschen. Aber ich habe inzwischen so viele kennengelernt, dass ich weder gleich die Flinte ins Korn werfe noch mich groß wundere. Ich werfe mich also in Schale, zwanzig Minuten später sitze ich im Taxi, diskret wie der stete Tropfen, der den Stein höhlt.

Er ist schon dort. Wie jemand, der im Wald wohnt, sieht er nicht aus, sondern eher elegant.

Ich weiß über ihn, was alle wissen. Er wurde 1955 in Osaka geboren, sein Vater ist Japaner, seine Mutter Mailänderin. Mit zehn Jahren zog er mit der Mutter nach Italien. Er war ungehorsam und rebellisch, schaffte die Schule nicht, und bis sein erstes Buch erschien (da war er fünfundzwanzig), kam seine Mutter für ihn auf. Er ist eher klein, aber gutaussehend. Nicht so wie Takeshi Kaneshiro, der Schauspieler, aber er hat seinen besonderen Charme.

Er sitzt an einem Tisch, raucht einen parfümierten Zigarillo, trägt einen weißen Panamahut und eine Sonnenbrille. Es ist gleich zehn Uhr abends. Ich könnte nicht sagen, ob er von Natur aus exzentrisch ist oder sich bemüht, es um jeden Preis zu sein.

»Signor Tessai«, sage ich zur Begrüßung und strecke ihm die Hand entgegen.

Er mustert mich einen Moment und klopft dann mit einer eleganten Geste die Asche seines Zigarillos ab.

Vielleicht ist es an der Zeit, zu erklären, wie ich überhaupt an Tessai gekommen bin und warum ich die Einzige bin, die mit ihm noch über die Filmrechte an seinem Bestseller verhandelt.

Tessais erster Roman wurde verfilmt, es war einer dieser prätentiösen und unmoralischen Filme, die in Cannes oder Venedig gezeigt werden, die nur wenigen gefallen und für die sich der Rest der Welt nicht interessiert. Man könnte auch sagen, der Film wurde ein Flop. Aus diesem Fiasko zog der Autor den Schluss, dass keines seiner Bücher mehr ein solches Missgeschick erleben sollte.

Vor drei Jahren erschien in Italien *Schönheit der Finsternis*. Der Roman wurde in fünfundzwanzig Sprachen übersetzt und sogar in den USA veröffentlicht. Doch Tessai dachte nicht im Traum daran, seinen Schwur zu brechen, dass keines seiner Bücher, ganz gleich um welchen Preis, verfilmt werden sollte.

Dann kam die Beerdigung.

Vor einem halben Jahr starb Tessais Verleger an einem Herzinfarkt. Dieser Mann war rein zufällig ein alter Freund meiner Mutter. Und einer der wenigen Menschen auf der Welt, auf die der Mailänder aus Japan hörte. Nach der Totenmesse hielt Tessai eine Rede, in der er erklärte, welch große Zuneigung er für diesen unvergesslichen Mäzen gehabt habe, und schwor, er werde für immer seinen Ratschlägen folgen.

Er drückte dies in so gewählten Worten aus, dass selbst ich zutiefst gerührt war. Aber ich wusste natürlich, wozu Tessai mit seiner Feder in der Lage ist. *Schönheit der Finsternis* ist ein großartiges Buch. Ich hatte auch die anderen Bücher gelesen, weil mein Vater sie so gern mochte, aber dies hier ist für mich das beste.

Meine Mutter und ich wollten gerade gehen, als Tessai auf mich zusteuerte. Ich war mir sicher, dass er mich mit jemandem verwechselte.

»Sind Sie Emma de Tessent?«

Ich nickte, gab ihm die Hand und sagte ihm, wie sehr mir seine Worte über Giorgio Sinibaldi gefallen hätten.

Er setzte seinen Panamahut auf und sagte leise und ein wenig misstrauisch: »Giorgio hat von Ihnen gesprochen. Nur von Ihnen.«

Anhand dieser kryptischen Worte hätte ich wohl verstehen sollen, was er mir damit sagen wollte, denn anschließend hüllte Tessai sich in Schweigen und ließ sich zu keinen weiteren Erklärungen herab. Ich blieb etwas ratlos zurück und konnte mir nicht erklären, warum der gute Sinibaldi »nur über mich« mit Tessai gesprochen haben sollte. Als geübte Leserin von Schundliteratur sah ich meine Mutter plötzlich mit anderen Augen und vermutete irgendein Geheimnis bezüglich der Umstände meiner Zeugung.

Eine Woche später dachte ich immer noch mit gemischten Gefühlen an diese Begegnung und beschloss, mir Tessais Adresse zu besorgen und direkt mit ihm zu sprechen.

Es wäre vermutlich einfacher gewesen, mit dem Präsidenten der Vereinigten Staaten in Kontakt zu treten. Er hat immerhin einen Twitter-Account.

Schon seit längerem weigerte sich Tessai, seine Werke in der Öffentlichkeit vorzustellen (TV, Festivals, Zeitungen), und schloss sich selbst in einen gesellschaftsfeindlichen Nihilismus ein, der auch seinem Agenten zunehmend Probleme bereitete. Letzterer gab mir in aller Liebenswürdigkeit zu verstehen, dass mein Ansinnen zum Scheitern verurteilt war:

»Ich übermittele ihm gern Ihre Nachricht, Signorina de Tessent, aber ich glaube nicht, dass Sie mit einer Antwort rechnen können.«

Entgegen aller Erwartungen antwortete Tessai jedoch persönlich. Wir trafen uns in dem einsamen Haus, das er sich mit den Einkünften seiner Bücher im Wald hatte bauen lassen. Auch wenn ich nicht sagen kann, dass er sich mir gegenüber klar äußerte, so setzte er mich doch auch nicht mit einem Tritt in den Hintern vor die Tür (wie es offenbar einer Kollegin passiert war, die für eine wesentlich größere Firma als die unsere wegen Filmrechten vorstellig geworden war).

»Giorgio hat immer gesagt, ich sollte, was eine mögliche Verfilmung von *Schönheit der Finsternis* angeht, einen Schritt rückwärts machen«, erklärte er, während er ein Gebräu aus Ginseng und anderen Wurzeln trank, das ihm zu schmecken schien und das er mir auch anbot. Für mich ist es bis heute der Inbegriff von scheußlichem Geschmack.

»Ich habe mir selbst versprochen, auf seinen Rat zu hören. Ich verdanke Giorgio alles. Und nicht nur das, was Sie sich vorstellen können«, fügte er hinzu und deutete mit dem Finger auf mich, was mich befremdete und verwirrte. »Giorgio glaubte, Sie seien die einzige geeignete Gesprächspartnerin, Emma. Das meinte ich damit, als ich sagte, er habe nur von Ihnen gesprochen.«

Ich weiß, dass Sinibaldi um meine Mutter warb, wie es nur ein Adeliger tun kann, lange Zeit und mit viel Geduld. Ich weiß es nicht deshalb, weil sie es mir erzählt hat, keineswegs, sie ist äußerst diskret, sondern weil man manche

Dinge ganz von selbst versteht, wenn man mit jemandem zusammenlebt. Sie aber war nur in meinen Vater verliebt, der vor fünfzehn Jahren gestorben ist, und sie ist es immer noch mit einer seltenen, wertvollen Treue, denn wenn eine Liebe so stark ist, kommen einem Jahre wie Minuten vor, und ich muss ihr recht geben, weil es mir in Bezug auf Papa nicht anders geht.

»Aber glauben Sie nicht, deswegen wäre ich bereit, Ihnen die Rechte zu schenken.«

»Aber das verlangt doch auch keiner. Ich könnte Ihnen ein großzügiges Angebot machen, und Sie würden es nicht bereuen.«

»Mir geht es aber nicht ums Geld!«, rief er aus, in den Augen den gerechten Zorn eines Heilspredigers. »Wenn es mir passt, kann ich die Rechte auch verschenken, verstehen Sie?«

»Ja, natürlich«, beeilte ich mich, ihm beizupflichten, bevor er mich in den Garten hinauswarf.

Er beruhigte sich ein wenig, dann stach er wieder mit dem Zeigefinger auf mich ein. »Was ich damit sagen will, ist, dass Sie mir auf jede mögliche Art beweisen müssen, dass ich die richtige Wahl treffe, wenn ich Ihnen mein Werk anvertraue.«

Diese Aussage war ein Köder, den mir nur jemand zuwerfen konnte, der mich besonders gut kannte. Entweder hatte er das bereits begriffen, obwohl er kaum Zeit mit mir verbracht hatte oder er erwartete es einfach von mir, und in diesem Fall hatte das Schicksal alles richtig gemacht, denn bei den Voraussetzungen, die ich mitbrachte, konnte es nur zu einem großartigen Ergebnis kommen. Ich hätte nämlich alles getan – und ich meine wirklich *alles* –, um diese verdammten Filmrechte am Ende mit nach Hause zu nehmen.

3

DER ABSURDE ABEND
DER WACKEREN PRAKTIKANTIN

Tessai bestellt Spaghetti all'Amatriciana. Das Essen kommt, und er isst den Teller innerhalb weniger Minuten leer. Dann bestellt er einen neuen. Erst zwischen dem ersten und zweiten Teller richtet er das Wort an mich. Bis dahin hat er mich nur schweigend angesehen.

»Ich habe unsere Verabredung auf Skype heute nicht einhalten können, weil ich unbedingt schreiben musste. Ich habe jegliches Zeitgefühl verloren und unseren Termin vergessen.«

Seine Art zu formulieren hat immer etwas Bewegendes, auch wenn es nur um banale Dinge geht.

»Kein Problem.«

»Nein, nein. Sie dürften sich so etwas nicht gefallen lassen, Sie sollten verärgert sein.«

Das bin ich tatsächlich, Tameyoshi, aber ich habe in meinem Job gelernt, so viele Kröten zu schlucken, dass ich selbst nur noch quake. Aber das macht mir nichts aus, solange ich mir den köstlichen Augenblick ausmale, in dem ich zu Manzelli gehen und ihm sagen werde, dass sein kleines Genie nichts mehr und nichts weniger mit nach Hause bringt als die Filmrechte von *Schönheit der Finsternis*. Dann werde ich sofort befördert, und meine Karriere ist gesichert. Mit einem Sprung wird aus der ewigen Praktikantin ein Chief Creative Officer. Und dann kann ich endlich die kleine leerstehende Villa mit den Glyzinien kaufen, die ich so sehr mag (mit einem Kredit über dreißig Jahre wahrscheinlich, aber irgendeine Bank wird ihn mir schon geben). Dort richte ich mir eine Bibliothek ein und lasse einen Kamin einbauen (wenn es noch keinen gibt). Vielleicht erscheint sogar ein Artikel in *Marie Claire* über die talentierte Praktikantin, der es dank ihrer Zähigkeit gelungen ist, etwas zu erreichen, an dem alle anderen gescheitert sind. Und dann, Tameyoshi, ist es mir so was von egal, dass Sie mich so oft versetzt haben, oder glauben Sie, dass ich mich dann noch daran erinnere?

»Ich verstehe Ihre Gründe durchaus, Signor Tessai. Ich achte Ihre Arbeit und Ihren kreativen Rhythmus und gehe damit genauso respektvoll um, wie ich es bei der Verfilmung von *Schönheit der Finsternis* tun würde.«

»Versuchen Sie nicht, mich einzuseifen. Möchten Sie ein Dessert?«

»Ja, gerne.«

Tameyoshi bestellt Nachtisch für zwei.

»Ich glaube Ihnen aufs Wort, aber was machen wir, wenn wir unter Druck geraten, gegen den wir uns nicht wehren können? Sie wissen sicher, dass genau das passieren wird.«

Wenn er von seinen Werken und den dazugehörigen Rechten spricht, redet Tameyoshi immer im *pluralis majestatis*. Vielleicht weil er sich dann weniger allein fühlt. So als beträfen seine Entscheidungen ihn und noch jemand anderen, als müsse er diesem geheimnisvollen Alter Ego Rechenschaft ablegen.

»Ich weiß nicht, wie wir mit Veränderungen von Szenen und Handlungsabläufen umgehen sollten. Dies ist ein Preis, den wir nicht bereit sind zu zahlen.«

»Sie haben recht. Wenn Sie die Filmrechte verkaufen, gehören die Geschichte, die Figuren nicht mehr Ihnen allein. Da ist dann ein Produzent, außerdem ein Regisseur, eine Schar von Drehbuchautoren, die Schauspieler und sogar Komparsen, die behaupten, besser über das Buch Bescheid zu wissen als Sie. Doch die kreative Eigenständigkeit Ihrer Romane ist unangreifbar. *Schönheit der Finsternis* ist und bleibt ein Meisterwerk, unabhängig von einem Film, der dazu dient, eine neue Sicht der Welt vorzuführen, die Sie sich ausgedacht haben. Dies wäre ein Akt der Großzügigkeit, Signor Tessai.«

»Ich bin kein großzügiger Mensch.«

»Man ist das, was man sein will.«

Seine lebhaften Augen schauen mich interessiert an.

»Das ist eine schöne Äußerung. Darf ich sie für mein nächstes Buch verwenden?«

»Natürlich nicht.« Ich grinse. »Sie müssen erst die Rechte erwerben. Das sage ich, damit Sie verstehen, wie es mir geht.«

»Das weiß ich sehr genau, und es tut mir auch leid. Ich fürchte, Sie erwarten zu viel von diesem Projekt.«

»Überlassen Sie das doch einfach mir«, sage ich und täusche eine Selbstsicherheit vor, die ich gar nicht habe.

»Sie sind eine erwachsene Frau. Sie können sich selbst vor Enttäuschungen bewahren.«

Tessai bezahlt die Rechnung und verabschiedet sich, ohne einen neuen Termin zu vereinbaren. So geht es immer zwischen uns, ich weiß schon, dass er sich in drei Tagen wieder melden könnte oder erst in drei Monaten, ohne dass es Neuigkeiten gibt. Manchmal ertappe ich mich dabei, dass ich zum Geist von Sinibaldi bete, auf dass er Tessai im Traum erscheint und ihm befiehlt, die Filmrechte endlich an mich zu verkaufen und meinem Leid ein Ende zu setzen.

Ich habe noch keine Lust, nach Hause zu gehen und mache mich zu Fuß auf zur Piazza di Spagna. Ich sollte dort jeden Tag sein, das ganze Jahr über. Die Temperaturen sind immer angenehm. Es ist nicht heiß, es ist nicht kalt, es weht kein Wind. Einfach perfekt. Die übliche Horde von Touristen sitzt auf den Stufen, eine kollektive, frühlingshafte Fröhlichkeit liegt in der Luft, mit der ich nichts gemein habe.

»Emma!«

Es ist die Stimme eines Schauspielers, den ich vor einiger Zeit bei der Arbeit kennengelernt habe. Ein Hund würde besser sprechen als er, aber trotzdem macht er Karriere. In einer Fernsehshow trat er nur halb bekleidet auf und zog alle Aufmerksamkeit auf sich. Heute Abend ist er von einer Clique Nichtstuer und Nachtschwärmer umgeben.

»Liebe Freunde, das ist Emma, Emma de … ich weiß nicht was. Du arbeitest doch noch bei der Fairmont, oder?«

»Oh, bei der Fairmont! Gerade gestern habe ich dort Probeaufnahmen gemacht«, ruft ein hübsches Mädchen aus seiner Clique.

»Ja, schon«, entgegne ich lahm, weil mir nichts anderes einfällt.

»Komm, setz dich zu uns. He, Kumpel, bring uns noch einen Negroni. Du willst doch sicher einen, oder?«

»Lieber eine Piña colada.«

»Oje, du bist aber retro«, kichert das Mädchen von den Probeaufnahmen.

»Was heutzutage wohl eher ein Kompliment ist«, erwidere ich, und sie nippt etwas pikiert an ihrem Negroni weiter. Während ich auf meinen antiquierten Drink warte, höre ich mir ihre Reden an, die komplett uninteressant sind, und lächle nur wenig, aus purer Höflichkeit. Sie geben sich keine Mühe, mich in ihr Gespräch einzubeziehen, aber das will ich auch gar nicht.

Um nicht wie eine Schnorrerin zu wirken, gehe ich nicht gleich, nachdem ich mein Glas ausgetrunken habe. Eine Viertelstunde muss ich es schon aushalten, wie sähe das sonst aus?

Es kommt mir so vor, als warteten alle nur darauf, dass ich fertig werde; sie warten auf den letzten Schluck aus dem Strohhalm, der immer so laut ist, wie bei einem Kind, das Obstsaft aus einem kleinen Karton schlürft, und alle stehen schon auf, weil sie zu einer Party auf einer tollen Dachterrasse wollen, auf der sie bis zum Morgen weiter trinken.

Unser Schauspieler bleibt sitzen. Er muss morgen früh raus, weil er Proben hat.

»Soll ich dich nach Hause fahren?«

»Wenn es am Weg liegt …«

»Das ist doch ganz egal. Fahren wir.« Er legt einen Zweihundert-Euro-Schein auf das Silbertablett mit der Rechnung. Dann nimmt er mich an der Hand, und ich gehe widerstrebend mit zu seinem Auto.

»Bevor ich dich nach Hause bringe, könnten wir noch etwas Musik zusammen hören, wenn du Lust hast. Ich habe auch einen ganz großartigen Rotwein im Keller.«

»Ich würde es mir nie verzeihen, wenn du morgen auf der Probe nicht in Form bist.«

»Ich bin mir sicher, dass ich dort sehr ... entspannt sein würde«, sagt er mit demselben kühlen Lächeln, das er auch in den Liebesszenen seiner Filme zeigt und das er offenbar für unwiderstehlich hält.

»Da bin ich mir nicht so sicher.«

Obwohl ihm das nicht schmeckt, nimmt er es hin. »Es muss nicht unbedingt sein«, sagt er, schon etwas distanzierter.

»Warte kurz, ich hab Lust auf etwas Süßes.« Wir stehen vor Ladurée, und da kann ich nicht widerstehen.

Er scheint irritiert, und ich beruhige ihn schnell. »Keine Angst, ich will hier nicht bleiben. Ich kaufe rasch etwas und nehme es mit.«

Er nickt höflich, schließlich ist er ein einigermaßen guter Schauspieler und kann sich verstellen.

Ich betrete allein die Nobel-Patisserie, in der nichts Schlimmes passieren kann. Hier ist alles schön, teuer und pastellfarben. Mich jedenfalls macht es süchtig.

Ich nehme Macarons in den verrücktesten Farben, und bevor ich zur Kasse gehe, frage ich die Verkäuferin etwas, und sie hält mich daraufhin sicher für durchgeknallt.

»Entschuldigung, haben Sie Kerzen?«

»Wie bitte?«

»Kleine Kerzen, die man auf Kuchen steckt. Für Geburtstage. Haben Sie so was?«

»Leider nein, wir haben nur Duftkerzen.« Sie hebt eine Augenbraue.

»Die mit Parfum?«

»Ja.«

»Macht nichts. Was kosten sie?« Ich spähe nach draußen. Einen Moment habe ich schon gedacht, mein Schauspieler hätte mich hier abgesetzt und einfach im Stich gelassen.

Er wartet jedoch geduldig auf der Straße und whatsappt mit der Schnelligkeit eines Teenagers.

»Wo musst du hin?«

»Ich will dich wirklich nicht ausnutzen …«

Aber es geschieht dann doch.

»Kein Problem, solange du nicht auf der Via Praenestina wohnst.«

»Nein, wenn du mich zur Via Barnaba Oriani bringen könntest …«

»Gern«, sagt er wie ein Taxichauffeur von den Philippinen.

Er fährt mich zum Ziel, das Schweigen zweier Leute, die sich nicht viel zu sagen haben, wird durch *Sunday Girl* von Blondie begleitet.

»Dann sehen wir uns ja sicher bald bei dir in der Firma, oder?«

Vielleicht hat er mich mit einer wichtigeren Person verwechselt.

»Sicher, bei der nächsten gemeinsamen Produktion.«

»Ich hoffe, bald. Was ist das denn für ein Haus? Steht es zum Verkauf?«, fragt er und zeigt auf das Schild.

»Nein.« Mehr sage ich nicht. »Gute Nacht, und danke für alles.«

Er winkt zum Gruß und fährt los, bevor ich das Gittertor zu der kleinen Villa geöffnet habe.

Nein, das ist nicht mein Haus, und ja, es steht schon länger zum Verkauf, und glücklicherweise hat es noch niemand erworben. Ich träume davon, dies eines Tages selbst zu tun, mit den letzten Ersparnissen meiner Mutter und einem Kredit, den eine Bank mir gibt, wenn ich finanziell abgesichert bin. Mit anderen Worten, ziemlich bald.

Ich weiß inzwischen, dass die Gittertür nie verschlossen ist, denn das Schloss ist kaputt, und das hat wohl noch keiner gemerkt. Der Geruch der Glyzinien ist wunderbar, und die getrockneten Blütenblätter knistern leise unter meinen Füßen. Ich setze mich auf eine verfallene Bank aus Stein und stelle mir vor, dies wäre wirklich mein Haus. Ich stelle mir vor, wie Valeria und Maria im Garten spielen, während ich ein Buch lese, genau an diesem Platz hier.

Ich gebe zu, ein kleines Abenteuer mit dem Schauspieler hätte mir gut getan. Es wäre nicht das Schlechteste gewesen, meine zwanziger Jahre so zu beenden, denn um Mitternacht werde ich dreißig.

Doch so attraktiv der Schauspieler auch sein mag, eine Nacht mit seinem unvertrauten Körper hätte bei mir nur ein Gefühl der Bitterkeit hinterlassen. Macarons hingegen enttäuschen einen nie. Meine alte kleine Villa enttäuscht mich auch niemals.

Bevor ich ein Taxi rufe, um nach Hause zu fahren, sage ich mir, dass es so viel schöner ist, in meiner altmodischen Welt zu leben.

4

DIE KLUGEN NICHTEN
DER WACKEREN PRAKTIKANTIN

»Ich kann es nicht glauben. Da verbringst du deinen Geburtstag wie jeden anderen Tag.« Arabella ist zutiefst verblüfft.

»Und, ist es nicht ein gewöhnlicher Tag?

»Natürlich nicht. Wenn ich das gewusst hätte, dann hätten wir bei uns feiern können.«

»War für mich so ganz okay.«

»Emma, denkst du auch daran, dass du heute Abend mit den Mädchen ins Kino gehen wolltest?«

Ich hatte es vergessen. Und zwar völlig. Denn ich hatte Maria Giulia versprochen, ihr beim Bearbeiten eines Drehbuchs zu helfen.

»Klar denke ich daran.«

Also keine Arbeit, heute Abend gehen wir ins Multiplex und sehen *Doraemon*.

Beschämt erkläre ich es Maria Giulia.

»Na gut. Dann muss ich mich allein durchwurschteln. Ich will es in jedem Fall zu Ende bringen. Wenn der Vertrag ausläuft, will ich alles fertig haben, damit mir keiner vorwerfen kann, ich hätte etwas liegen lassen.«

»Es tut mir wirklich leid, dass ich dir nicht helfen kann.«

»Kein Problem.« Sie sieht mich an, als habe sie Verständnis, aber eigentlich ist sie mir böse.

Da ich in Wahrheit nicht das Monster bin, für das ich mich oft selbst halte, lege ich meine Arbeit in einem Anflug von selbstloser Solidarität beiseite (normalerweise verliere ich, wenn ich etwas für andere tue, nie aus dem Auge, dass mir dafür etwas Gutes widerfahren könnte) und sage ihr, sie solle mir ihre Arbeit rüberreichen, damit ich mal drüberschauen kann.

Maria Giulias Augen leuchten und zu meiner Verwirrung sagt sie: »Du bist ein guter Mensch.« Sie sagt das in einem fast klagenden Ton, als täte ich ihr deswegen leid.

Wie nett von ihr. Ich bringe es schnell hinter mich und beende ihre Arbeit mit dem Elan eines Marathonläufers, dann nehme ich die Metro, fahre nach Hause, nehme das Auto und eile zu den Nichten.

Mein schrecklicher Schwager ist noch in der Unterhose und hat eine Gesichtsmaske aufgelegt. Meine Schwester ist sicher schon seit einer halben Stunde ausgehfertig.

Der Billigbabysitter, nämlich ich selbst, umarmt die Nichten und geleitet sie schnell in den Aufzug, denn wir werden viel, viel Zeit brauchen, um einen Parkplatz zu finden.

»Danke, Emma, vielen Dank! Auch wenn ...«

»Wenn was?«

»Manchmal finde ich, die Zeit ist gekommen, dass du dein eigenes Leben führst. Ich meine, die Sache mit Carlo ist doch schon so lange vorbei, und dir fehlt es sicher nicht an Gelegenheiten, neue und interessante Menschen kennenzulernen.«

Was haben sie bloß alle? Sehe ich jetzt schon so aus wie eine Unverheiratete, die man bedauern muss und die bei jedem, der sie länger als eine Minute ansieht, Mitleid erregt?

»Das hat nichts mit Carlo zu tun, damit bin ich längst fertig. Ich will nur nichts überstürzen, das ist alles. Und, liebe Schwester, nicht jeder hat das Glück, jemanden zu finden wie deinen wunderbaren Mann«, sage ich in Anspielung auf meinen grässlichen Schwager, der noch immer vor dem Spiegel steht.

Arabella durchbohrt mich mit Blicken, während Valeria (die kleinere der beiden Nichten) mich am Mantel zieht.

»Komm, Emma, wir gehen.«

»Klar, mein Spätzchen.«

Maria ist sehr praktisch und hat schon die Aufzugstür geöffnet. Sie hat ihr Portemonnaie mit Anna aus *Frozen* in der Hand und sagt, sie habe Geld für Popcorn dabei.

»Sehr gut, Maria, es ist schön, wenn man wirtschaftlich unabhängig ist, das kann man nicht früh genug lernen. Heute Abend aber bezahlt alles die Tante.«

Maria ist schüchtern und sehr ernst. Sie nickt vorsichtig. Valeria hingegen ist wie ein Vulkan, und meine Schwester hat sich lieber eine langweilige Arbeit gesucht, als die Nachmittage mit ihrer temperamentvollen Tochter zu verbringen, die sie wahnsinnig macht. Mit dem Geld, das sie verdient, bezahlt sie eine sechzigjährige Haushaltshilfe, die nach Camembert riecht. Ich finde sie furchtbar, aber angeblich ist sie »ganz reizend«, jedenfalls ist meine Schwester mit ihr zufrieden.

Wir finden gleich einen Parkplatz. Ich hänge mir meine Tasche um, nehme ein Mädchen an jede Hand und gehe zur Kasse.

»Dreimal *Doraemon* bitte.«

Ich höre die Antwort der Kassiererin nicht, weil eine andere Stimme an der Kasse mich trifft wie der Blitz.

»Zwei Karten für *Youth*, danke.« Er spricht wirklich schlecht Englisch. Ich senke den Blick, wenn ich Glück habe, bemerkt er mich nicht.

Wenn er mit seiner Frau da ist, wird er sowieso so tun, als sähe er mich nicht, und das ist wahrscheinlich das Beste.

»Emma, warum guckst du auf den Boden?«

»Weil … mir die Farbe der Fliesen gefällt.«

Valeria ist überrascht.

»Emma, wenn du nicht aufpasst, dann fällst du«, sagt Maria sachlich.

Ich brauche ein paar Momente, um den tieferen Sinn ihrer Worte zu verstehen, der ihr nicht bewusst ist, das hoffe ich zumindest, sonst wäre dieses Kind mir unheimlich.

»Da hast du recht.« Ich richte meinen Blick auf die Eingangstür des Kinosaals und den dunklen Vorhang dahinter. Vielleicht habe ich den falschen Moment erwischt, nämlich den, in dem Carlo mich gesehen haben muss und mich anstarrt. Kaum einen Meter von mir entfernt.

»Ciao«, sagt er in einem traurig gleichgültigen Ton.

»Ciao«, sage ich im gleichen Ton.

Er trägt jetzt einen Bart, etwas meliert und stoppelig. Seine Augen leuchten, da sind immer noch die goldenen Sprengsel in dem schönen Tabakbraun.

Meine Nichten sehen ihn genervt an. »Die sind aber gewachsen«, sagt er.

»Das ist bei Kindern so üblich.«

»Meine Söhne sind jetzt auch schon fast zwei junge Männer. Es ist lange her.«

»Ja, die Zeit vergeht, zum Glück.«

»Hanna wartet drinnen auf mich«, sagt er, als müsste er sich rechtfertigen.

»Klar«, entgegne ich mit gezwungenem Lächeln.

»Wir sehen uns, ciao«, sagt er, und dann geht er los, mit dem immer noch gleichen Gang eines Gymnasiasten, obwohl er in ein paar Monaten achtunddreißig wird.

So weiß ich jedenfalls, dass er sich bester Gesundheit erfreut, obwohl ich ihm das Schlimmste gewünscht habe.

»Warum bist du traurig, Emma?«, fragt die Nichte Nummer 2 und sucht in ihrer Tasche nach dem Schnuller. Sie reicht ihn mir großzügig, denn sie glaubt, er könne auch mich trösten.

»Spätzchen, ich bin nicht traurig. Danke für den Schnuller, vielleicht beim nächsten Mal.«

»Das glaube ich dir nicht, wenn du nicht lachst«, sagt Valeria und nimmt den Schnuller wieder an sich.

Ich versuche ein Lächeln.

»Du sollst nicht nur mit dem Mund lachen, sondern auch mit den Augen«, fordert ihre Schwester. Ihr kann ich nichts vormachen. Mehr denn je bin ich davon überzeugt, dass Kinder oft viel mehr wissen als wir. Ich frage mich, warum diese Fähigkeit, Dinge zu sehen und zu spüren, meistens schon verloren gegangen ist, wenn man dreißig geworden ist.

5

DER FURCHTBARE TAG
DER WACKEREN PRAKTIKANTIN

Wenn man so viele Jahre die Geliebte eines verheirateten Mannes gewesen ist, lernt man, mit Angstgefühlen, Ungeduld und Frustration umzugehen. Eine Frau, die diese Dinge dabei nicht lernt, beweist, wie dumm sie ist. Nicht nur, weil sie eine miese Erfahrung gemacht hat, sondern weil sie nicht einmal die paar Dinge begriffen hat, die ihr in Zukunft vielleicht von Nutzen sein können. Heute ist theoretisch der letzte Tag meines Praktikantenvertrags, und doch arbeite ich mit gelassener Beharrlichkeit weiter, denn Manzelli wird schon wissen, was er tut, und auf mich zukommen. Ich bin heute eher entspannt, weil ich das Katastrophengesicht meiner Bürokollegin nicht zu sehen brauche, denn überraschenderweise ist sie heute nicht da. Ich habe ihr eine kleine Nachricht geschickt, aber sie hat nicht geantwortet. Vielleicht hat sie wegen dem Stress der letzten Tage wieder ihren Durchfall. Sie war damit schon in ganz Italien in Behandlung und erhielt immer die Diagnose »Reizdarm«.

In unser Hinterzimmer dringt heute sogar ein Schimmer des feinen und großzügigen Lichts, das es nur an Maitagen gibt. Die Bougainvilleen, die ich aus einem halbverwilderten Garten mitgenommen und in einen Plastikbecher gestellt habe, leuchten in betörendem Fuchsienrot. Die Arbeitszeit vergeht ohne Zwischenfälle, und ich sehe auf die Blüten und fühle mich wohl in meiner Haut.

Gegen fünf Uhr nachmittags sage ich mir, dass jetzt der richtige Moment gekommen ist, um zu Manzelli in sein zwanzig Quadratmeter großes Büro zu gehen.

»Nein, verdammt noch mal! Sie darf ihren verfluchten Sohn *nicht* mit an den Set bringen. Wir sind doch kein Kindergarten! Wenn irgendwelche Geräte kaputtgehen, muss sie das bezahlen! Mir ist es völlig egal, ob sie sich von ihm trennen kann oder nicht. Soll sie sich eine Kinderfrau nehmen, wie es alle machen. – Ach Emma, du bist es. Komm rein.«

Er telefoniert noch und bedeutet mir, dass ich warten soll. Ich sehe mir seine DVD-Sammlung an, die ich schon auswendig kenne; ich verbringe damit immer meine Zeit, wenn ich auf ihn warten muss – das passiert oft, weil es immer etwas Dringenderes gibt, als mit mir zu sprechen. Doch diesmal legt Manzelli schnell auf, blickt nach unten und weicht meinem Blick aus.

»Ich wollte gerade zu dir kommen, um mit dir zu reden«, beginnt er und knallt sein Handy auf den Schreibtisch. »Ich bin unglaublich wütend.«

»Was ist denn passiert?«

»Setz dich, Emma.«

Er bleibt stehen. So wird eine Beziehung, die nicht auf gleicher Höhe ist, gefestigt, und ich sitze im emotionalen Gefängnis meiner Abhängigkeit, während er um den

Schreibtisch herumgeht und mir etwas erzählt von wichtigen Prämissen für die Stabilität unserer Firma, von Anweisungen aus der Zentrale in Amerika, von dem Flop der V-Serie, die wir mit Sky koproduziert haben, und für den er mich unerklärlicherweise verantwortlich macht, weil ich ihn falsch beraten hätte (ich?), er redet von der Unvorhersehbarkeit der modernen Welt, die aber ein Vorteil für den Arbeitsmarkt sei, da junge Leute die Möglichkeit hätten zu wechseln, Erfahrungen zu sammeln und mitzureden. Dann kommt er auf die traurige Wahrheit zu sprechen, in der ihm eigenen jovialen Art, durch die sogar Vorwürfe zu Komplimenten werden – im Übrigen hat er mir, wie ich hier klarstellen möchte, noch nie eines gemacht.

»Emma, der langen Rede kurzer Sinn: Wir können deinen Vertrag nicht erneuern.«

»Soll das ein Witz sein?«, frage ich.

»Emma, die Firma kann sich keine Experimente und keine Investitionen mehr leisten. Wir müssen retten, was zu retten ist. Die Einschnitte, die man von uns verlangt, betreffen alle Niederlassungen. Hier bei uns hat es dich und Soleri getroffen.«

»Du willst mich doch nicht im Ernst mit Soleri vergleichen? Er ist erst seit einem halben Jahr da, völlig unfähig und sowieso nur bei Mediaset gelandet, weil er der Cousin von …«

»Bleiben wir bei der Sache.«

»Also gut, um bei der Sache zu bleiben, warum haben wir keinen Vertrag bekommen wie er? Und was ist mit Maria Giulia?«

»Wir hatten die Wahl zwischen ihr und dir und haben uns für sie entschieden.«

Ein Schlag ins Gesicht würde mir weniger wehtun.

»Bei ihr muss also nicht gespart werden, oder was?«, frage ich, sarkastisch vor Bitterkeit, stehe auf und sehe ihm direkt in die Augen. »Was habe ich denn Schlimmes getan? Oder was habe ich nicht getan? Also, was ist der Grund?« Meine Stimme klingt verzweifelt, es hört sich an, als spräche ein anderer. Ich habe das befremdliche Gefühl, als sei ich die Hauptfigur einer Szene, die ich nicht selbst erlebe.

»Emma, ich schulde dir keine Erklärung für meine Entscheidungen in Personalfragen. Dein Praktikumsvertrag ist ausgelaufen, und wir haben kein Geld für zwei Verträge. Ich hätte es dir gern früher gesagt, aber ich habe bis zum Schluss versucht, deine Stelle zu retten, und es sah auch zuerst gar nicht schlecht aus ... Ich wollte dich nicht beunruhigen. Ich kann dir aber sagen, dass dies nicht für immer gelten muss. In ein paar Monaten kann sich alles ändern und dann ...«

»In ein paar Monaten? Und was soll ich bis dahin machen?«

»Du hast die Wahl. Entweder du wartest ab, oder du versuchst es mit deiner Vita woanders. Vielleicht ein Praktikum im Ausland, ein Master, ein ...«

»Ich bin dreißig Jahre alt, ich habe bereits einen Master in romanischer Philologie und Sprachwissenschaften, ich spreche neben Italienisch drei Sprachen fließend, was denn noch?«

»Ich kann dich wohl nicht bitten zu warten?«

»Sag jetzt besser nichts mehr. Das alles ist schon beleidigend genug.«

»Ich hoffe, unsere Wege kreuzen sich wieder.«

Da wäre ich lieber vorsichtig, Antonio Manzelli da Sora, denn an diesem Tag werde ich bis an die Zähne bewaffnet sein wie die Braut von Kill Bill und werde dich das hier teuer bezahlen lassen!

Doch statt es herauszuschreien, beende ich das Gespräch mit der Höflichkeit einer wohlerzogenen jungen Dame.

»Ich hole jetzt meine Sachen und gehe.«

Wenn man einen Ort verlassen muss, an dem man sich mehrere Jahre zu Hause gefühlt hat, fühlt man sich wie in Stücke gerissen, ungerecht behandelt, alles erscheint seltsam unwirklich. Mein einziger Trost ist, dass ich Maria Giulia nicht sehen muss, der ich hoffentlich auch nie mehr begegnen werde. Ich habe mir einen Karton aus dem Abstellraum geholt. Zum Glück gehöre ich nicht zu den Leuten, die auf ihrem Schreibtisch lauter Nippessachen stehen haben, und brauche nur wenig einzupacken.

Ich bin verwirrt, meine Synapsen haben einen Kurzschluss, da sind zu viele Fragen, auf die es keine Antwort gibt. Warum ist mir das passiert? Was habe ich falsch gemacht? Es ist, als wäre ich in einen Abgrund gestürzt. Vielleicht ist es einfach nur so, dass wir manchmal gewinnen, manchmal verlieren und dies nicht immer beeinflussen können.

Da kommt mir eine Idee.

Eins kann ich noch tun.

Ich muss alles auf eine Karte setzen.

Ich tippe fieberhaft eine Nachricht, die ins Schwarze trifft.

Tameyoshi Tessai ruft mich sofort an.

»Emma, was ist passiert?«

»Ich habe meine Arbeit verloren, Signor Tessai.«

»Ich glaube, ich verstehe nicht ganz.«

»Mein Vertrag hier bei der Fairmont ist ausgelaufen. Sie haben mir keine neuen gegeben.«

»Die Welt ist schlecht.«

»Ja, sehr schlecht, Signor Tessai. Deshalb wollte ich Sie fragen … ob Sie vielleicht schon eine Entscheidung wegen der Filmrechte getroffen haben … das könnte die ganze Sache hier vielleicht noch rumreißen.«

»Aber Emma, ist Ihnen klar, worum Sie mich da bitten? Ich soll die Rechte ausgerechnet einer Firma geben, die Sie so mies behandelt? Was soll ich denn von solchen Leuten halten?«

Seine Überlegung ist vollkommen richtig. Und schon eine Minute nach meiner Frage bereue ich, auf die Idee gekommen zu sein, ihn als Rettungsanker zu benutzen.

»Glauben Sie mir, ich würde Ihnen gerne helfen. Aber alles, was in unserem Leben passiert, hat eine Bedeutung. Und ich muss gestehen, dass ich schon fast bereit war, mich überzeugen zu lassen, Ihnen die Rechte zu geben, aber jetzt bin ich froh, dass ich gezögert habe. Diese Sache ist der Beweis dafür, dass es eine falsche Entscheidung gewesen wäre. Die Fairmont hat einen Menschen wie Sie nicht verdient. Und dies bedeutet auch, entschuldigen Sie meine Unbescheidenheit, dass sie die Filmrechte meines Romans nicht verdient hat.«

»Sie haben recht, ich bitte um Entschuldigung.«

»Wenn ich Ihnen heute die Rechte für Fairmont geben würde, dann wäre das keine Hilfe. Wer Sie heute verrät, der verrät Sie auch morgen. Aber lassen Sie uns in Kontakt bleiben. Sie müssen sich immer sagen, dass dies nur ein Übergang ist. Sie finden sicher eine neue Aufgabe, die Ihrem enormen Potenzial eher gerecht wird.«

»Danke für die Ermutigung, Signor Tessai.«

»Sie werden in mir immer einen aufrichtigen Freund haben.«

Ich lege auf. Meine Stimmung ist im Keller.

Ich rufe ein Taxi und fahre in die Via Oriani. Es wird langsam dunkel, mit der beruhigenden Langsamkeit des beginnenden Frühlings.

Das Eingangstörchen der Villa steht offen, und die abendliche Brise verbreitet den Geruch der Glyzinien, den ich so liebe. Die Rollläden an den Fenstern sind geöffnet, als sollten sie so viel Licht hereinlassen wie nur möglich.

Vielleicht besichtigt gerade jemand das Haus. Die Eingangstür ist allerdings geschlossen.

Ich gehe um die Villa herum, um nach den anderen Fenstern zu sehen. Sie sind alle geöffnet.

»Hallo? Suchen Sie jemanden?«, fragt jemand mit freundlicher Stimme.

Ich sehe einen schmächtigen fünfzigjährigen Mann mit einem Sektglas mit Prosecco, Spumante oder Champagner. Er spricht durch eines der Fenster zu mir.

44

»Eigentlich nicht … ich weiß, dass dieses Haus zum Verkauf steht, und wollte es mir erst allein ansehen, bevor ich das Maklerbüro anrufe.«

»Jetzt nicht mehr«, höre ich die Stimme einer Frau rufen, die nun neben dem Mann im Fenster erscheint.

»Was meinen Sie mit nicht mehr«, frage ich, und eine düstere Ahnung versetzt mir einen Stich ins Herz.

»Das Haus ist nicht mehr zu haben«, verkündet die Frau in verständlicher Begeisterung. Ich habe Hassgefühle.

»Wir haben gerade den Vertrag unterzeichnet und feiern das. Möchten Sie ein Glas mit uns trinken?«

Das hätte mir gerade noch gefehlt. Die Freude von zwei Fremden teilen, die ich am liebsten zum Teufel schicken würde.

Ich lehne die Einladung höflich ab und verlasse das Haus, das jetzt nicht mehr mir gehört, oder besser gesagt, das mir nie gehört hat und auch nie gehören wird.

In diesem Moment höre ich den Klang des Weltuntergangs. Ich kann dies ohne Übertreibung sagen, denn seine Träume zu verlieren ist tausendmal schlimmer als der Verlust von etwas, das es wirklich gibt.

Und in diesem Moment bleibt mir gar nichts mehr.

6

DIE WACKERE PRAKTIKANTIN
LEERT DAS FASS
BIS AUF DEN GRUND

Bereits einen Monat nach dem schrecklichen Tag habe ich neue Gewohnheiten angenommen. Erstaunlich, wie schnell das geht, wie leicht ein neuer Rhythmus den alten ersetzt. Ich schleiche in einem alten Morgenrock durch die Wohnung, der früher meiner Mutter gehörte. Er hat schon ein paar Kaffeeflecken, aber ich bin zu deprimiert, um ihn in die Waschmaschine zu stecken. Ich hatte mir einen Ratgeber gekauft, um eine neue Arbeit zu finden. Das Kapitel »In sieben Schritten zur Einstellung« hatte mir Hoffnung gemacht. Inzwischen habe ich schon mindestens hundert Schritte getan und immer noch kein Ergebnis.

Einen Monat nach dem Ende der Welt habe ich weniger zu tun denn je, und der Ratgeber ist im Müll gelandet, zusammen mit der Klage darüber, dass ich dafür achtzehn Euro von meinen schnell aufgezehrten Ersparnissen ausgegeben habe. Es ist beeindruckend, wie flüchtig Geld ist, wenn man keine Arbeit mehr hat. Bald habe ich keine Pröbchen aus der Drogerie mehr und kann mir nicht mal meine Creme gegen Falten kaufen. Um warmes Essen brauche ich mich nicht zu sorgen, darum kümmert sich meine Mutter. Meine Liebesromane lese ich einfach mehrmals, ich vergesse sie sowieso immer gleich wieder.

In dieser schwierigen Zeit gibt es allerdings jemanden, der von meiner Situation profitiert, und das ist meine Schwester Arabella.

Ich kümmere mich jetzt jeden Nachmittag um meine Nichten, auf diese Weise komme ich weniger ins Grübeln. Ich hole sie am Kindergarten ab, mache ihnen nachmittags etwas zu essen, wir spielen mit dem Puppenhaus und sehen fern bis zur Benommenheit. Dann kommt meine Schwester wieder, und ich gehe nach Hause. Durch meine Mutter weiß ich, dass Arabella mich gern bezahlen würde – sie bezahlt ja auch die Frau, die nach Camembert riecht –, aber sie fragt mich nicht, um mich nicht zu beleidigen. Damit wird deutlich, wie tragisch meine Situation ist. Das alles erinnert doch sehr an die verarmten Heldinnen der Liebesromane, die von der Fürsorge eines Familienmitglieds leben.

»Irgendwann wird es schon wieder besser, mein Schatz. Es ist doch erst einen Monat her, bei diesen Dingen braucht man ein bisschen Geduld.«

Meine Mutter gibt den Salat in die Schüssel, mehr esse ich nicht, denn ich habe keinen Appetit. Seit ich nicht mehr arbeite, bin ich ziemlich schlank geworden. Das ist immerhin ein Vorteil.

»Erst einen Monat? Wie seltsam. Dieser Monat ist mir unendlich lang vorgekommen.«

In diesem Monat habe ich mich mehr oder weniger in allen Firmen um eine Anstellung beworben, die mit Film- und Fernsehrechten zu tun haben. Dann habe ich es bei Verlagen versucht. Und auch bei lokalen Sendern. Mein Lebenslauf zirkuliert in der ganzen Stadt wie die Flyer, die auf die Eröffnung einer Pizzeria hinweisen, die nach Hause liefert. Ich bin bald so weit, dass ich fast jede Arbeit annehmen würde. Bisher war nichts Interessantes dabei, und die Absagen, die ich bekam, waren einfach nur deprimierend.

Mir bleibt wohl nur noch, ins Ausland zu gehen, wie mir Manzelli vorgeschlagen hatte. Aber der Gedanke, meine Nichten und meine Mutter nur noch per Skype zu sehen, erschreckt mich. So weit bin ich noch nicht. Vielleicht könnte ich mit etwas Glück doch noch einen Job finden. Ich könnte es auch bei Telenorba versuchen, vielleicht brauchen die noch eine Redakteurin …

Meine Mutter unterbricht den Fluss meiner Gedanken.

»Du bist eben daran gewöhnt, viel zu arbeiten, und deshalb macht dich diese scheinbare Nicht-Aktivität ganz nervös. Nutze die Gelegenheit, darüber nachzudenken, was du wirklich machen willst. Stillstand gilt heute immer als etwas Schlimmes, aber du wirst sehen, dass dem nicht so ist.«

»Übermorgen habe ich einen Termin bei einem Radiosender«, gestehe ich. Die Mutter des schrecklichen Schwagers hat ihn mir besorgt, über eine ihrer Bridge-Freundinnen. Ich musste sie anrufen, um mich zu bedanken.

»Na, das ist doch eine gute Nachricht. Worum geht es da genau?«

»Ich habe nicht die leiseste Ahnung. Ist so eine Art blind date.«

»Kennst du dich denn mit so was aus, Emma?«, fragt meine Mutter erstaunt.

Ich würde gern antworten, dass ich von unzähligen Dingen keine Ahnung habe, auch von blind dates nicht. Da aber die Zeiten schwierig sind und gefährliche Flutwellen heranrollen, kann ich mir nicht mal den Luxus leisten auszuschließen, dass auch das noch irgendwann passiert.

Zwei Tage später gehe ich in einem beigefarbenen Leinenkostüm zu der Adresse, die mir Arabellas Schwiegermutter genannt hat, und klingele bei *Radio Astra*.

»Guten Tag, ich bin Emma de Tessent, ich habe einen Termin bei Signorina Rivalta.«

»Bitte, setzen Sie sich.«

Die Frau, die mir die Tür geöffnet hat, sieht aus wie eine Betschwester: weiße Bluse, dunkelblauer Rock bis über die Knie, Strümpfe 40 Den und Gesundheitssandalen. An den Wänden des Zimmers, in das sie mich hineinführt, hängen Fotos von Johannes Paul II. und Papst Franziskus, Gebete an den Allmächtigen – die mir vielleicht jetzt nützen würden, man weiß ja nie, ob sie nicht doch etwas bewirken. Ich habe kaum noch Zweifel, was für ein Radiosender das ist, was für ein unpassender Name!

»Entschuldigung, aber heißt Ihr Sender wirklich *Astra*?«

»Nein, nicht mehr. Unsere Direktion hat ihn in *Radio Freude Gottes* umbenannt, und wir suchen gerade Mitarbeiter für ein neues ehrgeiziges Projekt.«

Ich nicke hoffnungsvoll, und die Frau zwinkert mir freundlich zu. Nach knapp fünf Minuten empfängt mich Signorina Rivalta.

Sie wirkt bescheiden und liebenswürdig, vermutlich die netteste Person, mit der ich in den letzten Monaten zu tun hatte. Sie erzählt von ihren Sendungen und meiner Aufgabe: Redakteurin der drei täglichen Nachrichtensendungen.

Es könnte schlimmer sein. Auch wenn ich mich lieber mit dem Verkauf von Filmrechten beschäftigen würde, so bin ich doch als Redakteurin ausgebildet und diese Arbeit ist mir nicht fremd. Ich kann zwar keine Freudensprünge machen, und dies ist nicht mein größter Traum, doch ich kann wieder von meiner Arbeit leben und mich dabei nach etwas anderem umsehen. Ich bin bereit, mich darauf einzulassen, und Signorina Rivalta scheint ganz begeistert.

»Ich habe in Ihrem Lebenslauf gelesen, dass Sie lange in der Filmproduktion gearbeitet haben … wir haben auch vor, eine Sendung über Heiligenfilme zu starten, darum könnten Sie sich dann kümmern. Wunderbar!«

Offenbar wird mir der Segen des Heiligen Geistes zuteil, obwohl ich oft an der Existenz des Allmächtigen gezweifelt habe, doch in diesem Moment sagt Signorina Rivalta, für meine Anstellung gebe es noch eine Bedingung, allerdings sei dies eine reine Formalität.

»Sehen Sie, Monsignore Villongo, der Präsident unserer Rundfunkanstalt, wünscht, dass zwei Priester über jeden künftigen Mitarbeiter Auskunft geben. Ich muss Sie deshalb bitten, mir möglichst schnell diese Papiere beizubringen. Es gibt noch einen anderen Bewerber. Da Sie aber mit Signora de Boni befreundet sind und einen beeindruckenden Lebenslauf haben, wären Sie unsere erste Wahl. Wir wollen die Sache schnell abschließen, und der andere Bewerber hat die Dokumente bereits vorgelegt, also …«

»Ich verstehe, bis wann brauchen Sie die Auskünfte?«

»Sagen wir in zwei Tagen. Ich bin sicher, das ist kein Problem für Sie, Signorina de Tessent.«

Ich nicke stumm.

»Aber wie soll das gehen, wir kennen keinen einzigen Priester, Mama!«

»Mein Schatz, wir sind eine Jakobiner-Familie.«

Meine Mutter hört mir kaum zu. Sie bäckt gerade einen Kuchen für die Nichten, die heute Abend zum Essen kommen und über Nacht bleiben, weil Arabella und der schreckliche Schwager außerhalb von Rom auf eine Hochzeit eingeladen sind. So leisten wir einen bescheidenen Beitrag zum Wiederaufleben ihrer Ehe.

»Kennst du nicht irgendwen? Vielleicht über fünf Ecken? Wer hat mich denn getauft?«

»Der ist inzwischen sicher tot. So jung bist du ja auch nicht mehr.«

»Mama, bitte, überleg doch mal, das wäre eine so gute Gelegenheit für mich. Wo finde ich bloß zwei Priester, die so tun, als ob sie mich kennen, und bezeugen, wie sehr ich den christlichen Werten verbunden bin?«

»Die kannst du nicht finden.«

»Mama, hilf mir doch bitte.«

»Signorina de Tessent, in unserem Bekanntenkreis findet sich niemand, der auch nur ein bisschen religiös ist, und bisher hat dich das nicht im Geringsten gestört. Du könntest natürlich Maria de Boni fragen.«

Ausgerechnet die Frau, die mich empfohlen hat, Arabellas Schwiegermutter. So einer Tortur will ich mich wirklich nicht aussetzen.

»Du kannst ja auch zum Priester der nächsten Kirche hier gehen und ihm deine Lage erklären. Und dich auf die christliche Nächstenliebe und die göttliche Vorsehung verlassen.«

Da hat meine Mutter endlich mal etwas Richtiges gesagt. Ich könnte diesem Priester schwören, dass ich mich auf den Weg des Glaubens machen und gleich damit anfangen will, und vielleicht ist er ein gütiger Gottesmann und mit etwas Glück glaubt er mir und hilft.

7

DIE WACKERE PRAKTIKANTIN WIDERSTEHT WIND UND STURM

Wenn eine Sache einmal schiefläuft, kann man nicht damit rechnen, dass sich plötzlich alles zum Besseren wendet. Man muss die Kraft finden, die Lawine aufzuhalten, und sich dabei nicht zu sehr verausgaben. Darauf warten, dass es vorbeigeht, stehen bleiben wie Schilf im Hochwasser.

Wie vorherzusehen war, habe ich keinen Priester gefunden, der mir die gewünschten Papiere ausstellte. Zum einen lag es daran, dass mich das Pech verfolgt: Der Priester der Kirche in unserer Nähe lag mit einer schweren Grippe im Bett und konnte mich nicht empfangen. Arabella hatte mit ihrer Schwiegermutter gesprochen, um schnell jemanden zu finden, aber auch ihr Versuch war ein Schlag ins Kontor. Ich bat Signorina Rivalta um etwas mehr Zeit, aber sie erklärte, sie könne nicht länger warten.

Und so ging die Stelle, die mich nicht sonderlich reizte, aber das einzig Annehmbare war, das sich in dreißig langen Tagen finden ließ, an jemand, der einen weniger brillanten Lebenslauf hatte, aber die Gnade der heiligen Mutter Kirche genoss. Gegen so viele widrige Umstände hatte ich keine Chance. Ich war der Verzweiflung nahe und erkannte mich mit den schwarzen Ringen unter den Augen im Spiegel kaum wieder.

In diesem Moment rief mich Manzelli an.

»Es gibt gute Neuigkeiten. Ich erwarte dich heute am späten Vormittag.«

War dies etwa das Ende meines Leidenswegs? Ich machte mich so schnell auf den Weg zur Fairmont, als warte dort Brad Pitt auf mich. Nicht mal der Gedanke, ich könnte Maria Giulia begegnen, hielt mich zurück. Tatsächlich begegneten wir uns an der Kaffeemaschine. Sie traute sich nicht, mir in die Augen zu sehen, was beweist, dass ihr noch ein Rest Scham geblieben war, obwohl sie sich ständig in diesem Schlangennest aufhielt.

»Du wusstest es, gib es ruhig zu.«

Ich sprach sie zuerst an und sagte diesen Satz, der mir in meinen schlaflosen Nächten immer wieder durch den Kopf gegangen war.

»Emma … ich habe einfach nicht die richtigen Worte gefunden, um es dir zu sagen«, stammelte sie.

»Erklär mir einfach nur, wie du das geschafft hast – nur damit ich von dir lerne und es beim nächsten Mal richtig mache.«

»Ich habe gar nichts gemacht«, erwiderte sie abwehrend und empört.

Einen Augenblick schien sie wirklich verletzt – aber nur einen Moment –, und ich kam mir gemein vor, dass ich so böse auf sie war, obwohl sie nichts getan hatte, außer ihren Interessen zu folgen. So wie es richtig ist, wie alle es machen, wie auch ich es gemacht hatte, bevor ich bei diesem Spiel rausgekickt worden war.

In diesem Moment ging die Tür auf und Manzelli rief mich in sein Büro, während er auf das Glas seiner Armbanduhr tippte, um mir zu bedeuten, dass seine Zeit knapp war.

»Ich sage dir erst gar nicht, dass du dich setzen sollst, denn ich muss gleich in eine Besprechung«, erklärte er, nahm sein Smartphone vom Schreibtisch und steckte es in die Hosentasche.

»Glaub mir, Emma – es hat mir echt leidgetan, dass wir dir kündigen mussten. Deshalb habe ich mich bei der Direktion für dich eingesetzt. Dabei habe ich einen Praktikanten-Vertrag von sechs Monaten herausgeholt, mit vierhundert Euro im Monat. Damit bekommst du zwar weniger als vorher, das ist mir schon klar, aber so hast du wenigstens wieder einen Fuß in der Tür, bis du einen richtigen Vertrag bekommst, und das wird sicher sehr bald sein. Außer natürlich, du hast etwas Besseres gefunden ...« Er lachte jovial.

Es gibt Momente im Leben, in denen man sich entscheiden muss, ob man seine Haut zu Markte trägt und, in der Hoffnung auf bessere Zeiten, wirklich jeden noch so inakzeptablen Kompromiss eingeht, oder ob man widerstehen soll, in der Überzeugung, dass sich die Dinge schon richten werden und man besser nicht sich selbst und alles verkauft, was man in seine Zukunft investieren könnte.

Obwohl ich im Moment nichts lieber getan hätte, als einen Vertrag zu unterschreiben, ganz gleich welcher Art und

55

Form, um mich als Teil von etwas fühlen zu können, sagte ich mir, wenn ich das tue, werde ich etwas verlieren, was ich unbedingt behalten will, nämlich meine Würde. Und die ist keine Frage des Geldes.

»Nun, Emma, *it's up to you*«, sagte Manzelli herausfordernd, der inzwischen auch seine Schlüssel in die Hosentasche gesteckt hatte und mich gleich wegschicken würde. »Brauchst du Zeit, um dich zu entscheiden?«

»Nein, ich kann dir gleich antworten. So ist das nicht. Ich verstehe ja, dass du es eilig hast, aber du kannst mir schon fünf Minuten zugestehen, damit ich dir sagen kann, dass ich diesen Vorschlag nicht akzeptiere. Ich will dir auch gern die Gründe nennen. Nicht, dass ich nicht gern wieder zur Fairmont zurückkäme, aber ich bin ungerecht behandelt worden, und zwar sehr oft in all den Jahren. Aber diese letzte Ungerechtigkeit nehme ich nicht hin. Ich unterschreibe keinen Vertrag, der so unfair ist. Nütze ich der Firma etwas? Wenn ja, dann soll sie mich einstellen. Wenn nicht, soll sie mich in Ruhe lassen.«

»Emma, du lebst außerhalb jeder Realität. Du hast wohl nicht begriffen, dass wir uns in einer weltweiten Rezession befinden. In unserer Branche werden keine Leben gerettet, seien wir ehrlich. Du solltest mir für meinen Vorschlag dankbar sein. Dies ist ja auch nur etwas für die Übergangszeit. Die Firma muss ihre Bilanz ausgleichen, und dann werden die Dinge in allen Niederlassungen weltweit, die in derselben Lage sind wie wir, in Ordnung gebracht.«

»Wenn die Fairmont bereit ist, mich preiszugeben, dann gebe ich die Fairmont auch preis. Ich danke dir für dein

Angebot, aber ich glaube, im Moment ist es besser für mich, auf einen fairen Vorschlag zu warten.«

Manzelli sah mich düster an. »Ich kann dir nichts anderes anbieten, Emma. Denk drüber nach, und wenn du deine Meinung änderst, melde dich. Ich sage der Firmenleitung erst mal nicht, dass du abgelehnt hast. Überleg es dir. Und jetzt, Emma, muss ich wirklich gehen.«

»Du hast es also abgelehnt«, sagt meine Mutter. Es klingt etwas hochmütig. Sie sitzt auf einem Sessel im Wohnzimmer und hat einen Korb mit ihren Sticksachen neben sich, in der Hand ein Taschentuch für Valeria, an dem sie gerade arbeitet.

»Ich weiß nicht, ob es richtig war. Kaum war ich aus Manzellis Büro gegangen, tat es mir schon leid. Aber warum soll ich einen Vertrag annehmen, der noch schlechter ist als vorher und sowieso nur sechs Monate geht.«

»Hör mal zu, Emma. Ich konnte dir zwar keine Zeugnisse von Priestern besorgen, aber eine Bekannte von Sinibaldi hat einen Termin für dich gemacht.«

Ich bin überrascht. »Sieh an, der gute Sinibaldi beschützt uns noch vom Himmel aus.«

»Er war wirklich ein netter Mensch«, sagt meine Mutter mit leiser, trauriger Stimme, ohne den Blick von dem kleinen rosa Tuch zu heben, an dem sie gerade stickt.

»Was ist das für ein Termin?«

»Nun, du hast ein Vorstellungsgespräch bei Pietro Scalzi, dem Chef der italienischen Niederlassung der Waldau. Du hast nie etwas mit dieser Produktionsfirma zu tun gehabt, oder?«

Es gibt einige Gründe dafür, dass ich mich nie bei dieser Firma beworben habe. Zuallererst sind dort Produzenten, die unabhängige Filme machen, immer sehr edel und elitär, und das geht mir auf die Nerven. Die von der Waldau sehen einen nicht mal an, wenn man ihnen irgendwo begegnet, sie leben in anderen Sphären und bilden sich ein, nur sie machten wahres Kino. Es ist auch eine ziemlich junge Firma, die vor zehn Jahren in Norwegen gegründet wurde und sich schnell in ganz Europa ausgebreitet hat, weil sie immer super Kritiken für ihre Filme bekamen (die allerdings ihre Schattenseite haben, wenn es um Verkaufszahlen geht). Ich habe deshalb einige Zweifel an der Liquidität der Waldau, und wenn es schon der Fairmont schlecht geht, wie mag es dann erst dort aussehen? Deshalb habe ich es bei der Waldau erst gar nicht probiert.

»Das wird nicht funktionieren, Mama. Die von der Waldau sind echte Snobs.«

»Und du, mein Schatz, bist gar nicht snobistisch, oder?«

Sie hat ja recht. »Wann ist der Termin?«

»Freitag um neun Uhr dreißig. Sieh mal zu.«

Es gibt immer einen Grund für die Dinge, die passieren. Das ist Tameyoshi Tessais Mantra und aus gegebenem Anlass seit einiger Zeit auch meines.

Es ist Freitagmorgen. Ich sitze allein am Frühstückstisch und lese meine Mails auf dem iPad. Da sehe ich eine Nachricht, die die Plätzchenration, die ich mir heute genehmigt habe, in Gift verwandelt.

Ich rufe Maria Giulia an.

»Hallo, meine Liebe. Ich rufe an, um dir zu gratulieren, ich habe gerade die Nachricht gelesen.« Meine Stimme klingt etwas schrill, ich habe sie nicht ganz unter Kontrolle.

»Entschuldigung, Emma, von welcher Nachricht redest du?«

»Du weißt schon, was ich meine! Ich hingegen wusste nicht, dass dein Verlobter der Neffe des Kulturstaatssekretärs ist. Was für ein unglaublicher Zufall, dass dein zukünftiger Onkel der Fairmont Gelder für die Finanzierung des Films zugesagt hat, an dem du seit einiger Zeit arbeitest!«

»Emma, nun mal langsam, es ist nicht, wie du glaubst.«

»Natürlich nicht. Ist wohl alles nur Zufall, und das hat wohl auch nichts mit deiner Anstellung zu tun. Deshalb will ich dir ja gerade gratulieren und mich für meinen rauen Ton neulich entschuldigen«, erkläre ich bissig.

Maria Giulia schnieft ein bisschen. »Ich habe nichts davon gewusst, ob du es jetzt glaubst oder nicht.«

Genau. In unserem Land gibt es Vergünstigungen immer, ohne dass die Begünstigten etwas davon wissen.

»Ja, klar glaube ich dir, du liebes Schaf, und wünsch dir alles Gute.«

Wenn sie wütend ist, lässt sie es sich jedenfalls nicht anmerken. »Sehen wir uns nicht bald wieder? Ich habe gehört, dass Manzelli dir einen Vertrag angeboten hat und …«

»Ich denke, eher nicht. Ich würde zwar gerne wiederkommen, aber ich habe andere Pfeile im Köcher …«

»Ah, ich verstehe. Das freut mich für dich, Emma, du hast es wirklich verdient. Ich wünsche dir viel Glück, denn das verdienst du mehr als jeder andere.«

Zum zweiten Mal schafft sie es, dass ich mich fühle wie eine Giftschlange.

Wütend lege ich etwas Rouge auf, tupfe ein bisschen Gloss auf die Lippen, ziehe das beigefarbene Kostüm an, und dann mache ich mich auf den Weg zur Waldau, ohne überhaupt zu wissen, was auf mich zukommt.

8

DIE WACKERE PRAKTIKANTIN
UND DER PRODUZENT

Die Waldau ist in einem eleganten Gebäude im Prati-Viertel untergebracht und in skandinavischem Stil eingerichtet. Viel Weiß, jede Menge unbehandeltes Holz, natürliche Stoffe, Schwarzweiß-Fotos von den größten Erfolgen der Waldau an den Wänden, auch der wunderbare Film mit der französischen Schauspielerin, die ich am allerliebsten mag, was ich allerdings nur unter Folter zugeben würde.

Eine Frau mit lockigem Haar hat mich in den Warteraum geführt, es ertönt leise Jazzmusik im Hintergrund.

»Doktor Scalzi empfängt Sie jetzt«, sagt sie zehn Minuten später.

Der Übergang von dem nervtötenden Jazz zu *Walk* von den Foo Fighters, den er etwas zu laut angestellt hat, hat leicht betäubende Wirkung. Kaum hat er bemerkt, dass ich hereinkomme, stellt er die Musik durch eine magische Berührung seines Riesenmacs auf seinem Schreibtisch aus.

Ich weiß nicht, ob ich ihn faszinierend finden soll oder nicht. Er ist Anfang vierzig, ziemlich groß, hat ein blaues Hemd und beigefarbene Hosen an, das aschblonde Haar mit ein paar grauen Strähnen trägt er etwas länger. Er hat die Nase eines Mannes, der sich gern prügelt, ziemlich groß und unförmig, seine Lippen sind eher schmal.

»Emma de Tessent?«, fragt er und mustert mich aufmerksam. »Gloria, schließen Sie doch bitte die Tür«, sagt er zu seiner Assistentin.

Ich nicke ein wenig eingeschüchtert. Seine körperliche Präsenz ist beeindruckend. Ich merke, dass ich schwitze, seltsam, wo doch hier alles klimatisiert ist.

»Danke, dass Sie mir Ihren Lebenslauf geschickt haben. Ich habe ihn aufmerksam studiert.«

Seine unteren Zähne sind unregelmäßig, er hat ein breites Lächeln, zu groß für sein Gesicht. Eigentlich müsste er sparsamer lächeln. Je länger ich ihn jedoch betrachte, desto attraktiver erscheint mir dieser Mann.

»Er hat mich sehr beeindruckt!«

Ein Freudenfeuer durchdringt meinen Körper, Scalzi hat meinen Lebenslauf in der Hand und blättert darin herum, ohne mich anzusehen. Dann legt er die Mappe auf den Schreibtisch und geht zu einem Tischchen, auf dem eine Kaffeemaschine und zwei Nespresso-Tassen stehen.

»Kaffee?«

Ich nicke.

»Zucker?«

»Nein, danke.«

Er trinkt aus seiner Tasse und lässt sich in seinen Drehstuhl fallen. Dann sieht er mich lange nachdenklich an, sein Blick ist klug und frei von Arroganz. So schaut jemand, der nichts beweisen muss.

Er stellt mir alle möglichen Fragen, aber nicht wie ein Inquisitor. Es ist ein eher angenehmes Gespräch, in dem auch er seine Ansichten darlegt, ohne den Chef herauszukehren, der tun und lassen kann, was er will. Was ich von dem letzten Film halte, den ich gesehen habe, wie mir der eine oder andere jüngere Regisseur gefällt. Welchen Film ich hundertmal gesehen habe, ohne mich zu langweilen, und welchen ich gern produziert hätte, wenn ich die Möglichkeit dazu gehabt hätte. Was ich bei der Fairmont gemacht habe, welche Produktionen der Waldau ich schätze, und welche ich gar nicht mag – »Seien Sie ruhig ehrlich« –, was ich gern bei der Waldau machen würde.

Seine Art bringt mich dazu, mich wohl zu fühlen und ganz natürlich zu reden. Dies ist das angenehmste Bewerbungsgespräch, seit ich meine Arbeit bei der Fairmont verloren habe, und das liegt an mir, aber auch an ihm. Es hat etwas Magisches.

Dann sieht er mich plötzlich scharf an.

»Wissen Sie, Sie sind eine Intrigantin, und darüber, Signorina de Tesent, ärgere ich mich.«

Ich bin verwirrt. Wo ist plötzlich die Magie geblieben?

»Wovon reden Sie?«

»Sie hatten es wirklich nicht nötig, auf die in diesem Land üblichen Tricks zurückzugreifen.«

»Was für Tricks?«

»Das fragen Sie mich noch? Da werde ich mit Telefonaten bombardiert, von einer Frau, die mich unter Druck setzt, damit ich Sie einstelle. Ich kann Ihnen versichern, so etwas finde ich wirklich ziemlich unangenehm.«

»O Gott, ich bin wirklich bestürzt ...«

»Das Irre daran ist, dass Ihr Lebenslauf ...«, er bricht ab, als habe er Mühe, sich zu beherrschen. »Außerdem sind Sie eine sehr interessante Person.«

»Aber nur darauf kommt es doch an. Und glauben Sie mir, für diese Telefonanrufe kann ich nichts. Das ist ohne mein Wissen passiert.«

Es ist wirklich ungeheuerlich. Da passieren Dinge, von denen ich nichts weiß, und plötzlich bin ich in derselben Situation wie Maria Giulia. Ich fühle mich zutiefst gedemütigt.

»Ach, wirklich?«, fragt er voller Sarkasmus.

»Wissen Sie, auch ich halte nichts von Empfehlungen. Bitte, tun Sie einfach so, als habe niemand angerufen. Tun Sie so, als hätte ich mich selbst beworben ohne irgendeine Empfehlung. Achten Sie auf das, was ich sage. Jetzt, in diesem Gespräch.«

»Das kann ich leider nicht. Wir beide wissen ja, dass es anders war.«

Seine Freundlichkeit ist einer schneidenden Kälte gewichen.

»Doktor Scalzi, Sie wissen nicht, was ich hinter mir habe.«

Ich sage das in einem so kläglichen Ton, dass ich selbst erschrocken bin.

»Nein, Signorina, das weiß ich nicht. Ich kann mir vorstellen, dass Sie eine Menge Schwierigkeiten hatten, ich weiß, wie hart es in unserer Branche zugehen kann. Ich nehme Ihnen sogar Ihre Bestürzung ab, aber ehrlich gesagt suche ich keine neuen Mitarbeiter, und wenn Sie es wissen wollen, Sie anzustellen wäre reiner Zwang.«

Ich bin nun wirklich erschüttert. »Können Sie vielleicht damit aufhören, mich zu demütigen? Sie wissen nichts über mich. Sie glauben, Sie wüssten alles, nur weil Sie irgendwelche idiotischen Telefonanrufe erhalten haben.«

»Ich will Sie nicht demütigen.«

»Das tun Sie aber!«, rufe ich aus. »Ich wette, Sie haben nicht die leiseste Idee, was es bedeutet, um Arbeit zu betteln. Sie sitzen hier in Ihrem großartigen Büro, Sie befehlen und produzieren, Sie brauchen nicht bis zehn zu zählen, schon haben Sie einen Angestellten beleidigt und denken auch nicht an die tausend Ameisen, die Sie unter sich haben und die von der Hand in den Mund leben.«

»Das ist wahr, daran denke ich nicht. Aber auch Sie haben bis vor einiger Zeit nicht daran gedacht. Da bin ich mir sicher. Was ist bei der Fairmont eigentlich passiert?«

»Das geht Sie überhaupt nichts an.«

»Wenn ich Sie einstellen soll …«

»Das haben Sie doch gar nicht vor.«

»Das können Sie nicht wissen.«

»Gerade eben haben Sie noch gesagt, mich einzustellen wäre reiner Zwang.«

»Das leugne ich nicht. Aber ich kann über meinen Schatten springen, wenn es sich lohnt, im Interesse des Unternehmens.«

»Ihre Firma braucht ganz sicher niemanden wie mich.«

Ich sage es, stehe auf und fühle mich so müde, als hätte ich eine Schlacht verloren.

Scalzi antwortet nicht. Er beobachtet mich, trinkt langsam seinen Kaffee aus. An der Tür winke ich mit einer Hand.

»Trotz allem bin ich froh, Sie kennengelernt zu haben. Auf Wiedersehen, Doktor Scalzi.«

Meine Tränen sind echt.

Ich hatte mir die x-te Enttäuschung vorgestellt, aber nicht, dass es so schlimm sein würde. Allmählich glaube ich, ich sollte Manzelli anrufen und seinen Vertrag annehmen. Der ist zwar eine Unverschämtheit, aber ich stehe am Abgrund.

Ich brauche die Arbeit. Nicht nur wegen des Geldes, sondern vor allem, weil ich merke, dass ich ohne einen Ort, an den ich jeden Tag gehen kann, ohne die Sicherheit, mich als Teil eines Ganzen zu fühlen, die Orientierung verliere.

Ich gehe ziellos vor mich hin und weiß gar nicht, wo ich mich gerade befinde. Nicht allzu weit von der Waldau entfernt, nehme ich an. Ich habe mir schon Manzellis Nummer herausgesucht. Ich will ihn gerade anrufen, als ich auf einen kleinen Laden mit einer altmodischen, puderfarben angestrichenen Holztür stoße. Ich werfe einen Blick ins Schaufenster und sehe so viel Spitze, dass ich einen Moment lang glaube, dies sei eine Konditorei. Dann sehe ich genauer hin und erkenne, dass es ein Laden mit selbst genähten Kinderkleidern ist, der direkt aus dem Feenland zu kommen scheint.

Ich könnte Maria und Valeria etwas schenken. Nur Schönheit kann mich jetzt noch retten.

Ich öffne die Tür und höre die Türglocke, erst dann sehe ich das Schild.

Zwei Wörter in schönster Schreibschrift:

Suche Aushilfe

Und von einem Impuls geleitet, der stärker ist als ich, wie Dornröschen, das sich mit der Spindel in den Finger stechen soll, betrete ich den Laden.

9

DIE WACKERE PRAKTIKANTIN NUTZT EINE ÜBERRASCHENDE GELEGENHEIT

Das Innere des Ladens ist von erlesenem Geschmack. So etwas hatte schon immer eine hypnotisierende Wirkung auf mich.

Ich bin überzeugt, solange es solche Orte gibt, brauche ich keine Psychopharmaka. Alles wird in alten lackierten Kredenzen aufbewahrt, die in derselben Puderfarbe gestrichen sind wie die Tür. Die Lampen sind altmodisch und haben Schirme aus Spitze und Brokat. Es riecht nach Honig.

Die Modelle der ausgestellten Kleider sind einfach, aber die Stoffe und die Verarbeitung sind exquisit. Die Farbauswahl ist ganz speziell: zart und ausdrucksvoll. Das Rosa ist nicht nur rosa, sondern genau die Farbe des verborgensten Teils vom Blütenblatt einer Teerose. Das Blau erinnert an den hellen Himmel der Morgendämmerung, das Gelb an das von feinstem Gebäck. Es sind ganz feine, aber bedeutungsvolle Unterschiede, Lila ist nicht Lila, sondern Malvenfarben, Braun ist Zimtbraun.

Ich bin sofort verliebt in diesen Laden.

Auch die Etiketten sind sehr hübsch, alle handgeschrieben auf grauem Karton in derselben Schrift wie das Schild an der Tür.

»Kann ich Ihnen helfen?«

Dies fragt mich eine Frau in den Siebzigern mit langem Haar, das wie eine weiße Kaskade von Zauberschnee über ihren Schultern schwebt. Ihre schmalen Handgelenke sind voller bronzener und silberner Armreifen, sie trägt eine dunkelblaue Seidenbluse über geblümten Hosen und ein Paar nicht mehr ganz neuer Leinenschuhe, die sicher sehr bequem sind.

»Ich nehme dies hier und das«, sage ich und zeige auf zwei Sommerkleider, die für Maria und Valeria genau richtig sind.

»Eine sehr gute Wahl. Diese Spitze kommt aus Isle-sur-la-Sorgue. Sie ist schon alt, aber sehr haltbar. Sehen Sie mal diese Stickerei hier, so etwas kann heute niemand mehr.«

»Sie suchen eine Aushilfe?«, frage ich beherzt.

Da berührt etwas mein Bein. Ich drehe mich um und sehe einen afghanischen Windhund. Er trägt einen Mittelscheitel, und sein seidiges Fell ist von souveräner Eleganz. Sicher ein wertvoller Hund.

»Haben Sie Angst vor Hunden? Das ist Osvaldo.«

»Entschuldigung, nein, ich war nur überrascht, ich hatte ihn vorher nicht bemerkt.«

»Osvaldo ist sehr diskret. Sie wollten wissen, ob ich eine Aushilfe suche?«

»Ja«, antworte ich und werde rot.

»Würde Sie das denn interessieren?«

»Mhm, ja.«

»Können Sie nähen?«

»Nein.«

»Können Sie verkaufen?«

»Das weiß ich nicht, ich habe es nie ausprobiert.«

»Suchen Sie Arbeit?«

»Ich suche Schönheit.«

Die Frau, deren Sprache schnell und deren Blick etwas flüchtig war, hält plötzlich inne. Sie packt gerade die Kleider für meine Nichten in Seidenpapier ein und bindet eine gepunktete Schleife um das duftige Päckchen.

»Ich verstehe, was Sie meinen. In meinem Alter sind Bedürfnisse mehr als Notwendigkeit, sie sind ein Mittel, um zu überleben. Sehen Sie meine Hände an«, fügt sie hinzu und hält sie mir hin. Ein dicker Ehering an einem Finger, glänzender Nagellack, kurze Fingernägel. Und an den Gelenken schmerzhafte Knoten.

»Mit diesen Händen zu arbeiten wird immer schwieriger. Ich nähe und sticke immer noch, aber es fällt mir sehr schwer. Ich brauche jemanden, der wenigstens einigermaßen nähen kann, um mir die gröbste Arbeit abzunehmen, und der mir beim Verkaufen hilft. Mir fällt es sogar schon schwer, die Sachen einzupacken. Aber das wäre noch die leichteste Aufgabe.«

Ich senke den Blick. Ich bin wirklich zu dumm, warum tue ich etwas, ohne vorher darüber nachzudenken? Was habe ich denn erwartet? Dass sie mir die Tür zu diesem wunderbaren Laden öffnet? Mir, die Nadeln bisher zu nichts anderem verwendet hat, als einen Splitter aus der Haut zu schieben?

»Wie heißen Sie denn eigentlich?«

»Emma. Emma de Tessent.«

»Was für ein romantischer Name! Ich heiße Vittoria Airoldi.«

Ich lächele sie an und gebe ihr die Hand. »Hören Sie«, sagt sie dann. »Ich brauche nicht unbedingt jemanden, der nähen kann, wenn er sonst nicht der Richtige ist. Solche Berufe übt heute niemand mehr aus. Die Mädchen wollen andere Sachen machen, sie sind ehrgeizig, die Handarbeit stirbt aus. Was halten Sie von einem Monat Ausbildung? Danach können wir sehen, wie es läuft. Nähen ist eine angeborene Fähigkeit. Ich sehe gleich, ob Sie ein Talent dafür haben. Dann überlegen wir gemeinsam, was wir machen können.« Osvaldo gibt mir einen kleinen Stups mit seiner feuchten Nase und leckt mich an den Fingerspitzen.

»Osvaldo mag Sie jedenfalls. Das ist mir sehr wichtig. Er kennt die Menschen besser als ich.«

»Signora Airoldi, ich würde Ihren Vorschlag gerne annehmen ...«

»Dann tun Sie es.«

»Aber es ist nicht so, dass Sie nur Mitleid mit mir haben und mir deswegen helfen wollen?« Jetzt ist es heraus. Ich weiß nicht, wie es mir in den Sinn gekommen ist. Vielleicht weil diese Begegnung so anders ist als die mit Scalzi.

Signora Vittoria rollt die Augen. »Meine Liebe, Sie sehen aus wie jemand, der enormes Pech hatte. Aber ich tue es nicht aus reiner Nächstenliebe. Ich will es mit Ihnen versuchen, weil ich denke, dass Sie sich hier nützlich machen können.«

»Ich möchte nicht, dass Sie enttäuscht werden und Zeit verlieren.«

»Wir werden schnell sehen, ob es funktioniert. So verlieren wir keine Zeit. Im schlimmsten Fall habe ich ein bisschen Gesellschaft gehabt. Sie machen keinen arbeitsscheuen Eindruck. Ich bin sicher, dass Sie Ihr Bestes geben werden.«

»Darauf können Sie sich verlassen.«

»Dann fangen wir also morgen an. Jeden Tag von neun bis achtzehn Uhr. Samstags schließe ich um dreizehn Uhr. Für diesen Monat geben ich Ihnen einen symbolischen Lohn, sagen Sie wie viel, Sie sind ja eine vernünftige Person.«

»Natürlich.«

»Eine letzte Sache noch, meine Liebe. Tragen Sie nicht mehr dieses langweilige Beige, es steht Ihnen nicht.«

10

DIE WACKERE PRAKTIKANTIN
AUF DEM JAHRMARKT
DER EITELKEITEN

Meine Mutter nimmt die Nachricht von meiner Ausbildung mit einer gewissen Besorgnis zur Kenntnis.

»Emma, du bist doch nicht … Ein Laden mit Kinderkleidung? Also, so wirklich überzeugt bin ich nicht …«

»Willst du damit sagen, es wäre besser gewesen, Manzellis Vorschlag anzunehmen?«

»Ich weiß es nicht. Vielleicht wäre es besser gewesen, einfach noch zu warten. Übrigens, der Bekannten unseres lieben Sinibaldi tut es sehr leid. Sie hat mir gesagt, Scalzi sei ein ungehobelter Kerl.«

Ich blicke von meinem PC auf. Ich habe mir gerade angeschaut, wie man einen Knopf mit vier Löchern annäht, eine Sache, die völlig außerhalb meiner Vorstellung liegt.

»Ungehobelt ist er nicht, eher jemand, der sehr …« Ich suche vergeblich nach dem einzigen Adjektiv, das mein differenziertes Bild von Pietro Scalzi adäquat wiedergeben könnte. »Er ist jemand, dem ich hätte gefallen können, und ich hatte schon gedacht, zwischen uns gäbe es so etwas wie Einvernehmen. Ich habe mich aber geirrt.«

»Er hat dich offenbar schlecht behandelt«, sagt meine Mutter mit derselben Enttäuschung, die ich seit dem Kindergarten in ihren Augen sah, wenn sie den Eindruck hatte, dass jemand nicht freundlich zu ihren Sprösslingen war.

»Das kann man so nicht sagen. Wir haben einen Fehler gemacht. Ich habe diesen Termin nur über Beziehungen bekommen. Weil jemand Druck gemacht hat. Er hasst so was. Das Komische daran ist, dass ich das eigentlich auch hasse, denn genau dadurch habe ich ja meine Stelle bei der Fairmont verloren. Also hatte Scalzi gar nicht so unrecht mit dem, was er sagte. Aber ich will jetzt nicht mehr daran denken. Reden wir von etwas anderem. Ich muss jetzt neue Wege gehen.«

In diesem Moment klingelt mein Handy. Ich schaue auf das Display und weiß nicht, ob ich drangehen soll. Es ist eine Redakteurin, die vor ein paar Jahren ein Praktikum bei der Fairmont gemacht hat und dann zu einer Fernsehproduktion ging, die Sendungen für *Real Time* macht. Ich nehme das Gespräch an.

»Ciao, Chiara«, sage ich so ruhig wie möglich.

Wie ich schon befürchtet habe, fängt Chiara gleich an von meiner »Pause« bei der Fairmont zu sprechen und das in einem Ton, als sei ich der ärmste Schlucker auf der Welt, aber da täuscht sie sich, das bin ich nicht, ich habe nur gerade viel Pech gehabt.

Ich gehe nicht darauf ein und will sie nicht spüren lassen, dass ich mich ärgere, so halte ich eine kleine Rede über die Vorteile meiner jetzigen Lage, Zen und so weiter.

»Emma, das ist ja großartig, dass du so zuversichtlich bist. Ich hatte schon Angst, du wärst völlig durch den Wind. Aber wenn das so ist, hast du ja vielleicht doch Lust, am Samstag zu meiner Geburtstagsparty zu kommen. Da sind eine Menge Leute, die du kennst. Ich hatte schon befürchtet, du seiest ganz durcheinander und wolltest vielleicht niemanden sehen ...«

Genauso ist es. Ich will keine Leute sehen. Ich hätte vorsichtig sein sollen, denn welche Ausreden bleiben mir jetzt?

»Nein, nein, mir geht es bestens. Aber leider habe ich am Samstag schon eine andere Einladung, tut mir leid.«

Chiara scheint echt enttäuscht zu sein. »Das ist aber schade. Vielleicht kannst du ja doch noch kommen. Wenn ja, sag mir Bescheid.«

»Das mache ich. Danke, dass du an mich gedacht hast.«

Ich lege auf und fühle mich, als hätte ich gerade mit größter Mühe eine Mülltonne zugemacht.

Meine Mutter sieht mich neugierig an. »Hast du eine Einladung für Samstag abgesagt?«

»Eine Geburtstagsfeier mit lauter Produzenten. Nein danke.«

»Ich verstehe, dass du darauf keine Lust hast, aber vielleicht bietet dir das die Gelegenheit ...«

»Welche Gelegenheit, Mama?«

»Neue Bekannte, neue Anregungen. Wenn du nicht hingehst, erfährst du es nicht. Du hast doch nichts zu verlieren.«

»Doch, mein Gesicht«, antworte ich heftig.

»Du bist immer so grundsätzlich. Ich glaube, es wäre ein Fehler, dort nicht hinzugehen: Im Übrigen, Emma, auch wenn du lernen würdest, Kinderkleider zu nähen, diese Arbeit würdest du doch nicht lange machen, oder?«

»Warum nicht? Frauen werden nie ihren Fortpflanzungsinstinkt verlieren. Die Kinderwelt ist ein Bereich, in dem es keine Krisen gibt, genau wie bei Totengräbern.«

»Darum geht es doch gar nicht. Es ist eine Arbeit, die dir gar nicht liegt. Das ist nichts als ein Ausweichmanöver. Du bist verletzt, weil du in letzter Zeit enttäuscht worden bist, und glaubst, dich in die heile Welt der Schneiderei zurückzuziehen, wäre die Lösung. Aber ich kenne dich. Im Grunde deines Herzens möchtest du deine Arbeit bei der Fairmont wiederhaben. Oder – und ich kenne dich, wie nur eine Mutter ihr eigenes Kind kennt – du hoffst, dass die von der Waldau dir doch noch ein Angebot machen. Tut mir leid, wenn ich das verbockt habe, es war nur gut gemeint.«

Ihre Augen werden feucht. Vielleicht will ich ihr einen Gefallen tun, vielleicht ist in mir noch ein Rest Verstand übrig, der ihr recht gibt. Seufzend nehme ich das Telefon und rufe Chiara an.

»Hör mal, ich hatte mich vertan, die andere Einladung ist am Freitag. Wo findet deine Party denn statt?«

In einer Wohnung von etwa siebzig Quadratmetern, Balkone mit eingerechnet, die Chiara und ihr Freund in der Nähe der Via Nazionale gemietet haben, drängen sich am Samstagmittag mindestens hundert Personen. Man bekommt kaum Luft.

Ich muss zugeben, dass keine allzu unangenehmen Leute da sind. Maria Giulia ist da, mit ihrem Verlobten, der den

berühmten Onkel hat, aber nach der Sache mit der Waldau
sehe ich meine Ex-Kollegin mit anderen Augen, wohlwol-
lender und toleranter. Augen, mit denen mich, so hätte ich
mir gewünscht, Scalzi angesehen hätte. Diesmal fragt sie
mich nicht nach meinem Vertrag, und ich bin ihr dankbar
dafür. Diese Wunde ist noch nicht verheilt.

Ich habe ein bauchiges Weinglas in der Hand und habe
schon vergessen, was drin ist, da treffe ich auf Scalzis Assistentin. Ihre Locken stehen noch mehr vom Kopf ab als
sonst. Auch sie ist allein hier und sieht mich strahlend an.

»Signorina de Tessent!«

»Sag einfach Emma. Ich glaube, wir sind gleich alt.«

Sie lacht dankbar. »Ich glaube nicht, ich bin schon vierzig, aber ich nehme es als Kompliment. Ich heiße Gloria.«

Sie gibt mir die Hand, sie hat einen kräftigen Hände-
druck, den einer Frau, die weiß, was sie wert ist. Es folgen
ein paar freundliche Floskeln, wie unter Fremden üblich.
Dann aber überrascht Gloria mich, denn sie wird plötzlich
persönlich.

»Emma, es freut mich wirklich, dich wiederzusehen. Ich
wollte dir sagen, wie sehr es mir wegen neulich leidtut.«

»So ist es nun mal, Einstellungsgespräche laufen gut oder
eben nicht.«

»Es geht nicht nur darum. Scalzi hat mir alles erzählt. Es
muss ja furchtbar gewesen sein.«

Was hat er ihr wohl gesagt? Ich versuche, die Sache her-
unterzuspielen.

»Ganz so schlimm war es nicht, wir waren bloß nicht derselben Meinung.«

Gloria verzieht das Gesicht, sie scheint nicht einverstanden zu sein.

»Scalzi war jedenfalls ziemlich aufgebracht. Er hat mich danach jede Menge Termine absagen lassen. Er meinte, wie manche Leute sich einbilden würden, eine Arbeit zu finden, das sei einfach unglaublich. Alles ginge heute über Vitamin B, regelrecht erpresst würde man, obwohl dein Lebenslauf nicht mal so schlecht wäre ...«

Wie unverschämt. Das hat er alles seiner Assistentin erzählt. Lieber Gott, woraus hast du nur die Männer gemacht?

»Ich denke, ein Chef sollte etwas diskreter sein.«

»Er hat viele Fehler. Er ist gar kein guter Chef.«

»Es ist ganz schön schwer, einen guten zu finden«, sage ich.

»Hättest du dich denn gefreut, wenn er dich in die engere Wahl genommen hätte?«

Was ist das für eine Freundin? Sie will, dass man Dinge sagt, die man zwei Minuten später bereut.

»Es war nur eine von vielen Möglichkeiten. Und nicht mal die, die mich am meisten reizt.«

»Hast du denn schon etwas anderes gefunden?«

»Ja klar.«

Sehr gut. Jetzt kann die lockige Gloria diesem arroganten Scalzi erzählen, dass ich nicht darunter leide, dass er mich nicht genommen hat.

Meine Mutter hatte schon recht. Ich bin nicht die geborene Schneiderin. Und obwohl ich heute Morgen von der Signora Airoldi einen Nähstich gelernt habe, kann ich nicht anders, als darüber nachzudenken, wie ich allen Manzellis und Scalzis dieser Welt zeigen kann, was ich wert bin.

11

DIE WACKERE PRAKTIKANTIN RECHNET MIT DER VERGANGENHEIT AB

Es ist ein wenig Zeit vergangen, und ich habe in täglicher Arbeit die Grundlagen der Nähkunst erlernt.

Ich will nicht behaupten, dass ich besonders gut klarkomme, weil ich zu ungeduldig bin. Signora Airoldi ist der Meinung, dies sei eine schlechte Eigenschaft, die ich lernen muss zu beherrschen.

Um den Verkauf kümmere nur ich mich, so hat sie mehr Zeit zum Nähen. Wenn nichts los ist, nähe ich mit ihr. Sie ist einigermaßen zufrieden. Und da alle Produktionsfirmen, bei denen ich mich beworben habe, nicht antworten, bleibt mir im Moment auch nichts anderes übrig.

Immerhin habe ich ein paar Vorschläge für besseres Marketing gemacht, aber Signora Airoldi, die einen hübschen Dickkopf hat, redet mir alles gnadenlos kaputt.

»Ich könnte eine Website machen mit einem Katalog, in dem alle Modelle sind, und einen Online-Shop einrichten. Sie wissen ja besser als ich, wie wild manche Mütter auf

Naturmaterial und ausgefallene Modelle sind. Die Sachen könnten sich in ganz Italien verkaufen.«

»Dann käme ich ja nie mit der Arbeit hinterher, das wäre ja noch mehr als jetzt.«

»Vielleicht wenigstens eine Seite auf Facebook?«

Vittorias Gesicht drückt Ablehnung aus.

»Die Mehrarbeit sollte Sie nicht abschrecken. Ich könnte eine andere Aushilfe finden. Eine richtige Fachkraft, die gut nähen kann«, sage ich beharrlich.

»Sie würde es mir doch nie recht machen. Paradoxerweise ist es einfacher, jemanden nach seinem Bild zu formen, als es mit jemandem zu tun zu haben, der sich für eine Fachkraft hält und alles nach seinem Gusto macht. A propos fanatische Mütter. Diese da kenne ich gut. Ich überlasse sie dir.« Vittoria zwinkert mir zu und weist auf die Tür, die gerade geöffnet wird. Von einer großen, blonden, eleganten Frau. Es ist Hanna.

Ebendiese Hanna.

Sie sieht mich so verwirrt an, als würde sie mich kennen.

Wir kennen uns aber nicht. Ich weiß genau, wer sie ist, welche Geliebte will nicht alles über die Ehefrau wissen, selbst ihre Schuhgröße? Solche Erkundungen sind einfach notwendig. Sie machen es leichter, sich selbst Leid zuzufügen, ein selbstzerstörerischer Mechanismus der Frauen, die die Rolle der »Anderen« spielen müssen. Ich hatte sogar manchmal gedacht, dass ich sie richtig kennenlernen wollte, ihr Haus betreten und mir alles genau ansehen wollte, all die kleinen Dinge, die so viel über einen Menschen verraten. Hat sie immer frische Blumen in der Vase? Macht sie ständig das Spülbecken in der Küche sauber oder nur abends? Wie sieht ihr Schrank aus? Was für Möbel hat sie? Stehen Rahmen mit Familienfotos herum? Hat sie Porzellanfiguren von Royal Kopenhagen? Nutzlose Silbersachen, die man ihr zur Hochzeit geschenkt hat? Oder ist alles sehr nüchtern und nordisch ohne Nippsachen eingerichtet?

Wer ist Hanna wirklich? Und vor allem: Trifft es zu, dass Carlo, wenn sie abends gemeinsam im Bett liegen und sich vielleicht umarmen, noch immer meinen Geruch an sich hat? Selbst die längste Dusche kann die Gegenwart der Anderen nicht ganz auslöschen. All die Jahre habe ich mir so viele Gedanken um diese Hanna gemacht – meine Gedanken kreisen um sie wie verrückt gewordene Elektronen um einen Atomkern. Das war immer eine schmerzliche Angelegenheit.

Ich würde gerne einen Grund finden, um die Kundin Signora Airoldi zu überlassen, aber Hanna kommt entschlossen auf mich zu. Ich glaube, ich bin kreidebleich.

»Guten Tag.« Sie hat einen feinen Akzent und spricht genau so, wie ich es mir immer vorgestellt habe.

»Ich suche zwei Leinenanzüge für ein Geburtstagsfest.«

»Für zwei Jungen?«

»Ja.«

»In der gleichen Größe? Welches Alter, fünf Jahre vielleicht?«

Jetzt habe ich mich selbst verraten. Woher soll ich wissen, dass ihre Kinder fünf Jahre alt sind?«

Signora Airoldi, die auf einem Sessel sitzt, während Osvaldo zu ihren Füßen liegt, blickt von ihrer Stickarbeit auf.

Aber Hanna ist zerstreut. Sie nickt und streicht mit der Hand über ein hellblaues Seidenkleid für Mädchen, das ich gestern fertig genäht und auf einen Bügel gehängt habe.

Ich nehme zwei weiße Leinenhemden aus dem Schrank, zwei hanffarbene Bermudahosen und zwei Paar Hosenträger.

»Was halten Sie davon?«

»Das ist reizend. Haben Sie noch etwas anderes?«

»Emma, zeig ihr doch mal die blau-weiß gestreiften Latzhosen mit den lila Knöpfen und dem Gürtel.«

»Oh! Guten Tag, Signora Vittoria, ich hatte Sie gar nicht bemerkt!«, ruft Hanna mit einem breiten Lächeln. »Da haben Sie also doch noch eine Mitarbeiterin gefunden.«

»Emma ist großartig«, sagt Vittoria, steht auf und drückt der Kundin herzlich die Hand. »Wie geht es Ihren Jungs? Mitte Juli haben sie Geburtstag, wenn ich mich recht erinnere.«

»*Oui* … am dreizehnten Juli.«

Ihre Stimme ist so sanft, dass es mich wundert, dass Carlo je eine andere hören wollte. Zum Beispiel meine. Ich bin mir plötzlich sicher, dass ich in all den Jahren nicht die Einzige war.

Inzwischen habe ich die Latzhosen geholt.

»Oh, die sind ja bezaubernd!«, ruft Hanna aus und fährt mit ihren manikürten Nägeln über den Stoff. »Finden Sie nicht auch?«

»Ja, ganz bestimmt.«

Verflucht, ich bin so angespannt und unnatürlich, dass nicht viel fehlt und ich sage: Ja, Hanna, vier Jahre hatte ich eine wilde Beziehung mit deinem Mann. Er hat mich eines

Tages fallen gelassen, ansonsten kann ich nicht ausschließen, dass es immer so weitergegangen wäre. Es tut mir sehr leid. Wenn ich bedenke, was ich getan habe, erschrecke ich vor mir selbst. Wenn es etwas nützen würde, dann würde ich jetzt um Verzeihung bitten, aber ich habe noch nie geglaubt, dass man mit einem Wort ungeschehen machen kann, was man getan hat.

Jetzt kommen die passenden Hemden und die Strümpfe dran.

Hanna ist mit ihrer Wahl zufrieden.

An der Kasse legt sie noch das Kleidchen dazu, das ihr gleich am Anfang aufgefallen war.

Signora Airoldi sieht auf den kleinen Bauch der Kundin. »Was für eine schöne Neuigkeit!«

Ich brauche ein paar Sekunden, um an meine innere Stärke zu appellieren, meine Traurigkeit nicht zu zeigen und teilnahmsvoll zu lächeln.

»Ja, es kommt im Oktober«, erklärt Hanna mit der Zärtlichkeit einer werdenden Mutter. »Meine Oma sagte immer, es gäbe keine Wolken, die nicht irgendwann vorbeiziehen, um die Sonne durchzulassen. Es ist nur eine Frage der Zeit.« Dann reicht sie mir ihre Kreditkarte und lächelt mich an, und ich habe plötzlich das Gefühl, sie weiß Bescheid und freut sich, mich getroffen zu haben.

»Hat sie das wirklich gesagt?«, ruft Arabella erstaunt in den Hörer. Ich habe sie in der Mittagspause angerufen, die Signora Airoldi üblicherweise in der Werkstatt verbringt zwischen mit Blümchen bemalten Porzellantellern, während ich, meiner Leidenschaft für Kohlehydrate folgend – nach den ersten Tagen des Kampfes wegen Arbeitslosigkeit habe ich sie wieder zugelassen –, bei *Vanni* zu Mittag esse. »Was für eine blöde Kuh.«

»Eigentlich bin ich ja die Blöde.«

»Nein, du bist das Opfer dieses miesen Kerls. Man sollte sich gegen diese treulosen Männer zusammenschließen, die Frauen sollten sich gegenseitig keinen Ärger machen.«

Da möchte ich Arabella aber mal gerne sehen, wie sie sich mit einem der Mäuschen zusammenschließt, mit dem sich der schreckliche Schwager abgibt. Wir nehmen den Mund immer ganz schön voll, wenn wir selbst nicht betroffen sind.

»Du bist ja ganz schön aufgewühlt«, sagt meine Schwester sanft. »Komm doch heute Abend zu uns. Die Mädchen haben schon nach dir gefragt. Maria hat in der Schule erzählt, ihre Tante nähe Feenkleider für Kinder, und ist sehr stolz darauf.«

»Na, wenigstens einer, der stolz ist.«

»Diese Kleider sind aber auch wirklich zauberhaft. Könntest du mir ein Trägerkleid für Valeria besorgen, wir haben Samstag eine Taufe, und ich weiß nicht, was ich ihr anziehen soll.«

So habe ich zum Abendessen, das zu einer kindgerechten Zeit stattfindet, eine Crème bavaroise mit Bourbon Vanille aus einer Konditorei neben unserem Laden und eine Tüte mit neuen Kleidern für die Nichten mitgebracht.

Arabella hat eine scheußlich schmeckende Lasagne gekauft, aber die Mädchen genießen sie und sind zufrieden.

Dann zehn Minuten einer Disney-DVD nach ihrer Wahl, und dann verschwinden die beiden im Bett wie zwei brave Internatszöglinge.

Der schreckliche Schwager redet die ganze Zeit nur von sich, aber um neun sieht er sich ein Freundschaftsspiel der italienischen Mannschaft an und verstummt vor dem Fernseher.

Arabella und ich räumen schnell ab und ziehen uns auf die kleine Terrasse neben der Küche zurück. Es ist ganz eng dort, nur ein Tischchen und zwei Hocker finden Platz, aber man kann sich gut von der Hitze erholen.

Wir essen die bayerische Creme begossen mit etwas Likör, den meine Schwester aus dem Weinkeller des schrecklichen Schwagers stibitzt hat. Meine Nerven haben sich inzwischen beruhigt, die kühle Luft tut mir gut, und die süße Creme heilt alle Wunden. Meine Schwester hatte recht, nach einem schlimmen Tag kann einen nur der Trost eines geliebten Menschen retten. Ich sehe Arabella an, während sie sich bemüht, mich aufzuheitern. Sie erzählt mir von unwichtigen Dingen, und schon bald sind Hanna und Carlo wieder in die Vergangenheit abgetaucht.

Um zehn bin ich auf dem Nachhauseweg. Meine Schwester wollte ein Taxi rufen, aber ich gehe lieber zu Fuß bis zur Metro-Station. Das war eine dumme Idee, denn ich gerate in eine Schar von Hare-Krishna-Jüngern, in ihren orangenfarbenen Gewändern mit ihren Haarbüscheln auf dem kahlen Kopf, den Sitars und all dem Zeug. Man kann sie nicht ansehen, ohne ein bisschen neidisch zu werden, sie scheinen so frei und glücklich. Einer von ihnen reicht mir die Hand, fordert mich zum Tanzen auf, und ich sage mir: warum nicht? So erreiche ich die Metro, während ich mit ihnen tanze, ihre Hände halte und Hare Rama singe. Ich fühle mich dabei putzmunter. Vielleicht liegt es auch am Wein des schrecklichen Schwagers. Ich tanze über die Straßen, und es ist, als ginge es mir gar nicht so schlecht, als hätte ich jeden Grund, glücklich zu sein.

12

DIE WACKERE PRAKTIKANTIN IN TAMEYOSHI TESSAIS ERINNERUNG

Heute regnet es, und es kommt nur wenig Kundschaft. Signora Vittoria und ich nutzen den Leerlauf, um die neuen Modelle zu nähen: Sie präsentiert gern eine bestimmte Kollektion für eine Saison und jeden Monat ein Modell in beschränkter Auflage – eine Idee der Frau, die kein Marketing mag, aber im Web würde das alles explodieren.

Mein Telefon klingelt, während ich gerade einen Knopf annähe.

»Geh nur dran, meine Liebe«, sagt Signora Airoldi und arbeitet weiter an ihren Verzierungen, während ich mich entferne, um mit Tameyoshi Tessai zu sprechen.

»Wie geht es Ihnen, Signorina de Tessent?«

»Nicht allzu schlecht. Eigentlich überraschend gut. Und Ihnen?«

»Können wir heute zusammen zu Mittag essen?«

»Aber es regnet.«

»Feuchtigkeit zieht mich an wie ein Reptil.«

»Könnten Sie ins Prati-Viertel kommen?«

»Natürlich. Ich gestehe Ihnen die Ehre zu, auszusuchen, wo wir essen gehen.«

Ich nenne ihm ein angenehmes Restaurant hier in der Nähe und komme eine Stunde später mit einem von Signora Vittoria geliehenen Regenschirm dorthin. Tessai sitzt schon am Tisch und studiert die Karte.

»Es freut mich, Sie wiederzusehen. Gut sehen Sie aus.«

»Auch Sie sehen gut aus.« Ich sage nicht die Wahrheit; eigentlich ist er leicht gelb im Gesicht, das liegt aber vielleicht an seinem beigefarbenen Anzug.

»Nach unserem letzten Gespräch an dem Tag, an dem Sie Ihre Arbeit verloren haben, war ich sehr traurig. Ich habe oft an Sie gedacht.«

»Dafür danke ich Ihnen.«

»Haben Sie denn jetzt eine passende Arbeit gefunden?«, fragt er in sehr freundlichem Ton.

»Ich könnte nicht sagen, dass sie besonders gut passt. Es ist eine ganz andere Arbeit, die nichts mit Filmproduktion zu tun hat.«

Tessai runzelt die Stirn. »Und womit beschäftigen Sie sich?«

»Ich arbeite in einem zauberhaften kleinen Laden mit selbst genähten Kinderkleidern. Hier in der Nähe.«

»Das ist ja unvorstellbar!«

»Das ist eine lange Geschichte, Signor Tessai. Aber glauben Sie mir, es geht mir gut. Jedenfalls im Moment. Und Sie, schreiben Sie wieder?«

Ich spiele auf die Tatsache an, dass Tessai nach *Schönheit der Finsternis* nichts mehr veröffentlicht hat. Manche sagen, er mache eine kreative Pause, andere meinen, er hätte alles gesagt, was er zu sagen hatte, manche warten auf ein neues Werk, andere tun dies nicht mehr. Ich vermute, dass der Tod seines Verlegers dabei eine Rolle spielt. Sinibaldi wusste, wie man ihn zu nehmen hatte und ihn anleitete. Tessai lebt seit Jahren in heftiger emotionaler Anarchie – was zugleich der Schlüssel für seine großartigen Bücher ist –, aber ich habe das Gefühl, er kann dies nur schwer mit anderen Aspekten seines Lebens vereinbaren, zum Beispiel der für die Arbeit notwendigen Disziplin. Ich stelle mir vor, dass Schreiben in jeder Hinsicht Arbeit bedeutet.

»Ich bastele gerade an einer Geschichte. Wahrscheinlich ist es die richtige. Haben Sie schon gewählt? Ich wünsche mir das ganze Jahr über Kürbisblüten, und jetzt, wo die Saison dafür ist, kann ich gar nicht genug davon bekommen.«

»Ich nehme dasselbe.« Das Essen ist mir gleichgültig, ich möchte nur seine sonderbare Gesellschaft genießen, die mich an die Freuden eines früheren Lebens erinnert, das mir heute nicht mehr zu gehören scheint.

Wir essen schnell, er bezahlt die Rechnung, und nach zwanzig Minuten sind wir wieder draußen.

»Möchten Sie spazieren gehen? Die paar Tropfen werden Ihnen sicher nichts anhaben.«

»Natürlich nicht, ich komme gern mit.«

Ich biete ihm den Regenschirm an, aber er lehnt ab. »Ich bin wie der Held aus einem Film von Woody Allen, der gern im Regen spazieren geht. Wenn ich mich vor Regen schütze, habe ich das Gefühl, die Energie der Elemente nicht zu spüren, die immer ein Geschenk ist, das wissen Sie sicher.«

Mir ist ein bisschen kalt. Ich hatte nicht mit Regen gerechnet und trage nur ein leichtes Sommerkleid. Aber auch das ist mir egal. Ich folge seinem Schritt, während Tessai spricht, er verstreut tausend ein wenig wirre Gedanken und sagt schließlich in der ihm eigenen, etwas abstrakten Art, in letzter Zeit sei er öfter melancholisch und fühle sich müde.

»Vielleicht sollte ich diese bösen Gedanken in einem Buch niederlegen und mich so von ihnen befreien.«

»Funktioniert das denn? Sie sind der Romancier. Ich bin eher pragmatisch und habe keine poetische Seite. Böse Gedanken vertreibe ich, indem ich Plätzchen esse.«

Tessai bleibt stehen. Er kommt unter meinen Schirm und sieht mir in die Augen.

»Emma, Sie sind das Mädchen, das vor fünfzehn Jahren Erinnerungen als den einzigen Ort ansah, an dem sich glücklich leben lässt.«

Als er dies sagt, füllen sich meine Augen mit Tränen.

In all den Monaten hat Tessai nie von diesem Moment gesprochen, deshalb war ich sicher, dass er ihn vergessen hatte und er ihm im Grunde auch nicht wichtig erschienen war.

»Sie erinnern sich also noch daran«, sage ich leise und zittere ein wenig. Es ist, als sei sein Gesicht mit einer Maske bedeckt gewesen und er habe sie plötzlich abgenommen.

»Das habe ich nie vergessen.«

Vor fünfzehn Jahren wurde mein Vater sehr krank. Die Ärzte hatten uns gesagt, es sei nur eine Frage der Zeit, bis er sterben würde. Und so war es auch. Er starb an einem eiskalten

Tag, ohne auf Wiedersehen zu sagen, ohne uns etwas sagen zu können, was in Erinnerung blieb. Er sagte nur, er wolle sich ausruhen, und wachte nie wieder auf. Es war ein sanfter Tod.

Die Leere der Tage ohne ihn war schwer zu ertragen. Arabella, unsere Mutter und ich legten uns gemeinsam ins Ehebett und versuchten, uns gegenseitig über den Verlust hinwegzutrösten.

Eines Tages las ich in der Zeitung von der Vorstellung eines neuen Buches von Tameyoshi Tessai, der Papas Lieblingsautor gewesen war. Auch ich hatte die Bücher gelesen, aber jetzt waren sie mir noch lieber, denn sie waren in gewisser Weise jenseits von Raum und Zeit eine Verbindung zu dem, was er gerngehabt hatte.

So ging ich zur Buchpremiere. Ich hörte aufmerksam zu, kaufte ein Exemplar des neuen Romans, stellte mich in die Schlange und wartete, bis ich an der Reihe war. Als ich vor Tessai stand, fingen meine Beine an zu zittern.

»Wem soll ich es widmen?«

»Sie waren der Lieblingsautor meines Vaters. Er hat alle Ihre Bücher gelesen und durch ihn habe ich sie auch kennengelernt. Aber er ist heute nicht mehr da.«

Tessai blickte auf, in seinen Augen waren Tränen. Er betrachtete mich, als sei ich etwas Seltenes, Anormales. Dann zitierte ich einen Satz aus seinem ersten Roman, den mein Vater so gerngehabt hatte.

»Es tut mir leid«, sagte er schlicht. »Ich wünsche Ihnen Mut«, fügte er dann hinzu und tätschelte mir die Hand. »Wie hieß er?«

»Julian.«

Tessai öffnete das Buch, kam zur dritten Seite, auf der der Buchtitel und sein Name standen, und wollte meinem Vater das Buch widmen, ohne dass ich darum gebeten hatte. Dies berührte mich sehr, einen Moment lang glaubte ich, mein Vater könne das Buch doch noch in Empfang nehmen und sich darüber freuen.

Ich wusste nicht, was ich noch sagen sollte, ich hätte mir nichts mehr gewünscht, als nach Hause zu gehen und meinem Vater das Buch bringen zu können, ihm zu sagen: »Ich habe ein Geschenk für dich.« Aber das war natürlich unmöglich, außer in meiner Vorstellung.

Und so sagte ich jenen Satz – dass sich nur in der Erinnerung glücklich leben lässt, woran sich Tessai bis heute erinnerte. Ich hatte in all der Zeit nie mehr an jenen Moment gedacht. Es war ein kleines Geheimnis, an das ich nicht rühren wollte.

»Weinen Sie nicht, Emma, es ist vorbei«, sagte Tessai jetzt freundlich.

»Nein, Signor Tessai, es geht nie vorüber.«

»Ich hätte diese traurige Erinnerung nicht wachrufen dürfen.«

»Doch, ich freue mich, dass Sie sich noch daran erinnern.«

»Eigentlich kannte ich Ihren Vater.«

»Wirklich?«

Tessai nickte, beinahe mit Hochachtung. »Er war gut mit Giorgio Sinibaldi bekannt. Vielleicht wissen Sie es nicht, Emma, manchmal entgehen uns ein paar Dinge, aber Julian hat Giorgio seine Familie anvertraut, als er wusste, dass er sterben würde. Und Giorgio ist dieser Aufgabe immer gerecht geworden.«

Ich sah Tessai erstaunt an. Sinibaldi war ein sehr liebenswürdiger und diskreter Mensch. Er hatte unsere Familie einmal im Monat besucht, war aber zu höflich, um zum Abendessen zu bleiben. Aber er kam immer wieder, das trifft zu. Als Arabella im letzten Jahr im Gymnasium eine Blinddarmentzündung hatte und dringend operiert werden musste, brachte er sie in die Notaufnahme. Er hat meiner Mutter immer geholfen, bei allen Scherereien wegen der geringen Rente meines Vaters und seiner Schulden. Ich habe nie bemerkt, dass er immer für uns da war, aber meine Mutter bestimmt.

Vielleicht hat Tessai recht. Wahrscheinlich sind da viele Dinge, von denen ich nichts weiß.

13

DIE WACKERE PRAKTIKANTIN
WIRD ZUR HUNDE-SITTERIN

Seit ein paar Tagen habe ich bei Signora Airoldi eine weitere Aufgabe übernommen: Ich kümmere mich um Osvaldo und gehe mit ihm Gassi. Sie hat mich nicht darum gebeten. Ich habe es ihr angeboten, weil ich merkte, dass meine Kondition immer mehr nachließ. Osvaldo ist ein sehr vornehmer Hund, aber wenn in der Nähe eine läufige Hündin ist oder er gebackene Auberginen riecht, verschwindet jeder Unterschied zwischen ihm, dem Rassehund und der letzten Promenadenmischung und Signora Vittoria hat nicht mehr genug Kraft, um ihn an der Leine zu halten.

»Danke, Emma, ich weiß gar nicht mehr, wie ich es früher ohne dich geschafft habe«, sagte sie und streichelte damit mein Ego, denn solche Anerkennung habe ich von kaum jemandem erhalten (von meiner Mutter, wenn ich ihr Rosenwasser kaufe, weil sie keins mehr hat, oder von Arabella, wenn ich ihr Nichte Nr. 2 abnehme, die extrem anstrengend sein kann).

Jeden Tag gegen fünfzehn Uhr ist es so weit. Der majestätische Vierbeiner meldet sich zuerst mit einem kleinen

Stups, dann holt er seine Leine und bringt sie mir in deutlicher Absicht.

»Geh nur, Emma. Und unterwegs kauf dir ein Eis zur Erfrischung.«

So machen wir uns auf den Weg durch das Prati-Viertel, von dem ich inzwischen auch die kleineren, unbekannten Straßen kenne und liebe. Es hat auch sicher ein paar Nachteile, die ich noch nicht bemerkt habe, aber ich fühle mich hier wohl und bin zufrieden mit mir und der Welt. Als könnte ich voraussehen, dass ich mich später an bestimmte Tage erinnern werde, die zu einer seltsamen, aber sehr glücklichen Vergangenheit gehören. Der heutige Tag wird kein Teil dieser Erinnerung sein. Osvaldo zerrt an der Leine, und ich weiß nicht, wie ich ihn bändigen soll. Eines Tages werde ich mir wegen der Pheromone einer Hündin auch den anderen kleinen Finger brechen, mit dem Unterschied, dass ich ihn jetzt zur Arbeit brauche, und das wäre wirklich sehr, sehr schlecht.

»Ist ja gut, Osvaldo! Was ist nur los mit dir!«

Als ich mehr schwitze als eine Schwangere in einem Bus im August, bleibt er plötzlich stehen und wedelt freudig mit dem Schwanz.

Er hat den Produzenten Pietro Scalzi entdeckt.

Dieser trägt den üblichen Charme eines Tennisspielers von Wimbledon zur Schau, aber sein Gesicht ist starr vor Verwunderung, weil er die Teile eines Puzzles nicht zusammenbekommt, das ein Kind von drei Jahren in wenigen Minuten fertigstellen würde.

»Was machen Sie hier mit Osvaldo? Sind Sie Hunde-Sitterin geworden?«

Ich hätte mir eine etwas höflichere Begrüßung gewünscht. Worüber ich aber wirklich erstaunt bin, ist, dass er Osvaldo kennt.

»Was ist schlecht daran, Hunde-Sitterin zu sein?«

»Meiner Meinung nach gar nichts. Ein Beruf wie jeder andere, und eher angenehm. Wenn Sie damit zufrieden sind ...«

»Natürlich bin ich keine Hunde-Sitterin.«

»Das freut mich für Sie. Angesichts der Krise in unserer Branche hätte es mich allerdings nicht überrascht.«

Er beendet den Satz mit einem schiefen Lächeln. »Wenn es nicht Ihr Job ist, warum zum Teufel, führen Sie dann den Hund meiner Mutter aus?«

Ich falle zwar nicht in Ohnmacht wie die Heldinnen der Regency-Romane, aber nur deshalb, weil ich schon viel erlebt habe.

»Vittoria Airoldi ist Ihre *Mutter*?«, frage ich überrascht, obwohl nicht einmal ich mir vorstellen kann, dass noch ein anderer afghanischer Windhund mit Namen Osvaldo im Prati-Viertel wohnt.

»Ja, das ist sie.«

Jetzt erklärt sich manches. Früher war Vittorias Laden anderswo, aber vor ein paar Jahren hatte sie Ischias-Probleme, und ihr Sohn bat sie, mit ihrem Laden ins Prati-Viertel umzuziehen, damit sie mehr in seiner Nähe war, und sie tat es. Deshalb liegt der Laden jetzt ganz in der Nähe der Waldau. Seltsamerweise war ich Scalzi jedoch nie begegnet. Immer wieder hatte Vittoria gesagt. »Wie schade, mein Sohn war gerade hier, ich hätte ihn dir gern vorgestellt.«

Besser, dass das nicht passiert ist. Der Produzent hat die Hände in die Hüften gestützt, und ich kann nicht umhin, seine gute Figur zu bemerken.

»Und?«, fragt er herausfordernd.

»Nun ja. Ich habe eine Arbeit in ihrem Laden gefunden.« Jetzt ist es an ihm, verwirrt zu sein.

»Können Sie denn nähen?«

»Ich habe es gelernt«, erkläre ich stolz.

»Seit wann arbeiten Sie denn im Laden?«

»Seit dem Tag unseres missglückten Gesprächs. Ich kam aus Ihrem Büro und landete als Erstes vor dem Geschäft Ihrer Mutter.«

»Und Sie hatten die ganze Zeit über keine Ahnung, dass Vittoria Airoldi meine Mutter ist?«, fragt er ungläubig und zieht eine Augenbraue hoch.

Dieser Mann hat mich behandelt, als sei ich die mieseste Empfehlung, die er je bekommen hat. Dann hat er seiner Assistentin von unserem Gespräch erzählt und es als sehr unangenehm bezeichnet. Es ist bitter, von Dritten etwas über ein vertrauliches Gespräch zu erfahren. Er hat mich wie einen unwichtigen Gegenstand behandelt und mich spüren lassen, wie verletzlich ich in Wirklichkeit bin. Will er mir jetzt allen Ernstes zu verstehen geben, dass ich mich im Laden seiner Mutter eingeschlichen habe, um an einen Job in seiner edlen Produktionsfirma zu kommen?

»Nun, Signor Scalzi, vielleicht wird meine Antwort Sie enttäuschen, aber stellen Sie sich vor, in meiner kleinen Welt dreht sich nicht alles um Sie. Dass es einen Zusam-

menhang zwischen dem Laden Ihrer Mutter und Ihnen
gibt, weiß ich erst, seit Osvaldo in Ihnen seinen verlorenen
Bruder erkannt hat. Mit anderen Worten seit knapp fünf
Minuten.«

»Könnte es sein, dass Sie sich gerade über mich lustig
machen?«

»Nein, das liegt mit völlig fern. Ich amüsiere mich lieber
ohne Sie.«

Scalzi streichelt Osvaldos Fell und sagt in höflichem, aber
leicht spöttischem Ton:

»Mir war schon zu Ohren gekommen, dass Sie eine andere Stelle gefunden haben, ich war aber überzeugt, es sei auf
dem Gebiet, das uns beide interessiert.«

»Tja, das Leben ist manchmal seltsam. Auf dem Gebiet,
das uns beide interessiert, wie Sie es nennen, bin ich eine
Koryphäe, aber ich habe nichts, rein gar nichts gefunden,
weil überhebliche Leute wie Sie mir keine Chance geben
wollten. Ihre reizende Mutter aber hat mich eingestellt, obwohl ich nicht mal einen Saum nähen konnte. Nach und
nach hat sie mir alles beigebracht. Mit Geduld und einem
offenen Herzen. Und wissen Sie, was am verrücktesten ist?
Es macht mir Spaß, und zwar sehr viel!«

Nachdem ich meinen Groll herausgelassen habe, geht es
mir viel besser.

»Sind Sie jetzt fertig?«, fragt er.

»Ja.«

»Sie sind ungerecht, wenn Sie sagen, dass ich Ihnen keine Chance geben wollte.«

»Haben Sie mir denn eine gegeben?«

»Sie sind einfach weggegangen und haben nicht zuge-hört. Sie haben nur auf sich gehört. Dann bin ich nach Oslo gefahren, und als ich zurückkam, wollte ich Sie anrufen, das können Sie mir glauben. Aber von meiner Assistentin habe ich erfahren, dass Sie nicht bei der Waldau arbeiten wollten und etwas ›viel Besseres‹ gefunden hätten und außerdem mit jemandem wie mir niemals arbeiten würden. Ich habe also nur Ihrem Wunsch entsprochen.«

»Ich habe so etwas nie zu Ihrer Assistentin gesagt. Sie hingegen hat mir erzählt …«

»Ich bitte Sie«, unterbricht er mich und sieht mich so missbilligend an, als sei gerade eine Küchenschabe unter meiner Fußsohle hervorgekommen. »Diese Art Dialog ist kleinlich und missfällt mir.«

»Glauben Sie, dass ich mich dabei wohl fühle?«

»Das geht mich nichts mehr an. Mein reizendes Müt-terchen hat in Ihnen ein Potenzial entdeckt, und Sie sind glücklich. Sie haben sicher recht. Besser man arbeitet in diesem Märchenland als in unserem Dschungel.«

»So ist es.«

Die Atmosphäre zwischen uns ist eisig. Scalzi reicht mir pro forma die Hand.

»Hat mich gefreut, Signorina de Tessent. Passen Sie gut auf Osvaldo auf.«

Ich gehe nicht gleich in den Laden zurück und stapfe mit zusammengepressten Lippen durch die Straßen. Ich muss zuerst meine Wut abreagieren. Was hätte ich Signora Vit-toria auch sagen sollen, wenn sie mich gefragt hätte, warum ich im Gesicht abwechselnd blass (aus Verlegenheit) und rot (aus Wut) wurde.

Wut habe ich vor allem auf eine Person: diese dumme Assistentin mit den Locken, die dem Produzenten gegenüber schlecht von mir geredet hat und mir Sachen in den Mund gelegt hat, die ich so nie gesagt habe. Was denken sich solche Leute eigentlich? Wie können sie nur harmlose Worte in gefährliche Dolche verwandeln?

Die Sonne sticht, die Schwüle ist drückend, es ist beinahe vier Uhr, und ich muss zurück in den Laden, bevor sich Signora Vittoria Sorgen macht.

Sie ist bereits besorgt.

»Ich wollte dich schon anrufen, ich hätte dich hier brauchen können.«

Was soll ich tun? Ihr erzählen, dass ich ihrem selbstbewussten Söhnchen begegnet bin?

»Stellen Sie sich vor, Signora Vittoria, Osvaldo hat Ihren Sohn erkannt ... und da haben wir ein wenig miteinander geplaudert.«

Ihre Augen leuchten vor Freude. »Was für ein glücklicher Zufall! Ich fand es sowieso schon seltsam, dass ihr euch noch nie begegnet seid. Er arbeitet ja hier ganz in der Nähe und besucht mich oft.«

»Signora Vittoria, ich glaube, ich habe Ihnen nie erzählt, dass ich genau wie Ihr Sohn in der Filmbranche gearbeitet habe. Dort sind wir uns bereits über den Weg gelaufen. Welch ein Zufall, dass es Ihr Sohn ist«, sage ich so gleichmütig wie möglich, damit sie nicht weiter nachfragt.

»Ja, der Zufall«, bemerkt sie etwas zögernd. »Jetzt hast du dich ein bisschen erfrischt, und wir können weiterarbeiten. Wir haben einen großen Auftrag einer langjährigen Kundin, die nach Mailand gezogen ist und acht Enkelkinder hat. Wir haben keine Zeit zu verlieren.«

So wende ich mich wieder der Näherei zu, und das ist meine Rettung, denn hierbei bin ich frei von bösen Gedanken.

Und etwas anderes brauche ich eigentlich nicht.

14

DIE WACKERE PRAKTIKANTIN
UND DAS GEHEIMNIS
IN DEN MASCHEN DER ZEIT

Ich habe Sonntage noch nie gemocht. Alle alten Jungfern hassen sie. Was soll man im Sommer an einem Sonntagnachmittag tun? Besonders, wenn man keine Strände mag – ich war dort nur in meiner Gymnasialzeit.

Meine Mutter ist mit ihren Freundinnen ausgegangen. Ich habe beschlossen, Ordnung in die Schränke im Abstellraum zu bringen, eine unangenehme Arbeit, für die man nie Zeit hat, aber notwendig, um nicht von überflüssigem Papier und altmodischen Kleidern begraben zu werden.

Dort lagern Klamotten, die ich nicht mal der Caritas überlassen würde. Sollen sie lieber Energie in einem Verbrennungsofen erzeugen. Dann sind die Faltkartons dran. Alte Tagebücher, will ich wirklich die Notizen von 1999 aufheben? Kassenzettel, Konzertkarten, Restaurantmenus, die ich alle aufgehoben habe, weil ich damals dachte, ich würde mich später gern daran erinnern. Weg mit all dem Zeug, dieses Papier kann recycelt werden und der Welt nützen.

Ich trinke Weißwein und höre *Dancing Barefoot* von Patty Smith. Immer mehr schwarze Säcke füllen sich, und der Schrank kann wieder durchatmen. Da ist nur noch eine Schachtel ganz oben, die ziemlich schwer ist.

Sie gehört meiner Mutter. Eigentlich müsste sie sie selbst durchsehen, denn das sind lauter Sachen von ihr, und ich habe kein Recht, in ihrer Vergangenheit zu kramen. Ich kann aber nicht widerstehen, mir die alten Fotos anzuschauen. Papa ist darauf zu sehen und Arabella und ich als kleine Mädchen, Erinnerungen an eine zu schnell verflogene Vergangenheit. Es tut einem gut, ab und zu dorthin zurückzukehren.

Mitten zwischen den Familienfotos finde ich einen mit blauer Chinaseide bezogenen Schmuckkasten. Darin sind wunderschöne kostbare Ohrringe.

Ich bin sprachlos. Warum bewahrt meine Mutter sie hier auf und trägt sie nie?

Warum habe ich sie noch nie an ihr gesehen?

Eine vergilbte Karte liegt auch in dem Kästchen. Darauf steht etwas in der Handschrift meiner Mutter. Ein Datum fehlt.

Ich habe heute die Ohrringe bekommen. Sie sind wunderbar. Ich kann sie nicht weggeben, aber auch nicht annehmen. Sie sind ein zu großes Geschenk und eine Entschädigung, die ich nicht möchte.
Marina

Was ist das für ein Geheimnis? Ich bin verblüfft. Man sollte die Geheimnisse der Menschen, die man liebt, nicht anrühren, man gerät nur durcheinander und kann doch nichts ändern.

Seit Tameyoshi Tessai von der stillen, aber unerlässlichen Gegenwart von Giorgio Sinibaldi in unserem Leben gesprochen hat, beschäftigen mich alle möglichen Fragen über die Vergangenheit meiner Mutter.

Als ich jetzt die Ohrringe mit der Karte finde, ist das neue Nahrung für meine Phantasie, die ich kaum noch beherrschen kann. Aber habe ich ein Recht, alles zu wissen? Nichts verpflichtet meine Mutter, mir ihre Geschichte zu erzählen, wenn sie mich nicht betrifft. Ich habe aber das Gefühl, dass es hier um einen wichtigen Augenblick geht, in dem sie nicht wusste, wie sie ein schwieriges Problem lösen sollte. Eine Sache, von der Arabella und ich nichts geahnt haben.

Ich weiß nicht, ob Papa damals noch lebte oder nicht.

Ich bin aber sicher, dass zu dieser Zeit Giorgio Sinibaldi in ihrem Leben eine Rolle zu spielen begann, und dass dadurch vieles anders geworden ist.

»Emma, bist du da?« Jetzt ist sie nach Hause zurückgekommen. Ich lege die kostbaren Fundstücke an ihren Platz zurück und steige auf die Trittleiter, um den Karton wieder nach oben zu stellen. Als ich gerade den Schrank geschlossen habe, kommt sie in den Abstellraum. »Schätzchen, da hast du dir aber wirklich viel Arbeit gemacht!«, sagt sie, als sie die schwarzen Säcke sieht.

»Da war auch noch ein Karton von dir.«

»Ja, ja, ich weiß«, sagt sie und tut gleichgültig. Sie spricht vom Abendessen, um ihre Verlegenheit zu kaschieren.

»Nein, ich esse heute Abend nichts. Ich habe den ganzen Nachmittag Leckereien gegessen und Weißwein getrunken.«

»Ach du meine Güte!«, sagt meine Mutter, die immer sehr auf gesundes Essen achtet.

»Ich dachte, ich gehe ein bisschen nach draußen an die frische Luft nach diesem Nachmittag in Staub und Naphtalingeruch.«

Sie nickt und streichelt mir über den Rücken. Ich vermute, sobald ich die Tür geschlossen habe, wird sie auf die Trittleiter steigen und den Karton in Sicherheit bringen. Dann sieht sie sich die Ohrringe an und verliert sich in Gedanken, von denen ich nie etwas erfahren werde.

Früher wäre ich in die Via Oriani gegangen, aber in diesen letzten Monaten habe ich es mir verboten, mich diesem Viertel auch nur zu nähern, und bis heute ist es mir gelungen.

Es ist wie damals, als ich mich mit Carlo traf und mir selbst etwas vormachte, in dem ich mir immer sagte, dies sei das letzte Mal. Dann kam es wirklich so, aber nicht, weil ich es mir ausgesucht hatte. Das war der Beweis für mich, dass ich mir selbst nicht trauen konnte, und daran hat sich bis heute nichts geändert.

Sicher ist die kleine Villa noch nicht fertig restauriert, und dort ist jetzt eine Baustelle. Mit etwas Glück ist das Gartentürchen noch offen, weil es niemand bemerkt hat. Im schlimmsten Fall werde ich das Haus und meine Bank nur von außen sehen und durch die rostigen Eisengitter starren wie ein kleines Mädchen ins Schaufenster eines Spielzeugladens.

Ich schließe die Augen und träume ein wenig. Dann nehme ich mir eine Glyzinie mit, für zu Hause.

Der Himmel ist violett gesprenkelt, und bald wird es dunkel sein. Das Haus ist noch schöner, als ich es in Erinnerung hatte. Es ist außen vanillefarben gestrichen – seit ich bei Signora Vittoria arbeite, ist meine Faszination für Farbnuancen noch größer geworden. Das Schloss am Gartentor ist immer noch kaputt, und heute Abend kann ich mir noch einbilden, dass sich nichts verändert hat. Ich gehe ein paar Schritte über den Kies, und dann sehe ich das Schild.

Lassen Sie sich vom Luxus verführen.
Kreative Gerichte serviert
im zauberhaften Ambiente
der Glyzinienvilla.
Opening soon.

Diese beiden Ungeheuer machen aus meiner Villa ein Restaurant! Was für ein Sakrileg!

Wäre es ein Liebesnest geworden, hätte ich es noch hingenommen, aber ein Ort für kulinarische Abenteuer – das geht zu weit.

Dann sage ich mir, dass das Ganze doch etwas Positives hat. Wenn es ein Restaurant wird, kann ich dort hingehen, wann ich will. Ich muss nur dafür zahlen. Aber dann gehört es allen, und das ist schrecklich.

Ich höre, wie mein Telefon klingelt. Arabella ist dran, und ihre Stimme klingt ängstlich.

Zwanzig Minuten später bin ich bei ihr.

15

DIE WACKERE PRAKTIKANTIN UND DAS VERZWEIFELTE BEDÜRFNIS NACH GEFÜHLEN

Es herrscht Stille, denn die beiden Mädchen schlafen schon. Der schreckliche Schwager ist auf einer Konferenz in Holland. Arabellas Augen sind geschwollen und haben schwarze Ringe. Sie hat ein weißes Batistnachthemd an und sieht aus wie die Schwester von Kirsten Dunst – das sagen immer alle, und darüber freut sie sich sehr.

Dabei ist sie meine Schwester, und ich habe mit diesem Hollywoodstar gar nichts zu tun. Arabella hat einen weichen Körper und schöne Rundungen, das lieben die italienischen Männer; ich hingegen bin eher knochig. Arabella hat blonde Haare wie reifes Korn wie die Heldinnen von Liebesromanen und ein lebhaftes Lächeln, meine Haare aber haben die Farbe von Rattenfell, und wenn ich keine Strähnchen machen lasse, wirke ich zehn Jahre älter. Und erst mal die Farbe ihrer Augen!

Signora Vittoria könnte tausend Namen für die Farbnuancen finden, die man dort sieht. Für meine gibt es nur eine Bezeichnung: Wasserblau. Unsere Eltern haben zwei Phänotypen hervorgebracht, die verschiedener nicht sein könnten.

Auch jetzt noch, im Moment tiefster Verzweiflung, ist Arabella schön. Sie wirft sich mir in die Arme und klammert sich an mir fest. Ich nehme an, sie hat entdeckt, dass sich der schreckliche Schwager auf eine Studentin unter fünfundzwanzig eingelassen hat.

»Ich schäme mich so sehr!«

»Eigentlich sollte er sich schämen«, sage ich, um der Krise etwas die Schärfe zu nehmen.

»Er? Wieso er? Welcher er?« Arabella ist völlig desorientiert.

»Na er, dein Mann!«, sage ich unduldsam.

Ein Ausdruck von Panik zeigt sich auf dem Gesicht meiner schönen Schwester. »Was hat er damit zu tun?«, fragt sie bekümmert.

»Was ist denn dann das Problem?«

»Ein anderer Er«, erklärt sie verlegen wie eine schüchterne Novizin.

Seit meine Schwester sich in die unsichere Welt der Beziehungen zum anderen Geschlecht begeben hat, war sie immer ein Ausbund an Tugendhaftigkeit und Treue. Offenbar wurde ihr jetziger Zustand durch aktiven Ehebruch ihrerseits hervorgerufen.

»Kannst du mir das alles mal richtig erklären, ohne dich ständig zu verhaspeln?«

»Ich habe mich über beide Ohren in einen Kollegen an der Botschaft verliebt.«

»Oh Gott«, ist das Einzige, was ich sagen kann. Deshalb hat sie in letzter Zeit so abgenommen und immer behauptet, sie habe Gastritis.

»Seit Jahren habe ich mich nicht mehr so gefühlt«, fügt sie hinzu und versucht, alles genauer zu beschreiben. »Er ist so ... gefährlich.«

»Ist er etwa ein Gesandter?«

Seit einem Jahr arbeitet meine Schwester als Dolmetscherin in der Mauretanischen Botschaft. Wenigstens sie kann sich etwas darauf einbilden, Sprachen studiert zu haben.

Ich habe vorzeiten einen Geldpreis für meine Masterarbeit über Octave Uzanne erhalten, von dem man heute weiß, dass er geendet ist wie ich.

»Nein, was redest du denn da! Er ist gefährlich, ein echter Valmont. Er erinnert mich an John Malkovich in den achtziger Jahren.«

»Sähe er aus wie der John Malkovich von heute, wäre er wohl kaum so attraktiv. Und du bist dann also Michelle Pfeiffer, wenn ich es richtig verstanden habe?«

»Emma, ich weiß nicht, was ich tun soll, und du bist wirklich keine große Hilfe.«

»Wie weit seid ihr denn schon? Hast du die Schwelle des Körperlichen schon überschritten?«

»Weit.« Sie seufzt.

»Was soll ich dir denn jetzt raten? Soll ich dich daran erinnern, dass du zwei Töchter hast? Möchtest du hören, dass ich dir sage, du sollst sofort Schluss machen, ihn nie wiedersehen und dich auf den rechten Weg begeben? Das willst du bestimmt nicht hören, denn das weißt du doch sowieso, und ich würde dir damit nichts Neues erzählen.«

»Ich will, dass du mir zuhörst und sagst, das geht alles vorüber und bald fühle ich mich besser. Und ich möchte dir gern glauben. Manchmal denke ich, ich habe mir jahrelang alles versagt. Ich habe Diäten gemacht, um nach der Geburt der Mädchen wieder abzunehmen. Ich habe mir nichts gekauft, denn um das Haus abzuzahlen, müssen wir sparen wie verrückt, ganz abgesehen davon, dass wir alles, was wir verdienen, für die Mädchen ausgeben oder für das, was unbedingt gebraucht wird. Bevor ich mir ein Paar Schuhe kaufe, muss ich erst überlegen, ob sie nicht zuerst welche brauchen. Ich habe mir versagt, Gefühle zu haben, weil mich mein Mann übersieht und nur alle paar Monate mal mit mir schläft. Ich habe über seine Geliebten hinweggesehen und getan, als wüsste ich nichts. Und jetzt sage ich ganz offen: Nichts wäre besser, als wenn er sich aus dem Staub machte und zu einer anderen ginge. Das tut er sowieso, aber leider bleibt er nicht dort.«

Sie schweigt, versucht, sich zu beruhigen, und ich höre ihr bestürzt weiter zu.

»Dieser Mann zwingt mich, immer wieder auf alles zu verzichten. Und jetzt fühle ich seit Jahren wieder etwas, ich fühle wirklich etwas«, beendet sie ihre Tirade, und das auf so klägliche Weise, dass es mir wehtut. Ich spüre eine Bitterkeit, die man Menschen, die man gernhat, niemals wünschen würde.

»Ja, aber jetzt fühlst du dich ja auch nicht gut. Pass auf dich auf!«, entgegne ich.

»Du verurteilst mich, ausgerechnet du!«

»Oh nein, ich verurteile dich nicht, wie könnte ich das? Wie lange geht das schon?«

»Ein paar Wochen. Ich war ja selbst überrascht, wie schnell ich nachgegeben habe.« Sie ist wirklich betrübt und das rührt mich.

»Weißt du, Arabella, ich habe den Eindruck, du hattest vielleicht einfach das Bedürfnis, dass sich mal ein richtiger Mann, der sich im Bett gut auskennt, um dich kümmert. Jetzt hast du es gespürt, vergib dir den Fehler, mach Schluss und führ wieder dein Leben«, sage ich im tröstenden Ton eines Dorfpfarrers, der schon ganz andere Sachen zu hören gekriegt hat.

»Das schaffe ich nicht. Ich wache jeden Tag mit den besten Vorsätzen auf, und dann knicke ich wieder ein.«

»Das verstehe ich, aber du musst stark sein. Willst du denn ernsthaft Schluss machen mit diesem Mann?«

»Natürlich will ich das! Gut, Michele ist zwar kein perfekter Ehemann, aber ich habe ihn mir ja schließlich ausgesucht. Ich würde ihn nie verlassen, und deshalb hat die Beziehung zu einem anderen keinen Sinn. Das hat einfach keine Zukunft.«

Ich habe keine Ahnung, ob meine Schwester glaubt, was sie da gerade sagt. Jedenfalls klingt sie nicht sehr überzeugend.

»Gut, dann hör jetzt auf zu weinen und fasse einen Entschluss.«

»Du hast gut reden. Du wolltest schon nach dem ersten Mal mit Carlo Schluss machen, und dann hat es vier Jahre gedauert.«

»Deshalb weiß ich ja Bescheid«, sage ich mit verblüffender Geduld. »Ich weiß, dass man sich sehr unglücklich macht, wenn man immer im Verborgenen leben muss. Hast du noch etwas von deinem Likör? Der würde uns jetzt guttun.«

Seeblau. Persisches Blau. Vergissmeinnichtblau. Donaublau.

Signora Vittoria sucht unter all den vom Schöpfer erfundenen Blautönen nach der richtigen Farbe für die Angorastrickjacken der Winterkollektion. Kein Farbton kann sie überzeugen.

»Dieser vielleicht?«, fragt sie und zeigt auf eines der vielen Farbmuster, die sie in den Laden mitgebracht hat. Sie benutzt weder Kataloge noch Standardfarben. Sie mischt die Farben und lässt sie dann von einem Hamburger Labor herstellen, das auch die Wolle färbt, die sie in einer irischen Fabrik kauft. Dieses Verfahren ist aufwendig und sehr teuer. Ihre Kundinnen aber sind Mütter, die sehr cool sind, viel Geld haben und genau dies wollen. »Chilenisches Guavenblau. Aber das hatte ich schon mal vor drei Jahren.«

»Schade. Was halten Sie von dem? Es ist traumhaft.«

»Das, meine liebe Emma, ist Azuré de la Brugane. Azurblau, wie ein kleiner phosphoreszierender Schmetterling. Es ist etwas Besonderes, da haben Sie recht. Ich frage mich, ob es zu der Wolle passt. Ich glaube, diese Farbe eignet sich eher für Mädchen als für Jungen. Das ist eine gute Idee, sehr gut, Emma. Ach, da kommt ja Pietro!«

Vittoria lässt ihr Blau blau sein und geht zur Tür, die ihr Sohn gerade geöffnet hat. Osvaldo wedelt begeistert mit dem Schwanz.

»Signorina de Tessent«, sagt er mit einer übertriebenen Höflichkeit, die ich als spöttisch empfinde.

»Doktor Scalzi.«

»Pietro ist gekommen, um mich abzuholen. Wegen der Verstauchung am Knöchel.«

»Ja, alles klar.« Ich sehe nach, wie spät es ist. Während wir uns durch das Meer von Blautönen gearbeitet haben, ist fast der ganze Nachmittag vergangen.

»Entschuldigt mich einen Moment«, sagt Signora Vittoria, und ich bemerke, dass ihr Humpeln in der Gegenwart ihres Sohnes etwas stärker geworden ist.

Mit seinem ungepflegt wirkenden Bart sieht Scalzi aus wie ein verwegener Krieger aus dem Norden. Ich mag diesen Typ Mann nicht besonders, es fehlt nur noch das mittelalterliche Ambiente. Ich mag wesentlich lieber den Aufzug von Landadeligen, die aussehen wie Richard Armitage und mit einem Zylinder aus Biberfell spazieren gehen, aber ich bin mal einem begegnet, und die Erinnerung verfolgt mich noch heute. Zu der Jacke, die Scalzi heute trägt, fehlen nur noch die Stiefel eines Musketiers und am Gürtel ein Degen aus dem härtesten Stahl des Königreichs. Vielleicht hat er sogar einen, ich würde es nicht ausschließen. Emma, Schluss mit so lasziven Gedanken!

Scalzi sieht sich die Bilder an und betrachtet nachdenklich unsere Blautöne. Dann hebt er den Blick und sieht mich mit einem sarkastischen Lächeln an:

»Meine Mutter sieht darin tausend Nuancen. Ich keine einzige. Und Sie?«

»Ein paar.«

»Sehr diplomatisch.«

»Gerade die Nuancen machen den Unterschied, finden Sie nicht?«

»Ich glaube vor allem an die Wirksamkeit klarer Standpunkte, nicht an die Nuancen«, sagt er mit unverhohlenem Stolz, als sei dies eine hochphilosophische Äußerung.

»Sie sind ein zu ernster Mensch, scheint mir. Wenn es um Kinderkleidung geht, kann man sich ab und zu Nuancen leisten.«

Er verzieht den Mund zu einem Lächeln, das plötzlich warmherzig ist und verführerisch, verwirrend.

»Wie seltsam, Sie hier zu sehen. Sie sind so ganz anders.«

»Ach wirklich?«

»Allerdings.«

»Hier bin ich schon.« Signora Vittoria ist wieder da und hakt sich bei ihrem Sohn unter.

»Sie können ruhig gehen, Emma. Heute schließen wir ein bisschen früher, wir gehen auf dem Aventin essen. Aber jetzt, wo ich darüber nachdenke – wollen Sie nicht vielleicht mitkommen?«

»Vielen Dank, aber ich kann leider nicht.«

Mein Schwager ist immer noch in Holland, und ich habe Arabella versprochen, mich um die Nichten zu kümmern, damit sie ihren Valmont treffen und mit ihm Schluss machen kann. Oder es wenigstens versucht.

»Signorina de Tessent, ich würde mich sehr freuen«, sagt jetzt auch Scalzi, und das auf sehr feine Art.

»Ich käme sehr gerne mit, aber ich muss heute Abend meiner Schwester mit ihren beiden Mädchen helfen.«

»Emma ist eine vorbildliche Tante«, erklärt Vittoria freundlich und nimmt Osvaldos Leine in die Hand. »Na dann, ein anderes Mal!«

Kaum sind wir durch die Tür gegangen, da überkommt mich große Traurigkeit. Ich wäre wirklich gern mitgegangen. Ich bin sicher, es wäre wunderbar gewesen, an diesem Abend über meine frühere Arbeit zu sprechen. Jetzt kommt es mir so vor, als sei diese Vergangenheit für immer vorbei und käme nie zurück.

Nie werde ich erfahren, wie es gewesen wäre, mit ihm zum Essen auszugehen, was ich »gespürt« hätte, wie meine Schwester sagen würde. Mit einem Mal merke ich, dass auch ich die Sehnsucht habe, von der sie gesprochen hat, auch ich kenne sie genau, zu genau.

16

DIE WACKERE PRAKTIKANTIN
UND DER RÜCKZUG
IN DEN SCHAFSTALL

»Emma, ich will ja nicht indiskret sein, aber den ganzen Vormittag über klingelt schon dein Handy, und du gehst nicht dran!«, bemerkt Signora Vittoria, ohne den Blick von der Spitze zu heben, die sie gerade an ein Kleidchen näht, das sie für die Tochter einer früheren Fernsehshow-Assistentin geschneidert hat, die einen Unternehmer geheiratet hat.

Das Kleid ist in Chartreuse-Gelb gehalten, denn das kleine Mädchen hat eine wunderbare hellbraune Haut, und die beiden Farbtöne passen gut zusammen.

»Hat das Klingeln Sie gestört? Das tut mir leid.«

»Nein, stell dir vor, es stört mich nicht. Aber es kommt mir seltsam vor.«

»Es ist nichts Wichtiges.«

»Ich verstehe. Wenn du wüsstest, wie herrlich es gestern auf dem Aventin war.«

»Ich kann es mir vorstellen.«

»Zum Schluss haben wir noch einen Spaziergang durch den Giardino degli Aranci gemacht. Ich fühlte mich gleich zwanzig Jahre jünger.«

»Ihr Sohn ist wirklich sehr aufmerksam. Ist er ihr einziger Sohn?«

»Ja«, entgegnet sie. Dann seufzt sie tief, legt die Nadel, die Garnrolle und das Kleid beiseite, setzt ihre Brille ab und sagt: »Willst du unsere Geschichte hören?«

»Natürlich«, sage ich, etwas zu begierig. Das Telefon läutet, ich sehe auf das Display, aber auch diesmal gehe ich nicht dran.

Im Grunde war es eine Geschichte, wie es sie immer wieder gibt, aber Signora Vittoria hatte sie ja selbst erlebt, und so erzählte sie davon wie von einem außergewöhnlichen Abenteuer.

In den frühen siebziger Jahren arbeitete Vittoria in der Modewelt als Mannequin. Sie war mager und etwas androgyn, liebte David Bowie, das Nachtleben und die Welt des Kinos. Sie lebte in einem kleinen Zimmer zur Miete, aß gerade genug, um sich auf den Beinen zu halten, verdiente nicht viel, fühlte sich aber als Herrin ihres Lebens, betrachtete sich als emanzipiert, und das war ihr wichtiger als alles andere.

Sie hielt sich oft in den Filmateliers auf, die Modemacher behandelten sie gut, manche versuchten, bei ihr noch andere Qualitäten hervorzulocken, aber sie hatte nur Augen für einen Mann, Ludovico Scalzi. Er kam aus Mailand, war fünfunddreißig, war ein hoch gebildeter Mann und schrieb erlesene Drehbücher für den Film. Offensichtlich war er verheiratet, was Signora Vittoria über die Maßen traurig stimmte, sie aber nicht daran hinderte, sich auf etwas einzulassen, was man eine gefährliche Liebesgeschichte nennen könnte. Eine Geschichte von der Art, bei der man einen Weg beschritten hat, sich nicht mehr umdreht und ihm weiter folgen muss. Es war einfach Schicksal, entsprechend der feinen Linie auf der Handfläche, die man Glückslinie nennt.

Vittoria gab sich der Liebe hin, wie man es nur beim ersten Mal kann, weil man danach die Unschuld verliert und nie mehr dieselbe ist. Sie war trunken von ihrer Leidenschaft, und ein Jahr nach diesem Leben, das wie ein Fest war, fielen drei Zyklen aus, und sie entdeckte, dass sie in froher Erwartung war. Ihr Kind sollte der Mann werden, der eines Tages die Waldau in glorreiche Zeiten führen sollte.

Ludovico Scalzi, der zu Hause schon drei Kinder hatte, nahm die Nachricht nicht gerade mit überschäumender Begeisterung auf und machte seiner jungen Geliebten Vorwürfe. Sie aber war sehr glücklich und freute sich auf das kleine Geschöpf.

Damals gab es noch keine legale Abtreibung, aber dies wäre auch kein Weg für Vittoria gewesen. So musste Scalzi die Geburt des illegitimen vierten Kindes wohl oder übel hinnehmen – für ihn war es eine Frage der Ehre –, er erkannte den Sohn jedoch an und schwor, im Rahmen des Möglichen alles zu tun, um Vittoria zu helfen.

Er redete über nichts anderes mehr und wollte ihre Beziehung auf eine neutrale Ebene bringen. Vittoria nährte das

Baby mit Milch und Tränen, bis sie sich eines Tages sagte, sie könne nicht ständig trauern und müsse wieder anfangen zu leben.

»Aber du weißt ja selbst, liebe Emma, was für zornige und nachtragende Kreaturen Ehefrauen sein können. Mir scheint, ich habe das richtig gesehen.« Das war eine deutliche Anspielung auf Hanna. »Scalzis Ehefrau bildete da keine Ausnahme, und ich weiß nicht, welche Genugtuung sie sich von ihrer Rache versprach. Ist dir schon aufgefallen, dass wir, wenn wir Rachepläne haben, uns davon neues Feuer und Lebenskraft versprechen? Doch dann entdecken wir, dass nichts davon wahr wird.«

»Und was machte sie?«

»Mit Hilfe eines Netzwerks von Bekannten, die sie unterstützten, sorgte sie dafür, dass ich kaum noch Aufträge bekam. Vielleicht war ich auch nicht gut genug oder aus der Mode gekommen. Die Mädchen wurden immer interessanter und moderner. Ich weiß es nicht, aber offenbar war das nicht mein Weg. Vielleicht hat sie nur etwas beschleunigt, was sowieso passiert wäre. Wenn es mit mir nicht böse enden sollte, musste ich eine Arbeit finden, und zwar eine richtige. In diesem schwierigen Moment bot mir jemand Hilfe an. Die Welt der Haute Couture war mir nicht ganz verschlossen, auch wenn ich mich damit abfinden musste, nicht auf den ersten Seiten der Zeitschriften zu erscheinen. Eine freundliche Schneiderin bot mir eine Ausbildung an. Sie arbeitete für einen Modeschöpfer, der mir helfen wollte. Genau wie du, Emma, verstand ich gar nichts vom Nähen, hatte aber Lust, es zu lernen. Ich entdeckte, dass die Herstellung eines Kleides schöner ist, als es zu tragen. Ich blieb in ihrem Atelier und fand Schutz vor den Dornen, die mich verletzt hatten, bis ich beschloss, meinen eigenen kleinen Laden zu eröffnen. Das ist jetzt zweiunddreißig Jahre her. Pietro war da schon zehn Jahre alt, er war sehr reif und unabhängig und ließ mich arbeiten, ohne mir böse zu sein, dass ich nicht mehr Zeit für ihn hatte. Alles andere kam von selbst. Es dauerte etwas, bis alles in Gang kam, aber irgendwann sprach es sich herum, ich fand eine große Kundschaft und verdiente mehr, als ich erwartet hatte.«

»Und Ludovico Scalzi?«

»Er hielt sein Versprechen. Er hat Pietro nie im Stich gelassen. Am Ende trennte er sich von seiner Frau, als die Kinder schon groß waren. Jetzt lebt er überall in der Welt ohne feste Bindung. Pietro hing sehr an seinem Vater, und trotz aller Probleme hatten sie immer ein gutes Verhältnis. Der berufliche Weg, den mein Sohn eingeschlagen hat, sagt viel über den Einfluss seines Vaters aus. Ich musste Ludovico vergessen, jeden Tag ein bisschen mehr. Das Feuer, von dem ich dachte, es würde bis ans Ende meines Lebens brennen, erlosch, und es ist nur ein Häufchen Asche übriggeblieben. Ich hatte seine Liebe nicht mehr ... Und ich hatte danach auch keine andere mehr. Ich habe Pietro großgezogen, habe dieses kleine Paradies eingerichtet, auf das ich unendlich stolz bin, aber eines Tages stellte ich fest, dass ich alt geworden war und sich niemand mehr für mich interessierte. Meine Zeit ist abgelaufen, wie bei einem Lebensmittel. Aber eines sage ich dir, mein liebe Emma. Man muss sich über das freuen, was man gehabt hat … und auch über das, was man nicht hatte.«

»Das sind weise Worte, Signora Vittoria.«

»Worte einer Frau, die fast siebzig ist. Wenn ich nicht weise geworden bin, dann habe ich doch die nützliche Kunst gelernt, die Dinge hinzunehmen.« Sie schwieg einen Moment versonnen, dann setzte sie sich auf.

»So. Genug der Erinnerung! Wenn ich diesen Auftrag fertig bekommen will, muss ich mich wieder an die Spitze machen. Und jetzt, Emma, gehst du ans Telefon, folge meinem Rat.«

Die vielen Anrufe, die den Akku meines Telefons fast geleert haben, stammen vom Smartphone von Antonio Manzelli.

Entweder ich wähle die falsche Nummer oder habe einen inneren Widerstand dagegen, irgendeinen miesen Vertrag anzunehmen, und da im Moment meine Sinne eher abgestumpft sind, ich emotional in Watte gepackt bin, nicht ganz freiwillig, aber ziemlich effektiv, habe ich keine Lust, zu antworten.

Dann lese ich die Nachricht.

Emma, zum Teufel, antworte! Es ist wichtig.

Ich folge Signora Vittorias Rat und rufe Manzelli an, obwohl mir eigentlich gar nicht danach ist.

»Antonio, was ist passiert?«

»Passiert ist, dass ich dir hinterherlaufen muss, um dir eine verdammte Arbeit anzubieten! Emma, was ist los mit dir?«

»Von welcher Arbeit sprichst du?«

»Von deinem Job«, antwortet er und betont das »deinem« besonders, in einer Mischung aus Wut und Sarkasmus, als sei ich eine störrische Jugendliche. Na gut, dann benehme ich mich auch so.

»Ich fürchte, ich kann dir nicht folgen.«

»Emma, dein Vertrag! Ich habe ihn. Ich hatte dir doch gesagt, es sei nur eine Frage der Zeit. Lass alles, was du jetzt machst, stehen und liegen, und komm zurück zur Fairmont.«

Ich bin erschüttert. Ich verspüre Erleichterung, Freude und Dankbarkeit, aber auch Überraschung und Bedauern darüber, dass ich diesen zauberhaften Laden verlassen soll und auch ein Leben mit ganz neuen Gewohnheiten, ein geregeltes, festen Zeiten folgendes Leben, ohne Wettbewerb, ohne Stress, all das Gift, das jemand, der Karriere machen will, immer zu sich nehmen muss.

»Hallo? Bist du noch dran? Mist, das Gespräch ist weg«, höre ich ihn fluchen.

»Nein, Antonio, ich war nur sprachlos.«

»Vor Freude, nehme ich an«, sagt er aufgeregt.

»Ja, auch, danke für deine Bemühungen.«

Einen kurzen, aber heftigen Moment bin ich ohne Orientierung. Ich weiß wirklich nicht, ob ich dorthin zurück will. Ich fühle mich wie ein Welpe auf einem Kissen in einer bequemen Hundehütte, behütet von einer freundlichen Person, die mir leckere Kekse und frisches Wasser und manchmal besondere Leckerbissen reicht. Wenn ich zur Fairmont zurückgehe, fängt mein früheres Leben wieder an, das mir in vielfacher Hinsicht fehlt, weil ein Teil von mir unbedingt wieder ins Filmgeschäft will. Ich könnte wieder mit Tameyoshi Tessai verhandeln und mich über neue kreative Aufgaben freuen, alles würde sein wie bis zu jenem Tag, an dem ich das alles hinter mir gelassen habe.

»Du wirkst ja nicht gerade begeistert. Emma, ich habe keine Zeit zu verlieren. Ich verstehe ja, dass du den Werkvertrag nicht haben wolltest. Ich habe ja auch nicht insistiert. Aber jetzt zeigt die Firma echtes Interesse an dir. Sie hat gemerkt, dass es ein Fehler war, dich gehen zu lassen, und will es wiedergutmachen. Mach jetzt bloß keine Zicken, sonst kannst du zum Teufel gehen.«

»Darum geht es doch gar nicht, ich will mich nicht schwierig machen. Aber lass mir wenigstens die Zeit, das, was ich gerade mache, in Ruhe zu beenden.«

»Ach, Emma, komm schon, alle wissen Bescheid. Du hast gar nichts Neues gefunden. Es sei denn, du gehst auf den Strich. Also, erklär mir bitte mal, was du aufgeben musst?«

»Es läuft nicht immer alles so, wie du denkst, Antonio.«

»Na schön. Ich weiß nur eins: Heute ist Freitag. Und wenn du Montag nicht im Büro bist, bist du draußen, und dann bleibt die Tür für immer zu.«

»In Ordnung.«

Er verabschiedet sich nicht, sondern legt wütend auf, nachdem er noch etwas über mich in den Hörer gebellt hat, ich habe nicht alles verstanden, aber schmeichelhaft war es nicht.

Signora Vittoria – Diskretion ist nicht ihre Stärke – hat zumindest einen Teil des Gesprächs mit angehört und glaubt, ihren Senf dazugeben zu müssen. Vermutlich würde sich auch Osvaldo, wenn er reden könnte, über mein Schicksal äußern.

»Alles in Ordnung?«

»Signora Airoldi, die wollen, dass ich in meinen alten Job zurückkehre.« Vittoria legt ihre Hand an den Mund, die mit dem Ehering – jetzt wo ich ihre Geschichte kenne, weiß ich nicht, mit wem er sie eigentlich verbindet.

»Ich habe dich nie gefragt, warum du deine Arbeit aufgegeben hast, weil ich annahm, die Wunden sind noch zu frisch«, sagt sie. »Aber Pietro hat mir alles erzählt …«

Ich nehme selbst den Faden wieder auf.

»An dem Tag, an dem wir uns kennengelernt haben, hatte ich ein Gespräch mit Ihrem Sohn im Büro der Waldau. Es lief nicht besonders gut, unglückliche Umstände hatten dafür gesorgt, dass es ein völliger Reinfall wurde. Ich hatte das Gefühl, in tausend Stücke zersprungen zu sein. Ich lief einfach so umher und wusste nicht, wohin. Dann sah ich Ihr Schild. Es war wie ein Wink des Schicksals.«

»Erwähne nicht das Schicksal, wenn ich je daran geglaubt habe, ist das lange vorbei. Du bist an diesem Tag nicht zufällig hier hereingekommen, ich habe dir ja heute meine Geschichte erzählt. Ich habe dir nur einen Halt gegeben, wie ich ihn damals auch bekommen habe. Im schlimmsten Augenblick hat mir jemand die Hand gereicht, und das hat mein Leben verändert. Du musst aber in die Wirklichkeit zurück, dahin, wofür du ausgebildet und wozu du gemacht bist. Dies hier ist nur ein Schlupfwinkel auf Zeit, der dir gutgetan hat, aber jetzt solltest du ihn wieder verlassen.«

Vittoria sagt es in aller Freundlichkeit, aber klar und deutlich.

»Signora Vittoria, Sie sagen das hoffentlich nicht, weil Sie meinen, ich sei eine Niete, und um mich loszuwerden.«

Sie lächelt großzügig. »Ich bin mir sicher, bei deiner richtigen Arbeit bist du noch sehr viel besser. So muss es auch sein. Du bist zwar eine vielversprechende Schneiderin und eine ziemlich gute Verkäuferin, aber lass dir eins sagen: Kehre auf deinen Weg zurück, sonst wirst du es ein Leben lang bereuen.«

17

DIE SELTSAME ANZIEHUNGSKRAFT DES PRODUZENTEN

Ich ging also wieder zur Fairmont wie ein alter Scharfschütze, der von den Fanfaren zu den Waffen gerufen worden ist. Am Montag früh war ich schon aktiv. Alles war noch so, wie ich es hinterlassen hatte. Niemand hatte es gewagt, sich an den Schreibtisch der ewigen Praktikantin zu setzen, vielleicht glaubten sie, das bringe Unglück. Der Karton mit meiner Kaffeetasse, einem Foto von Maria und Valeria und ein paar Ordnern mit Projekten und Notizen stand zu Hause im Abstellraum neben dem Heimtrainer, den meine Mutter und ich in einem Anflug von Gesundheitswahn gekauft, aber letztlich nie benutzt hatten. Ich nahm den Karton wieder mit ins Büro.

»Ich wusste, dass alles gut ausgehen würde!«, rief Maria Giulia überschwänglich und umarmte mich wie eine alte Herzensfreundin. An diesem Morgen war mir das zu viel – sei es wegen der Hitze oder wegen der ganzen Situation, die ich als paradox empfand –, und ich entwand mich sanft ihrer begeisterten Umklammerung.

Manzelli stand im Türrahmen und feixte.

»Wie kleine Mädchen, rührend.«

Montags ist er oft so zynisch.

»Ich hatte vergessen, es euch zu sagen: Heute Nachmittag ist Besprechung wegen der Gartenparty.«

»Was?«

»Maria Giulia, erklär du es ihr.«

Er schließt geräuschvoll die Tür hinter sich. Maria Giulia nimmt einen Spray aus ihrer Handtasche und sprüht sich in den Mund. Offensichtlich hat sie psychosomatisches Asthma. Danach erfahre ich, dass die Gartenparty eine Idee von Manzelli war, um drei Ereignisse zu feiern. Das erste ist, dass einer unserer Filme ein Kassenschlager geworden ist, für den wir fast nichts investiert haben, den aber überraschenderweise jeder sehen will. Ein Triumph der Mund-zu-Mund-Propaganda, der auch zu meiner Wiedereinstellung geführt hat, deshalb müsste ich den Film eigentlich auch besonders gut finden, allerdings ist es ein grässlicher Streifen. Dies ist das eine. Noch viel mehr bildet sich Manzelli allerdings auf den baldigen Erwerb der Filmrechte eines belgischen Romans ein, der in ganz Europa auf der Bestsellerliste steht. Die Verhandlungen wurden während meiner Abwesenheit geführt. Die Autorin hat noch nicht unterschrieben, hat aber zugesagt, und in den nächsten Tagen wird es offiziell, wenn Madame Aubegny extra aus Brüssel anreist, um mit dem Chef zu sprechen. Manzelli will die Gelegenheit nutzen und gleich noch seinen fünfzigsten Geburtstag mitfeiern. Er hat einen Park in einer Villa außerhalb der Mura Aureliane gemietet. So werden der Geburtstag und der Erfolg gemeinsam gefeiert. Da seine persönliche Sklavin im Mutterschutz ist, hat man die Organisation der Veranstaltung auf Maria Giulias schmale Schultern geladen, dabei kann sie kaum einen Windstoß vertragen und schon gar nicht Manzellis Wahnsinnsideen umsetzen.

»Eins muss ich dir sagen, in der Sache Aubegny hat er eine super Arbeit gemacht. Es regnete in ganz Europa Angebote, vor allem aus Frankreich, aber er hat der Autorin klargemacht, dass die Fairmont Italia die einzige Firma ist, die diese Aufgabe schaffen kann«, erzählt sie mir begeistert, zugleich macht sie die Planung für den Aufenthalt der Aubegny in Rom und die Pressearbeit. »Sie ist jetzt neurotischer denn je.«

»Wirklich eine Leistung, so was an Land zu ziehen, wo es ein ausländischer Roman und europäischer Bestseller ist«, pflichte ich ihr bei.

»Wir müssen allerdings noch ziemlich viel am Text arbeiten«, seufzt sie. »Das Drehbuch wird alles andere als einfach, und wir haben nur wenig Zeit, denn er will den Film nächstes Jahr in Venedig herausbringen und …«

»Entschuldige bitte«, unterbreche ich sie. Ich sehe eine Nummer auf dem Display, die ich nicht kenne.

»Signorina de Tessent?« Ich kenne die Stimme und bin ziemlich sicher zu wissen, wem sie gehört. »Hier ist Pietro Scalzi. Störe ich Sie?«

»Nein, gar nicht.«

»Meine Mutter hat mir Ihre Nummer gegeben. Ich hoffe, ich bin nicht zu aufdringlich. Aber ich muss Sie unbedingt treffen. So schnell wie möglich.«

»In der Mittagspause?«

»Ausgezeichnet.«

»Und wo?«

»Sie haben die Wahl.«

Ich wähle einen passenden Ort, der weit genug weg ist von der Fairmont. Er ist einverstanden, und ich bestelle einen Tisch. In den Stunden danach suche ich vergeblich nach dem Grund, warum er mich unbedingt so dringend treffen möchte.

Die gute Nachricht ist, dass die Zeit normalerweise, wenn man fieberhaft auf etwas wartet, nur sehr langsam vorübergeht. Schließlich stehe ich um vierzehn Uhr vor dem Eingang des Restaurants, und zum Glück ist er pünktlich.

Er kommt mir mit einem freundlichen Lächeln entgegen und hat keinen Bart mehr, was ihn zehn Jahre jünger aussehen lässt.

»Bitte entschuldigen Sie dieses überstürzte Treffen.«

»Sie werden sicher einen Grund haben«, erwidere ich, während er zur Speisekarte greift.

»Ja, es gibt einen. Möchten Sie Wein?«

»Mittags macht er mich zu müde.«

»Wasser vielleicht?« Ich nicke. »Ich nehme Gamberi alla Catalana«, sagt er zum Ober, ohne sich die Karte genauer angesehen zu haben.

»Das nehme ich auch«, sage ich, um nicht lange suchen zu müssen.

Als wir allein sind, nimmt er ein Grissino aus dem Brotkorb und sieht mich an. Dann reden wir von unwichtigen Dingen, weil es zu gewagt wäre, gleich zur Sache zu kommen, die vermutlich eher brisant ist.

»Ich habe von meiner Mutter erfahren, dass Sie nicht mehr bei ihr im Laden arbeiten, weil die Fairmont Sie zurückgerufen hat.«

»Ich habe gerade heute angefangen.«

»Wissen Sie, Emma, manchmal habe ich das Gefühl, dass ich bei Ihnen alles falsch gemacht habe.«

»Was wollen Sie damit sagen?«, frage ich und nehme mir auch ein Grissino.

»Nach diesem schrecklichen Vorstellungsgespräch, das im Grunde gar nicht so schrecklich war, kam mir jedes Mal, wenn ich Ihnen eine Stelle bei der Waldau anbieten wollte, etwas dazwischen, und ich fürchte, ich habe schon wieder eine Gelegenheit verpasst …«

»Dann sollte es wohl so sein«, erkläre ich mit einem leichten Fatalismus, den er nicht zu teilen scheint.

»Ich weiß es nicht. Sie müssen entscheiden, ob es zu spät ist. Kommen Sie zur Waldau, zu mir«, sagt er leise und mit einer Stimme, die mich sehr berührt. Ich fühle mich verloren, denn ich würde am liebsten sofort ja sagen, mit lauter Stimme. Aus vielen Gründen.

Die Fairmont hat mich ausgebootet und mich tief gedemütigt. Nur wegen des schlechten Geschmacks vieler Kinobesucher ist sie wieder auf die Beine gekommen und hat mich wieder eingestellt.

Die Waldau hingegen ist eine feine Firma.

Seit die Idee Form angenommen hat, träume ich davon, dass Scalzi den Film *Schönheit der Finsternis* produziert, der daraus viel eher als die Fairmont ein Meisterwerk machen könnte.

Und auch damit die seltsame Anziehungskraft dieses unbegreiflichen Mannes verschwindet.

Ich würde am liebsten die Grissini ignorieren, keine Gamberi essen, den Wein trinken, den er sich bestellt hat – man soll Wein niemals ablehnen! –, seine Hand nehmen und sagen: Bring mich in das elegante Büro, und mach mit mir alles, aber wirklich alles, was du willst.

Ich tue nichts von all dem und senke nur den Blick.

»Das ist … sehr verlockend.«

»Also nehmen Sie mein Angebot an.«

»Warum haben Sie mich nicht vor ein paar Tagen gefragt? Dann wäre alles viel einfacher gewesen …« Er scheint mein Bedauern zu verstehen.

»Sie haben recht. Ich bringe Sie in eine schwierige Lage.«

»Bei der Fairmont passiert gerade etwas Großartiges.«

»Meinen Sie die Aubegny?«, sagt er mit leisem Sarkasmus.

»Woher wissen Sie das?«

Er macht eine wegwerfende Handbewegung und lächelt.

»In unserer Branche gibt es keine Geheimnisse, oder glauben Sie das etwa?«, fragt er, während er seine Gamberi isst. »Nehmen Sie meinen Vorschlag an, Emma. Ich werde alles tun, damit Sie es niemals bereuen.«

Da ist etwas, was er mir verschweigt. Das spüre ich, warte auf einen wichtigen Hinweis, aber er erfolgt nicht.

Unser Essen endet in freundlicher Atmosphäre, aber ohne dass eine Entscheidung fällt.

»Denken Sie schnell darüber nach, ich bitte Sie darum. Bevor zu viele Dinge passieren und Ihre Entscheidung beeinflussen.«

»Sie verschweigen mir etwas«, sage ich, während er mir zum Abschied die Hand reicht.

»Nein, nein, ich bin ganz offen, Sie werden es von selbst verstehen.«

Er steigt auf ein riesiges Motorrad, ein echtes Liebhaberstück, aber davon verstehe ich nichts. Außer dass es brummt, als wäre es auf dem Grand Prix von Malaysia. Ein unangenehmer Lärm, und danach gehen mir tausend Fragen durch den Kopf, auf die ich keine Antwort finde.

Jedenfalls jetzt noch nicht.

18

DIE WACKERE PRAKTIKANTIN ISST MIT DEM ZEN-SCHRIFTSTELLER EIN EIS AUF DEM PINCIO

In meiner bisherigen nicht gerade langen Existenz war ich noch nie heiß umkämpft, weder beruflich noch privat. Aber jetzt suchen mich, auch wenn Manzelli nichts ahnt, die Versuchungen des Teufels in der Person des Produzenten heim. Verführung ist ein lockender Schatten, er legt sich über das Herz und verändert das, wofür es noch einen Moment vorher zu schlagen schien. Während alle ganz begierig sind, Madame Aubegny zu empfangen, denke ich, dass der einzige Ausweg für mich darin besteht, zu Signora Vittoria zu gehen und sie zu bitten, mich wieder aufzunehmen in ihre zauberhafte Welt aus Spitzen und Farben und das Gewicht der Entscheidung von mir zu nehmen.

Aber das ist natürlich unmöglich.

Ich muss selbst herausfinden, was für mich richtig ist. Nur das zählt. Und während sich die arme Maria Giulia mit dem Shuttle von Madame Aubegny herumplagt, der wegen eines Unfalls an einer Kreuzung im Stau steckt, bin ich in einem

Labyrinth verworrener Gedanken gefangen und mache mir eine Liste über die Vor- und Nachteile.

Gegen die Waldau spricht: Nicht der Versuchung nachgeben, mit offenen Augen vom maßlosem Glück mit dem Chef der Firma zu träumen.

Gegen die Fairmont spricht: Nicht dem Strom schlechten Geschmacks folgen, den sich die Firma in den letzten Monaten der Ära Manzelli zugelegt hat.

Oben auf der Liste für die Waldau: Super cool!

Oben auf der Liste für die Fairmont: Keine vertrauten Wege verlassen und sich auf fremdes Terrain begeben.

»Emma, kannst du mir helfen? Ich glaube, da kommen die Leute vom Catering für die Gartenparty.«

Was für ein Stress! Wie schön es doch war, Spitzen aufzunähen.

Als ich das Büro verlasse, kommt mir Tameyoshi Tessai in den Sinn, und ich habe Lust, ihn zu treffen. Ich schicke ihm eine Nachricht. Er antwortet überraschenderweise sofort und schlägt mir vor, auf dem Pincio Eis essen zu gehen.

Er ist ganz in Weiß gekleidet und strahlt wie ein Strand am Äquator in der Mittagssonne. Mit seinem Panamahut, der Sonnenbrille und den Mokassins aus geflochtenem Leder scheint der Autor direkt einem Roman von Paul Bowles zu entspringen, abgesehen vom Erdbeereis, das einen kleinen Spritzer auf seinem Hemd zurückgelassen hat. Er regt sich nicht darüber auf und sieht auf den Fleck mit dem Gleichmut jener, die sich um gewöhnliche Dinge nicht scheren.

»So sind Sie also zur Fairmont zurückgekehrt, Signorina de Tessent. Sind Sie denn nun glücklich?«

»Ich würde sagen, ich bin etwas verwirrt. Jetzt habe ich nämlich noch ein anderes Angebot bekommen, das sehr reizvoll und verführerisch ist. Ich weiß nicht, ob ich es annehmen soll, ich habe keine Ahnung, was besser für mich wäre.«

»Doch, das wissen Sie. Wir alle wissen es immer. Wir wollen es nur nicht wissen, weil es manchmal nicht angenehm ist, die Wahrheit anzuerkennen.«

»Meinen Sie das wirklich?«

»Gewiss. Es ist eine reine Sache des Instinkts, und der hilft uns dabei, uns selbst zu schützen.«

»Und wie geht es Ihnen?« Tessai magert immer mehr ab. Ich fürchte, er ist dem Rat eines Gurus gefolgt, sich nur noch von Wurzeln zu ernähren.

»Ich bin ausgetrocknet.«

»Wodurch?«

Er runzelt die Stirn, dann erscheint auf seinem Gesicht der Ausdruck von Abscheu, als habe er irgendwo einen unangenehmen Geruch wahrgenommen.

»Emma, Sie können sich nicht vorstellen, was mit jemandem geschieht, der Talent hat. Alle drängen sich um einen wie ein Bienenvolk um den Honigtopf, als könne man immer daran saugen, bis zur Unendlichkeit, als sei ein Geist eine unerschöpfliche Quelle. Emma, in diesem Leben hier … in dieser Welt ist es am besten, kein Talent zu haben, nichts Besonderes zu können.«

»Dieser Gedanke ist nicht ganz unlogisch, aber es wäre doch traurig, wenn man gar nichts besonders gut könnte …«

»Mittelmaß ist die beste Voraussetzung, um seine Ruhe zu haben.«

»Sagen Sie das nicht, Signor Tessai. Vielleicht haben Sie heute nur einen schlechten Tag. Ich lasse Sie doch auch mit der Frage der Filmrechte in Ruhe. Es gibt Leute, die Sie nicht anbaggern. Talent ist immer ein Geschenk, das wir erhalten und der Welt zurückgeben müssen.«

»Das sagte Giorgio auch immer.«

Immer wenn jemand Sinibaldis Namen ausspricht, ob es Tessai oder meine Mutter ist, folgt darauf ein Schweigen. Oft dauert es lange, und auch dieses Mal ist es so.

»Er fehlt mir immer noch. Es ist Zeit vergangen, und ich hoffte, das würde mir helfen. Aber es ist nicht so, im Gegenteil, es wird immer schlimmer.«

»Ich glaube, meiner Mutter fehlt er auch sehr. Wenn sein Name fällt, blickt sie immer zu Boden, und plötzlich herrscht eine ganz traurige Stimmung.«

»Das kann auch nicht anders sein. Alle, die ihn gekannt haben, müssen ihn vermissen.«

Wenn von Giorgio Sinibaldi die Rede ist, überkommen mich immer seltsame Gewissensbisse. Ich gebe zu, dass seine freundliche, aber reservierte Art mir manchmal unangenehm war. Vielleicht, weil ich nicht wusste, welche Rolle er im Leben meiner Mutter spielte, da war etwas Unausgesprochenes, dessen bin ich sicher, und das sorgte für Distanz.

»Signor Tessai, das Vermächtnis von Sinibaldi bleibt immer sehr lebendig. Ohne ihn würden Sie und ich jetzt nicht die Abenddämmerung auf dem Pincio genießen, das geschieht seinetwegen.«

»Giorgio hatte eine sehr hohe Meinung von Ihnen. Er sprach von einem widerborstigen Charakter, hinter dem sich tiefe Sensibilität und eine gute Beobachtungsgabe verbergen.«

Ich denke an die förmliche Art des Umgangs zwischen meiner Mutter und Giorgio, den ich mir mit meiner und Arabellas Gegenwart erklärte. Aber sein Blick war immer klar und freundlich. Vielleicht lag es daran, dass meine Mutter Julian de Tessent durch niemanden auf der Welt ersetzen wollte. Gerade weil Giorgio real und gegenwärtig war, hätte er nie dem Vergleich mit dem fröhlichen Gauner standhalten können, der mein Vater war, so gutaussehend, so besonders, so verführerisch. Und nachdem er tot war, wurden all diese Eigenschaften noch mehr verklärt. Ich weiß aber, dass Papa sich gefreut hätte, Giorgio an der Seite meiner Mutter zu wissen. Er war kein egoistischer Mensch. Auch in Fragen der Liebe hatte er eine soziale Einstellung zum Leben. Die Einsamkeit, welche die Tage meiner Mutter bestimmt – sie zeigt sich in den Fotos von Papa, die überall in der Wohnung hängen, damit wir ihn in der Nähe haben, damit sie seine schönsten Gesichtsausdrücke nicht vergisst –, hätte durch Sinibaldis solidarische und freundliche Gegenwart gemildert werden können. Je öfter ich an die kostbaren Ohrringe denke und an die Weigerung meiner Mutter, sie anzunehmen, bedaure ich ihren Stolz und ihre Zurückweisung.

»Glauben Sie, dass Giorgio wegen meiner Mutter sehr gelitten hat?«, frage ich, ohne groß zu überlegen, und gleich darauf wird mir klar, dass diese eine der tausend Fragen ist, die ich gern meiner Mutter stellen würde. Doch es gelingt mir nie, den richtigen Moment zu erwischen, in dem sie bereit sein könnte, ihren Widerstand aufzugeben und von sich selbst zu sprechen.

Tessai scheint mir leicht erstarrt. Er wirft ein zerknülltes Taschentuch in den Mülleimer und zieht den Panamahut tiefer in die Stirn.

»Er hat immer darunter gelitten, und das aus triftigen, tiefgehenden Gründen. Aber diese Geschichte zu erzählen, Emma, ist nicht meine Aufgabe …«

Jetzt herrscht Schweigen, und der Moment des Abschieds ist gekommen. Tameyoshi neigt den Kopf und gibt mir einen Rat mit auf den Weg:

»Treffen Sie Ihre Wahl mit Umsicht, Emma. Es ist einfach. Viel einfacher, als Sie glauben. Die richtige Wahl ist immer die, über die Sie sich freuen, wenn Sie nur daran denken.«

19

DIE WACKERE PRAKTIKANTIN
UND DIE WENDEHÄLSE

Drei Tage später habe ich die Wahl, über die ich mich schon freue, wenn ich nur daran denke, immer noch nicht getroffen, vielleicht, weil inzwischen Madame Aubegny eingetroffen ist. Sie ist groß, etwas welk, aber durch Botox verjüngt, kaum wahrnehmbar vulgär, aber unübersehbar anmaßend. Sie hat darauf bestanden, im *Hotel de Russie* zu wohnen, ist eine sehr seltsame Frau und setzt ihr Leben aufs Spiel – dreimal nämlich hätte ich sie beinahe eigenhändig erwürgt. Manche Künstler müsste man warnen und ihnen sagen, dass Erfolg nicht ewig dauert und vergänglich ist und man ihn nicht zu sehr ausnutzen darf. Man müsste ihnen auch sagen, dass man mit dem Karma keine Scherze treiben darf und man, wenn man es zu sehr herausfordert, im nächsten Leben als Fruchtfliege auf die Welt kommen kann.

Ihre Agentin hat uns schon mitgeteilt, dass sie am Nachmittag und zum Abendessen Treffen mit ihrem Verleger hat. Dies befreit uns von der lästigen Aufgabe, uns um sie zu kümmern. Manzelli neigt zur Hysterie und ist überempfindlich. Er kritisiert alle Vorbereitungen für die Gartenparty und glaubt, dass alles schiefgehen wird. Vor allem deshalb, weil die Aubegny immer, wenn er ihr den Vertrag zur Unterschrift reichen will, ausweicht und sagt, das habe noch Zeit bis nach dem Essen. Dann essen wir mit ihr, aber andauernd kommt irgendetwas dazwischen, und so hat Madame noch immer nicht unterschrieben.

Ich kann das Büro früher verlassen und esse bei Arabella zu Abend. Es gibt Pasta und Cola light.

Meine Schwester wirkt, als habe sie sich von einem Chirurgen den Magen verkleinern lassen, um im Rekordtempo abzunehmen. Sie ist dünn und abgezehrt, macht ein Gesicht wie Madame Bovary, und ihre Stimmung ändert sich ständig. Wie besessen sieht sie auf ihr Mobiltelefon, wartet auf eine Nachricht von ihrem Botschaftskollegen, glücklich, dass ihr Mann nicht in Rom ist, sondern ein Projekt in der Toskana verfolgt.

Ich müsste blind sein, um zu übersehen, dass Valmont noch immer aktiv ist und sich weiter zwischen meine Schwester und den schrecklichen Schwager drängt und diesem die besonders schmerzliche Art von Hörnern aufsetzt, bei der die Frau in der schrecklichen Qual lebt, zwischen der Rolle der perfekten Ehefrau und der lasziven Betrügerin wählen zu müssen, ohne jeden Mittelweg. Aber schließlich begeht man Ehebruch nicht nur halb. Ich kann nur hoffen, dass die Sache bald vorbei ist. Ich sehe schon voraus, dass Arabella es dann nicht vergessen kann. Ich kenne das von mir. Noch heute habe ich manchmal das Gefühl, eine Kreatur zu sein, der es nicht gelungen ist, ihr eigenes Nest zu bauen, und die sich deshalb in ein fremdes legen wollte. So einfach kann man die Dinge natürlich nicht zusammenfassen. Wer jemand ist, wird nicht nur dadurch bestimmt, dass er einmal einer Neigung nachgegeben und einen Irrtum begangen hat. Schließlich ist Irren menschlich.

Arabella und ich sitzen schweigend da, es ist, als schwebten wir beide in unserer eigenen Galaxie aus tausend wild herumschwirrenden Gedanken, die wie Meteoriten durchs All wirbeln. Da erscheint Valeria in der Terrassentür, da sitzen zwei Erwachsene, verwirrt und beunruhigt.

»Kannst du nicht schlafen, Schätzchen?«, frage ich sie, während Arabella ihr den Rücken zukehrt, weil sie ganz verweinte Augen hat und nicht will, dass ihr Töchterchen das sieht.

»Ich vermisse Papa«, sagt sie leise und hält sich an einem kleinen Monster fest, das seit jeher ihr liebstes Spielzeug war.

»Das hat uns gerade noch gefehlt«, murmelt Arabella.

Valeria kommt zu mir und flüstert mir ins Ohr:

»Tante Emma, vielleicht ist er weggegangen, weil ich ihm erzählt habe, dass Mama, wenn er redet, immer die Augen nach oben verdreht.«

»Aber nein, Schätzchen. Auch wenn es eigentlich keine gute Idee war, das Papa zu erzählen. Er ist wegen seiner Arbeit unterwegs und kommt morgen wieder. Wir alle müssen arbeiten. Auch Mama und eines Tages auch du und Maria.«

»Nein, ich nicht.«

»Und wie willst du dir dann die Sachen kaufen, die du gerne haben möchtest?«

»Ich hole mir Geld aus dem Automaten.«

»Ich verstehe.«

Als Erbin einer arbeitsscheuen adeligen Familie, die ein beträchtliches Vermögen durchgebracht hat, weiß Arabella, wie wichtig es ist, möglichst schnell an Geld zu kommen. Jetzt meldet sie sich zu Wort, um mit Geduld die Weltsicht ihrer Zweitgeborenen zu verändern, aber die Kleine schnauft und will im Arm gewiegt werden. Und so geht der Abend schweigend zu Ende, obwohl ich nicht müde bin, und wenn ich mir aussuchen könnte, wohin ich gehe, dann ist es die Via Oriani.

Ich fange an zu glauben, dass es gar nicht so schlecht ist, wenn die kleine Villa ein Restaurant wird.

Mit etwas Glück kann man dort Cocktails mit Champagner, Chambord und Himbeeren bekommen, und das wäre doch gar nicht so schlecht. Aber heute lebe ich meine Träume nicht aus und gehe nach Hause, um zu schlafen

Morgen ist die Gartenparty, und ich stelle mir vor, wie Manzelli und die Aubegny dafür sorgen werden, dass man sie nie vergessen wird.

Nein, das hätte ich mir dann doch nicht vorstellen können. Denn die Wirklichkeit übertrifft die Phantasie, wie ich schon oft gesagt habe.

Die Atmosphäre in der Firma ist so wie die vor einem heftigen Tropensturm. Maria Giulia kommt zur Kaffeemaschine und ist blass, und ihr Atem riecht, als habe sie eine Gastritis.

»Das ist eine Tragödie«, murmelt sie niedergeschlagen.

Ich darf nicht mal meinen Kaffee zu Ende trinken. Sie zerrt mich an der Hand in unser Büro, vorbei an Manzellis Büro, den man auf dem Flur schon schreien hört, obwohl seine Tür geschlossen ist.

»Wir wussten doch, dass er verrückt ist«, sage ich, um sie aufzuheitern.

»Du hast ja keine Ahnung, was passiert ist«, antwortet sie in demselben apokalyptischen Ton, in dem sie immer redet, so dass ich schon glaube, es kann nichts allzu Schlimmes passiert sein.

Aber diesmal muss ich ihr recht geben.

»Die Aubegny will nicht mehr unterschreiben.«

»Was?! Warum?«

»Sie sagt, sie habe ein interessantes Angebot und sei nicht mehr überzeugt, dass die Fairmont das Beste für sie sei.«

»Kann man nicht noch mit ihr verhandeln?«

»Anscheinend nicht. Manzelli ist fuchsteufelswild und versucht zu verstehen, wer so unfair sein konnte, ihm das Geschäft kaputt zu machen. Er überlegt, ob er die Gartenparty absagen soll.«

»Aber die ist doch heute Abend! Wie will er das den Gästen erklären?«

»Er will so tun, als habe er einen Infarkt gehabt. Aber ich glaube, den kriegt er sowieso und braucht ihn gar nicht vorzutäuschen.«

»Armer Kerl«, sage ich.

»Da ist was im Busch, Emma, ich kann mir kaum vorstellen, wie es weitergehen soll.«

»Nun ja. Wenn er sie nicht mit mehr Geld rumkriegt, muss er die Kröte schlucken. Da kann man nicht viel machen.«

»Es scheint nicht ums Geld zu gehen.«

»Es geht immer ums Geld«, erwidere ich. Ich habe so ein schlechtes Bild von Madame Aubegny, dass ich mir nichts anderes vorstellen kann als ihre Geldgier.

»Na, komm, Maria Giulia, lass den Kopf nicht hängen«, sage ich und klopfe ihr auf die Schulter. »Auch das geht vorbei. Ist zwar schade, denn es wäre bestimmt ein Erfolg geworden, aber du weißt doch, wie sich die Dinge in unserer Branche abspielen.«

Sie will gerade antworten, als wir eine laute Stimme mit französischem Akzent hören.

»Oh, Gott, das ist sie!«, ruft Maria Giulia.

»Vielleicht haben sie es geschafft, die Sache gütlich zu regeln«, sage ich und staune selbst über meinen Optimismus.

Maria Giulia öffnet die Tür, um herauszufinden, wie die Lage ist.

Madame Aubegny wirkt sehr aufgeregt, Manzelli und ihre Agentin versuchen sie zu beruhigen, mit wenig Erfolg.

Am Ende verlässt die Autorin das Haus und knallt die Tür so fest zu, dass das ganze Gebäude wackelt.

Als Maria Giulia die Tür wieder öffnet, hört sie noch gerade, wie Manzelli ruft: »Möge Gott diese verdammte Waldau verfluchen!«

In diesem Moment wird mir alles klar, so wie am Spiegel im Badezimmer, wenn der Dampf sich nach einer heißen Dusche verzogen hat. Ich werde von so heftigen sich widerstrebenden Gefühlen gepackt, dass ich mich einen Moment im Kellergeschoss einschließen muss, um nicht zu hören, wie Manzelli über den Scheißkerl flucht, dessen Angebot ich beinahe angenommen hätte.

20

DIE WACKERE PRAKTIKANTIN
UND DIE GARTENPARTY

Auf dem freien Markt kann jeder sein Spiel treiben, wie er möchte. Heutzutage ist es schwieriger denn je, die Grenze zwischen dem zu ziehen, was moralisch vertretbar und was eine Gemeinheit ist. Mir ist dies alles bewusst, warum aber habe ich das Gefühl, dass Scalzi von dem Sockel, auf den ich ihn gestellt hatte, herabgestürzt und in einen tiefen Abgrund gefallen ist? Und warum wirkt sein Angebot plötzlich nicht mehr sauber, und ich kann es nicht mehr in Betracht ziehen?

Vielleicht weil der Gang der Ereignisse, so wie sie kolportiert wurden, mir das Bild einer ungemein hässlichen Vorgehensweise bietet. Scalzi wusste, dass die Aubegny nach Rom kommt, er hat sie mit einem Luxuswagen am Hotel de Russie abholen lassen. Er hat sie in seinem Haus zum Essen eingeladen, wo ein Koch ein erlesenes Essen vorbereitet hat, mit Langusten und edelstem Wein. Am Ende soll er sie sogar verführt haben. Er hat ihr nicht nur einen ausgezeichneten Film und ein großartiges Budget versprochen, von dem er ihr einen Anteil angeboten hat, der – so wird behauptet – allen Regeln des Marktes widerspricht, dazu hat er der wollüstigen Schriftstellerin noch eine Liebesnacht beschert, aus der ein neuer Roman entstehen könnte, diesmal in grellen Farben – womit sie noch mehr den Geschmack und Geschäftssinn der heutigen Verleger treffen würde. Am nächsten Morgen hatte Scalzi, Alpha-Mann durch und durch, die Unterschrift unter seinem Vertrag.

Dies alles scheint die Grenze zum Surrealen und Grotesken zu überschreiten, doch Manzelli sagt, er habe diese Informationen aus absolut zuverlässiger Quelle. Mein Chef hat geschworen, sich angemessen zu rächen, und hat sich mit einem Glas Zuckerwasser von seinem Unwohlsein befreit. Nachdem er eine Zeitlang nicht mehr wusste, was oben und unten ist, und er die Gartenparty absagen wollte, hat er sich aufgerappelt und beschlossen, die Herausforderung anzunehmen, sich freundlich und souverän zu geben: »Ich habe nichts, wofür ich mich schämen muss. Aber ein anderer sehr wohl.«

So gehe ich zu dem Garten der Villa in einem Cocktailkleid aus Chiffon, das mir zu meiner großen Rührung Signora Vittoria geschenkt hat. Eigentlich näht sie nur Kinderkleider, aber manchmal überkommt es sie, und sie macht etwas für Frauen, und das verschenkt sie meistens. Es war ihr Abschiedsgeschenk, und ich bin ganz wild auf dieses hellgrüne Minze-Milch-Kleid, ein Unikat, eine Erinnerung an den seltsamen Sommer, der in mein Leben eingenäht ist wie die Spitzen auf einem verschossenen Kleid.

Ehrlich gesagt habe ich damit gerechnet, alle und jeden zu treffen, nur nicht *ihn*, den Urheber der Tragödie, den schlitzohrigen Produzenten, den infamen, monströsen Verführer von Autorinnen, den Wendehals. Doch er streift tatsächlich um das Buffet herum und hütet sich, sich etwas zu essen zu nehmen, als sei er nur gekommen, um Manzelli zu verhöhnen wie seine blöde Assistentin mit dem Lockenkopf, die ein süßes, aber unpassendes Kleid wie ein Stiftsfräulein trägt und an seinem kräftigen Arm hängt wie eine Braut, die fürchtet, ihr Bräutigam könne vor dem Altar noch nein sagen.

Maria Giulia und ich sehen nach, ob Manzelli noch lebt.

»Als er ihn sah, wurde er ganz blass, dann hat er ihm die Hand gereicht und ihm für sein Kommen gedankt und ihm zu seinem siegreichen Schachzug gratuliert.«

»Welche Größe!«, sage ich, ein wenig überrascht von dem Bericht über ein so generöses Verhalten.

»Er wird es ihm bei nächster Gelegenheit zurückzahlen«, bemerkt Maria Giulia und trinkt einen Schluck Prosecco.

Manzelli tut mir fast ein wenig leid. Der Film der Aubegny war ihm so wichtig wie einer Frau ihr liebstes Schmuckstück. Wenn er davon sprach, wirkte er wie ein neuer Mensch.

Scalzi hat sich unkorrekt verhalten und auch noch hier aufzutauchen ist einfach nur peinlich. Schließlich hat er schon genug angerichtet. Ich sehe darin die Absicht, seinen Konkurrenten zu demütigen, dabei erkennt man Größe doch an der Art und Weise, wie einer gewinnt.

Als die dumme Gans mit den Locken einen Moment seinen Arm loslässt und auf der Toilette verschwindet, hat der miese Produzent tatsächlich die Unverfrorenheit, mich zu begrüßen, und sieht mich erwartungsvoll an.

»Sie haben sich wirklich Zeit mit Ihrer Antwort gelassen. Ich muss daraus wohl den Schluss ziehen, dass mein Angebot zu schlecht und nicht einmal interessant genug war, um die Höflichkeit einer Absage zu verdienen.«

»Ich habe kein Interesse an einer Zusammenarbeit mit Leuten wie Ihnen – oder Ihrer Begleitperson«, stoße ich verächtlich hervor.

Scalzi scheint amüsiert. »Das ist lächerlich, Signorina de Tessent. Können Sie das begründen?«

»Sie sind doch ein intelligenter Mensch. Brauchen Sie wirklich eine Erklärung?«

»Ehrlich gesagt, ja. Ich finde Ihr Verhalten ein wenig irritierend.«

»Sie haben uns die Aubegny weggeschnappt. Auf eine ganz miese und unfaire Art.«

Scalzi sieht mich scharf an. »Bevor Sie solche Urteile von sich geben, sollten Sie sich vielleicht die Mühe machen, die Wahrheit herauszufinden.«

»Ich bin sicher, dass ein Teil dessen, was mir erzählt wurde, nicht zutrifft, denn wäre das alles wahr, wären Sie es nicht wert, der Sohn von Vittoria Airoldi zu sein. Aber es scheint mir schwer zu glauben, dass alles andere nur Manzellis Phantasie entsprungen ist. Die Wahrheit ist doch, dass die Aubeny am Ende bei Ihnen unterschrieben hat, obwohl …«

»Jetzt hören Sie mir mal zu, Signorina de Tessent. Während Sie im Laden meiner Mutter mit Spitzen und Rüschen beschäftigt waren, weil die Fairmont Sie auf übelste Art abserviert hat, zugunsten ihrer Kollegin, die Beziehungen

149

hat – dachten Sie, das wüsste ich nicht? –, habe ich einen wahren Leidensweg zurückgelegt, um diese grässliche Person davon zu überzeugen, mir die Filmrechte an ihrem Roman zu verkaufen, den ich persönlich grauenhaft finde, den die Direktion in Oslo aber für großartig hält. Mit diesem Abschluss sollte ich Direktor der Niederlassung in New York werden. Es waren langwierige, anstrengende und unangenehme Verhandlungen, doch sie endeten mit einer Zusage. Dann trat Ihr toller Held Manzelli auf. Er hat mit unlauterem Wettbewerb mein Projekt ruiniert – fragen Sie ihn ruhig, was er getan hat –, und daraufhin hat die Aubegny im letzten Moment zurückgezogen. Schluss mit meinem Karrieresprung in New York, ein Franzose hat den Posten erhalten, und das ist das Schlimmste an der ganzen Sache. Also, meine verehrte Madame Allwissend, ich habe nur versucht, auf Manzellis Machenschaften zu reagieren. In kleinen, sehr mühsamen Schritten. Kommen Sie mir jetzt bloß nicht und behaupten, ich mache die Projekte anderer kaputt. Diesen Vorwurf können Sie Ihrem Chef machen, der, so wie Sie sich entschieden haben, nicht ich bin.«

Ich bin sprachlos. Nie wäre ich darauf gekommen, dass die Sache mit der Abwerbung von Manzelli ausgegangen ist und Scalzi nur darauf reagiert hat.

»Aber … Warum sind Sie dann heute Abend hergekommen? Das zeugt nicht gerade von besonderem Stil. Warum haben Sie das getan? Sie haben doch gewonnen und brauchen nichts mehr zu beweisen.«

»Ich würde es Ihnen gern erklären, fürchte aber, Sie würden es nicht verstehen.«

»Natürlich nicht, ich bin ja zu dumm.«

»Das sind Sie natürlich nicht. Aber Sie scheinen zu vergessen, dass mir unrecht getan wurde. Meine Assistentin Gloria und ich haben eine Einladung erhalten. Wir sind ihr gefolgt, um zu zeigen, dass wir friedliche Absichten haben und Wert auf gute Beziehungen mit der Fairmont legen, obwohl Ihr Chef alles versucht hat, um die Waldau in unfairster Weise auszubooten.«

»Welch großzügige Geste.«

Die dumme Gans mit dem Lockenkopf kommt eilig auf uns zu, kann aber nicht verhindern, dass Scalzi sich meinem Gesicht nähert und mir ins Ohr raunt:

»Und nicht zuletzt, Signorina de Tessent, hatte ich so Gelegenheit, Sie wiederzusehen.«

Ich spüre den verführerischen Charme des Räubers im Gewand des Edelmanns und bin betört.

21

DAS EXISTENTIELLE DILEMMA
DER WACKEREN PRAKTIKANTIN

Das minzgrüne Kleid hängt etwas zerknittert über dem Sessel, und ich liege in ähnlichem Zustand im Bett – auf die Hitze achte ich schon gar nicht mehr. In unserer Wohnung gibt es keine Klimaanlage, denn meine Mutter ist strikt dagegen.

Der Satz des Produzenten hat mich die ganze Nacht begleitet. Es hat sich gelohnt, sich zu streiten, um am Ende das zu hören.

Ich habe etwas gespürt. Von Zeit zu Zeit hält mein Leben, das mir manchmal doch etwas mühsam vorkommt, Überraschungen bereit, und ich spüre etwas.

Ich weiß nicht, ob ich Lust habe, bei der Fairmont Nachforschungen anzustellen, um zu erfahren, ob Scalzi wirklich die Wahrheit sagt. Ich weiß nicht, ob ich es brauche, weil etwas in mir ihm glaubt, ohne dass ich Beweise benötige. Er kann nicht lügen, Manzelli hingegen ist ein Wurm, was ich schon seit längerer Zeit weiß.

Auch meine Mutter schläft nicht mehr und räumt in der Küche das Service um, das sie von der Tante de Tessent geerbt hat. Sie macht das sehr oft, besonders wenn sie schlechter Stimmung ist. Und Arabella ist wahrscheinlich auch schon wach und sitzt bei sich zu Hause am Rand ihres Ehebetts, in das sich eine Schlange eingeschlichen hat.

Jede von uns hat ihren eigenen Kummer zu bewältigen, als hätten wir einen kleinen Kolibri in einem Nest, den wir nur zu gern freilassen würden.

Die ganze Nacht habe ich überlegt, ob ich Scalzi nicht anrufen und ihm sagen soll: Es tut mir leid, dass ich Sie so zu Unrecht verurteilt habe. Fangen wir von vorne an. Ich möchte bei Ihnen arbeiten, wenn Sie mich noch wollen. Das ist die Wahl, über die ich mich freue, die, von der Tessai sprach, jetzt bin ich mir sicher. Jetzt, nachdem ich mich schlimmer aufgeführt habe als ein hysterisches Hündchen.

Der Sinn für das richtige Timing war mir schon immer wichtig. Ich habe Angst davor, seine Nummer zu wählen und ihm dies alles zu sagen. Ich weiß nicht so recht, wie, und hoffe auf eine Erleuchtung von oben.

So gehe ich erst mal zur Fairmont, wo trübe Stimmung herrscht, obwohl die Party gestern Abend ein großer Erfolg war.

Maria Giulia hat Schatten unter den Augen wie eine Schwindsüchtige und schleicht durch das Büro wie die Baronesse Trauerkleid. Ich beschließe, ihr zu erzählen, was ich von Scalzi erfahren habe.

»Hast du je daran gedacht, dass die Waldau zuerst an der Sache dran gewesen sein könnte?«, beginne ich.

»Wie meinst du das?« In ihren trauerumflorten Blick mischt sich Neugier.

»Die ganze Sache ist nämlich ein bisschen anders gelaufen, als wir gedacht haben. Manzelli hat offenbar mit unlauteren Mitteln versucht, die Aubegny abzuwerben, die schon mit der Waldau einig war, und dann hat die Dame es sich im letzten Moment wieder anders überlegt.«

Maria Giulia sieht mich verblüfft an.

»Das glaube ich nicht, Manzelli hat nie davon gesprochen, und ich habe selbst gesehen, wie er den ganzen Sommer geackert hat, um den Vertrag zu bekommen. Vielleicht hat die Aubegny auch ein doppeltes Spiel getrieben.«

Ich antworte mit einem Seufzer der Ungewissheit. Auch diese Möglichkeit kann man nicht ausschließen. Aber warum soll man die Sache noch so wichtig nehmen? Es ist ja eh gelaufen. Ich arbeite träge den ganzen Tag vor mich hin, dann sehe ich Maria Giulia Blätter ausdrucken, die sie mir auf den Tisch legt.

»Da. Lies mal«, sagt sie mit düsterer Miene.

Es handelt sich um vertrauliche E-Mails.

»Ich habe eine Kollegin um einen Gefallen gebeten«, rechtfertigt sich Maria Giulia, als sie meinen erstaunten Blick sieht.

Ich blättere die Briefe durch, aus denen klar hervorgeht, dass Manzelli seine freundschaftlichen und persönlichen Beziehungen zu der Agentin der Aubegny ausgenutzt hat. Er hat ihr geschrieben, sie solle nicht dem Sirenengesang der Waldau folgen, und ihr dann die finanzielle Lage dieser Nobel-Produktionsgesellschaft vor Augen geführt: angeblich sechzig Millionen Schulden und Probleme mit Aktien, die bald den völligen Ruin der Firma zur Folge hätten.

Ich lese seine Worte und bin sprachlos:

Man kann zwar nicht ausschließen, dass sich die Waldau irgendwann wieder erholt, aber das würde sicher sehr lange dauern – zum Nachteil deiner Autorin. Mein dringender Rat wäre also, sie von dieser Idee abzubringen und auf solidere Angebote einzugehen, die nicht ein solch erhebliches Risiko darstellen und ein wesentlich besseres Ergebnis garantieren als dem von Pietro Scalzi vorgeschlagenen, der, auch wenn er noch so engagiert ist, doch nichts gegen den Untergang des Unternehmens wird ausrichten können.

»Stimmt das denn?«, frage ich bestürzt.

»Was?«

»Dass es der Waldau so schlecht geht?«

»Das habe ich auch gefragt. Aber dem ist absolut nicht so. Die Fairmont war es, die in Schwierigkeiten steckte, davon kannst du ja selbst ein Lied singen. Der Fairmont stand dieses Jahr der finanzielle Kollaps bevor, und sie ist noch nicht aus dem Schneider. Diese Dinge werden aber vertuscht. Wegen der Geschichte mit der Aubegny bin ich misstrauisch geworden, und diesmal habe ich meinen Kopf nicht in den Sand gesteckt. Und was ist? Ich finde ein Schreckensszenario vor. Wir werden in Bausch und Bogen untergehen, so schaut's aus.«

Maria Giulia nimmt eine ordentliche Dosis Asthmaspray, um ihren Worten Nachdruck zu verleihen.

Sicher, Maria Giulia ist eine Katastrophenpriesterin und neigt zur Übertreibung. Deshalb sollte man nur die Hälfte von dem, was sie sagt, ernst nehmen. Doch die Hälfte ist auch schon genug, und was sie herausgefunden hat, treibt mich in Richtung Scalzi, mit der Wucht eines Herbststurms, der die Blätter vor sich herwirbelt.

Ich halte mein Telefon in der Hand, aber irgendwie gelingt es mir nicht anzurufen. Was ist nur los mit mir?

Es gibt Momente, in denen müssen wir eine Entscheidung treffen. Dieser Moment ist jetzt da, aber ich kann nicht zu dem stehen, was ich will, trotz allem, was in letzter Zeit geschehen ist und noch geschieht.

22

DIE WAHRHEIT ÜBER
MARINA DE TESSENT

»Hast du ihn noch immer nicht angerufen?«

Meine Mutter gießt mir heißes Wasser in eine Tasse des kostbaren Geschirrs ihrer Tante.

»Mir ist aufgefallen, dass ich es fünfzehn Jahre nicht mehr benutzt habe, und es ist doch zu schade, wenn es nur verstaubt.« Sie lächelt mir aufmunternd zu.

Bereits heute Morgen, als ich ihr erzählt habe, was in den letzten aufregenden Tagen alles passiert ist, hat sie angefangen, mich zu drängen, ich solle endlich Pietro Scalzi anrufen, und zwar so schnell wie möglich.

»Irgend etwas hält mich zurück«, erwidere ich kläglich.

»Aber was denn nur?«

»Ich kann es nicht erklären.«

»Vielleicht solltest du diesen Freund von Sinibaldi fragen …«

»Mama, was für eine Idee! Gerade wegen dieses Anrufs von Sinibaldis gutem Freund ist doch alles so aus dem Ruder gelaufen!«

»Das sehe ich anders. In Wirklichkeit, meine Liebe, fing alles mit dem Telefonanruf von Sinibaldis Freund an. Von allein hättest du nämlich damals gar kein Vorstellungsgespräch bei der Waldau bekommen.«

»Wie auch immer, die Dinge sind jetzt so, wie sie sind. Und ich bin sowieso die Einzige, die jetzt etwas ändern kann.«

»Da hat du mal etwas Richtiges gesagt.«

»Morgen rufe ich ihn an.«

»Sehr gut.«

»Mama … wegen Sinibaldi …« Ich beschließe, die Gelegenheit beim Schopf zu packen. »Denkst du noch oft an ihn?«

Sie schweigt. Wie immer, wenn die Sprache auf Giorgio Sinibaldi kommt.

»Mama?«

»Was willst du wissen?«

»Ob er dir fehlt.«

»Natürlich fehlt er mir. Er war ein sehr netter Mensch.«

»Nur deshalb?«

Sie sitzt auf glühenden Kohlen. Ich verstehe nicht, warum es so schwer für sie ist zuzugeben, dass sie ihn gernhatte. Vielleicht fällt es ihr schwer, gegenüber ihrer Tochter offen zu sein.

Aber wir reden ja nicht über Geheimnisse, die man keinem erzählen kann. Das hoffe es wenigstens.

»Emma, wenn du etwas wissen willst, dann frag mich einfach.«

Da lasse ich mich nicht länger bitten.

»Wer ist Giorgio Sinibaldi wirklich für uns? Sogar Tessai wusste, dass Papa uns alle diesem Mann anvertraut hat. Was steckt dahinter?«

»Das mit Giorgio ist eine lange Geschichte.« Wieder verfällt sie in Schweigen.

»Mama, heute Abend kommt nichts im Fernsehen, und wir haben alle Zeit der Welt. Also, erzähl es mir.«

»Es ist lang und kompliziert.«

»Umso besser, ich höre gern lange und komplizierte Geschichten.«

Sie seufzt. »Himmel, ich weiß nicht, ob ich dazu schon bereit bin«, stammelt sie plötzlich.

»Mama, ich bin erwachsen. Mich kann nichts umhauen. Wenn du in ihn verliebt warst, gib es doch ruhig zu! Daran ist doch nichts Schlimmes.«

»Liebe? Nein, nein. Mit Liebe hat das gar nichts zu tun.«

»Womit denn sonst?«

»Die Oma …«

»Was hat denn die Oma damit zu tun?«

Meine Mutter scheint nicht ganz klar im Kopf, ich fange an, mir Sorgen zu machen.

»Nicht die Oma de Tessent.« Ich sehe sie total überrascht an.

Die Oma de Tessent war unsere Nonna. Sie war die Frau, die ich von klein auf kannte und liebte und die bei uns lebte, als Arabella und ich noch Kinder waren.

»Ich meine die Oma Elisabetta.« Also die Mutter meiner Mutter, die ich nie gesehen habe und über die zu Hause immer geschwiegen wurde.

Offenbar ist mir etwas entgangen, was eher problematisch ist.

Elisabetta stammte aus Venedig und lebte mit dem Großvater, der Lehrer war, in Monterotondo, einem Dorf in der Nähe von Rom.

Sie war ständig depressiv und gelangweilt, verbrachte ihre Tage im Bett, las Illustrierte und lackierte sich jeden Tag die Nägel neu. Dann kam meine Mutter zur Welt, und die Situation wurde noch schlimmer. Elisabetta hatte keine Lust, sich um das Neugeborene zu kümmern, das ihr zu anstrengend war.

Der Großvater und seine Familie mussten alles machen. Elisabetta interessierte sich nicht für die kleine Marina, die für sie eine unerträgliche Last war.

Dann zog der Großvater in die Stadt um, wo er einen besseren Posten gefunden hatte, und nahm Frau und Tochter mit. Er stellte ein Kindermädchen ein, das Elisabetta die Betreuung ihrer Tochter abnahm, und eine Zeitlang schien alles in Ordnung zu sein. Doch Elisabetta wurde immer gleichgültiger und unleidlicher, bis die Situation einfach nicht mehr auszuhalten war. Als sie sich eines Tages davonmachte, war der Großvater sehr erleichtert. Elisabetta war gegangen, einfach so, ohne sich noch einmal umzudrehen. Und niemand konnte der kleinen Marina ausreden, dass sie daran schuld war.

»Aber Mama, das ist ja entsetzlich!«, sage ich bestürzt, doch meine Mutter bedeutet mir zu schweigen und fährt fort.

Erst Jahre später ließ Elisabetta wieder etwas von sich hören. Eines Tages klingelte es an der Tür, und da stand sie und hatte einen blonden Jungen in kurzen Hosen an der Hand. Marina verstand nicht, was los war. Sie hörte ihre Eltern so laut streiten, dass sie sich die Ohren zuhielt, während der Junge, der am Küchentisch saß, einen Becher mit kalter Milch trank.

Schließlich kam Elisabetta wie eine Furie in die Küche zurück. Sie zerrte den Jungen so heftig vom Tisch, dass der Becher zu Boden fiel und zerbrach. Nachdem sie gegangen waren, kehrte Marinas Vater schweigend die Scherben auf und machte alles sauber.

»Wer war dieser Junge?«

»Niemand.«

Als Marina fünfundzwanzig war, kam der Junge wieder. Er hatte nach Marina gesucht und erzählte ihr, Elisabetta sei lungenkrank und werde bald sterben.

Dieser Junge, jetzt ein junger Mann, war Giorgio Sinibaldi.

Elisabetta und der Opa waren schon lange geschieden, und Marina sah ihre Mutter nie wieder. Nach der Trennung von meinem Großvater hatte Elisabetta einen reichen Verleger geheiratet. Bald darauf wurde der kleine Giorgio geboren. Elisabetta lebte im Wohlstand und war eine beispielhafte Ehefrau und Mutter. Sie kümmerte sich um Giorgio, was sie bei Marina nie getan hatte.

Meine Mutter war tief verletzt. Sie schickte Giorgio weg und wollte von ihrer Mutter nichts mehr wissen.

Sie fragte sich, was mit ihr und ihrem Vater nicht in Ordnung gewesen war. Wieso hatte Elisabetta sie so lieblos behandelt und war zu Vater und Sohn Sinibaldi so freundlich gewesen? Warum hatten sie nur ihre schlimme Seite und die anderen ihre beste Seite erlebt? Warum hatte ihre Mutter sie einfach verlassen? Und warum hatte Giorgio Sinibaldi eine Mutter gehabt und sie nicht?

Es vergingen einige Jahre. Marina lernte den charmanten Adeligen Julian de Tessent kennen, über eine gemeinsame Freundin, die auch ein wenig in Papa verliebt war. Mama fragte ihn, was er im Leben mache, und er antwortete:

»Nichts, aber das mache ich ausgezeichnet.«

Das stimmte in der Tat, und dieses *dolce far niente* gefiel meiner Mutter außerordentlich. Die beiden genossen ihr Leben, bis ihnen klar wurde, dass Geld nicht ewig fließt. Julian hatte in Latium Ländereien geerbt, die Hälfte des Erbes, aber der Großvater und Urgroßvater waren nicht in der Lage gewesen, Gewinn daraus zu ziehen. Papa musste das Land schließlich verkaufen, und das war schwer für die beiden. Er wurde Übersetzer. In den nächsten Jahren kamen Arabella und ich zur Welt. Wenn man bedenkt, dass Marina nie eine wirkliche Mutter gehabt hatte, muss man sagen, dass sie sich wunderbar um uns Kinder gekümmert hat. Ich kann mir keine bessere Mutter vorstellen. Der Opa starb, dann wurde auch Julian krank. Als ihm klar war, dass er nicht mehr lange zu leben hatte, begann mein Vater – der im Gegensatz zu uns Kindern über alles Bescheid wusste –, nach Giorgio Sinibaldi zu suchen, denn dieser Mann war die einzige Familie, die Mama noch hatte. Vielleicht, so dachte Papa, könnte Giorgio sie nach seinem Tod unterstützen. Eine sehr weitsichtige Idee, wenn man bedenkt, wie wenig besonnen mein Vater sonst war.

Es stellte sich heraus, dass Giorgio ein aufmerksamer und großzügiger Mensch war, aber meine Mutter war recht reserviert und hielt ihn auf Distanz. Sie nahm seine Hilfe nur widerwillig an, aber es gab viele Situationen, in denen sie sonst niemanden hatte, an den sie sich wenden konnte. Als Elisabetta starb, fuhr sie nicht zur Beerdigung. Sie wollte auch nichts von ihr erben. Giorgio aber bestand darauf, dass sie wenigstens die Ohrringe nahm, die ich beim Aufräumen in der Schachtel gefunden hatte, doch seit sie im Besitz meiner Mutter sind, haben sie nie das Tageslicht gesehen.

Bis heute kann meine Mutter Elisabetta nicht verzeihen. Ihr Herz hat einen unheilbaren Riss.

Meine Mutter weiß, dass sie zu wenig Achtung vor diesem freundlichen Halbbruder hatte und kein Verständnis für ihn zeigte, obwohl er stets sehr hilfsbereit war. Er war ein Mensch mit einem guten Herzen, der die unverständlichen Fehler seiner Mutter wiedergutmachen wollte. Und er tat alles, um das Versprechen, was er meinem Vater gegeben hatte, zu halten.

Heute haben wir keine Familie mehr, weil der Tod auch ihn hinweggerafft hat, und wenn meine Mutter seinen Namen hört, wird sie ganz stumm.

Sie ist am Ende ihrer Geschichte angelangt und sieht mich mit traurigem Gesicht an.

»Weißt du, Emma, nach dem Tod kann man nichts mehr gutmachen. Ich habe Giorgio immer abgewiesen und nichts begriffen. Inzwischen weiß ich, wie ungerecht und kleinlich das war. Heute würde ich mich gern bei ihm entschuldigen und ihm sagen: Es tut mir leid. Es ist nicht deine Schuld gewesen. Ich möchte gern anders ein und dir all deine Freundlichkeit zurückgeben und dich ohne Vorbehalte lieben. Das aber habe ich nie gesagt, und jetzt kann ich es nicht mehr. Der Tod hindert uns daran, einen Schritt zurück zu machen. Solange wir leben, haben wir immer noch Zeit, unsere Meinung zu ändern. Oder um Verzeihung zu bitten.«

Ich muss sagen, dass ich ziemlich erschüttert bin. Ich hatte ganz andere Schlüsse gezogen und finde es nicht richtig, dass Mama uns diese Geschichte all die Jahre verschwiegen hat.

»Wie hast du es bloß geschafft, uns all die Jahre nicht zu sagen, wer Giorgio Sinibaldi war? Er war immerhin unser Onkel. Wir hatten ein Recht, es zu wissen.«

»Ich brauchte Zeit, um mit all dem meinen Frieden zu machen. Und dazu hatte ich auch das Recht. Fertig zu werden mit der Wut auf meine Mutter und mit meinen Gefühlen gegenüber Giorgio, der jetzt nicht mehr da ist.«

»Und ist es dir gelungen?«

»Nein, aber wo du mich so direkt gefragt hast, konnte ich ja nicht mit neuen Lügen kommen.«

Ich glaube, jetzt verstehe ich sie. Ich begreife, wie allein sie mit ihrer Verletzlichkeit ist. Und mir wird immer klarer, dass wir alle lernen müssen, mit dem Unglück umzugehen, das uns widerfährt.

»Ach Mama!«, sage ich und nehme sie in den Arm. »Es tut mir so leid, was du erleben musstest, wie du aufgewachsen bist. Ich bedaure dich wegen allem, was dir gefehlt hat.«

Meine Mutter lächelt sanft. »Das Leben von jedem läuft so ab, wie es ablaufen muss. Entscheidend ist, dass man die Dinge, die man nicht ändern kann, irgendwann abschließt und nicht zu viel darüber nachgrübelt.«

23

DIE WACKERE PRAKTIKANTIN ENTDECKT, WIE MUTIG SIE IST

Wenn man in seinem Leben feststellt, dass eine Sache so nicht mehr weitergehen kann, sollte man nicht sofort nach Alternativen suchen. Mit anderen Worten – man sollte nicht gleich eine neue Lösung parat haben, sonst wird man sich nie darüber im Klaren, was eigentlich falsch gelaufen ist. Aus diesem Grund trenne ich mich heute von der Fairmont, und zwar tue ich das zuallererst. Ich habe das Vertrauen in meine Arbeit verloren und auch den Willen, etwas Gutes zu machen. Deshalb will ich neue Gelegenheiten suchen. Vielleicht ist das verrückt von mir, aber ich glaube, es ist das Einzige, was richtig ist. Mein Vertrag ist sowieso noch nicht unterzeichnet. Aus verwaltungstechnischen Gründen. Ich arbeite also auf keiner festen Grundlage, fast wie eine Illegale, aber Manzelli schwört, dass die Lage bald geklärt ist.

Ihm zu sagen, dass ich gehe, ist nicht so schwer, wie ich dachte.

»Ach, unsere wackere Praktikantin«, sagt er und applaudiert mir sarkastisch. »Du verlässt also die Mama, und wo gehst du hin?«

»Das weiß ich noch nicht. Aber das Wichtigste ist, dass ich ein paar Dinge verstanden habe.«

»Was du verstanden hast, bleibt ein Geheimnis. Nun ja, wir verlieren eine wertvolle Mitarbeiterin. Aber ich hoffe, du bist mir nicht böse, wenn ich dir sage, dass alle nützlich sind und niemand unersetzlich ist.«

»Klar, eine wackere Praktikantin findest du allemal«, entgegne ich nicht minder sarkastisch.

»Tja, das ist eine der wenigen Gewissheiten, die ich im Leben noch habe. Na schön, Emma, wenn das alles ist …«

»Ja, das ist alles.«

Diesmal ist der Karton mit meinen Sachen kein Symbol des Scheiterns, sondern der Freiheit. Ich packe ihn vor Maria Giulias fassungslosen Blicken.

»Und was willst du jetzt machen?«

»Ich habe eine Gelegenheit und versuche, sie zu erwischen.«

»Wäre es nicht klüger, erst die Gelegenheit zu erwischen, bevor du hier alles aufgibst? Wenn du etwas anderes in der Tasche hast, kannst du immer noch kündigen. Sonst hast du am Ende weder das eine noch das andere. Das ist doch Wahnsinn.«

»Weißt du, gestern war ich zufällig in dem Film mit der Ninja-Schildkröte«, erzähle ich ihr. Maria Giulia ist jetzt offensichtlich noch verwirrter. »Ich dachte, es sei gute Unterhaltung, aber das Ganze war so geschmacklos, dass es schon fast ans Obszöne grenzte. Der Film war dumm, ohne jede Bedeutung, künstlerisch gleich null. Er war nicht einmal lustig. Mag sein, dass er durch eine Menge Jugendliche und unreife Erwachsene eine Million Euro eingespielt hat. Mit diesem Geld könnte man wunderbare Filme machen, überall auf der Welt, sogar in einer armen Stadt, man könnte Freude und Schönheit für die schaffen, die sonst nichts haben. Ich saß im Kino und mir wurde ganz schlecht bei dem Gedanken an all den Müll, den die Fairmont in den letzten Jahren produziert hat und an dem auch ich beteiligt war – an all diese aufgeblasenen Filme, die nur gemacht werden, um den Leuten das Geld aus der Tasche zu ziehen, und über die man nicht mal lachen kann. Und da habe ich beschlossen, nicht mehr mitzumachen.«

»Du kündigst wegen der *Ninja-Schildkröten?*«, fragt Maria Giulia mit einer Logik, gegen die letztlich nichts einzuwenden ist.

»Sagen wir einfach, in den letzten Tagen habe ich ziemlich viel begriffen.«

»Aber Emma, du kannst doch nicht deine Arbeit aufgeben, nicht jetzt! Die Hitze ist dir zu Kopf gestiegen. In der Sache Aubegny gebe ich dir recht, das war empörend, aber auf einem gewissen Niveau wird überall unsauber gearbeitet. Andere Produktionsgesellschaften produzieren auch Müll. Anders kann man leider nicht überleben, die Leute wollen es so haben. Mit dem Geld, das wir dabei verdienen, finanzieren wir das, was du ›wunderschöne Sachen‹ nennst und was offenbar immer weniger Anklang findet.«

»Von ›wunderschönen Sachen‹ sehe ich immer weniger, und ich suche eine Stelle, bei der Kino noch Schönheit bedeutet. Und wenn das nicht klappt, finde ich einen anderen

Ausweg, ich hab schließlich einen Master in Literaturwissenschaft.«

»Das wird schwierig werden, aber ich wünsche dir Glück. Ich hoffe, ich sehe bald einen Film wie *Lost in Translation* oder *Drive* und weiß, dass dann auch du dahintersteckst.«

Ihr Wunsch ist schön und ehrlich gemeint und verdient meinen Dank. Also umarme ich sie. Ich, die ich nicht viel für körperliche Nähe übrig habe. Und während ich ihr süßliches Parfum rieche, das wegen irgendeiner giftigen Substanz eigentlich schon längst hätte vom Markt genommen werden müssen, sage ich mir, dass Maria Giulia jemand ist, den ich ungerechterweise immer zu gering geschätzt habe.

Dann kommt der Augenblick des Telefonats mit Pietro Scalzi.

Mit einem hoffnungsvollen Seufzer lasse ich es klingeln, und als die Sekretärin nicht drangeht, hinterlasse ich eine Nachricht und bitte um Rückruf. Ich öffne den Schrank in meinem Zimmer und sehe das minzgrüne Kleid an. Ich erinnere mich und warte.

Ich warte bis zu der Stunde, in der man in angelsächsischen Ländern Mittagspause macht, während ich zwischen vier Wänden hocke, in einem Gefängnis der Angst. Das Gewicht des Zufalls beginnt auf mir zu lasten, aber ein Anruf könnte es von mir nehmen.

»Entschuldigen Sie, dass ich erst jetzt zurückrufe, Signorina de Tessent. Heute war ein stressiger Tag.«

»Klar, ich verstehe.«

»Was kann ich für Sie tun?«

»Ich würde gern in Ruhe mit Ihnen reden, Signor Scalzi. Und über ein paar Dinge sprechen, über die ich nachgedacht habe, falls Sie sie hören wollen.«

»Heute? Zum Abendessen?«

»Sehr gern.«

»Gut, sagen Sie, wo.«

Ich antworte, als gäbe es keinen anderen Ort:

»Kennen Sie das neue Restaurant in der Via Oriani?«

Dieser Vorschlag kam ganz spontan, und ich bin erstaunt, dass ich unbedingt dorthin möchte. Es ist ein bisschen so, als träfe ich mich zu Hause mit ihm.

Vor zwei Tagen wurde das Restaurant eingeweiht und wird sehr gelobt. Ich brauche den Schutz meiner Glyzinien, um zu hören, ob das Angebot, über das ich nicht so viel nachgedacht habe, wie ich sollte, überhaupt noch gilt. Und wenn es nicht mehr gilt, zu erfahren, warum. Und dann muss ich trinken, und zwar viel, um ertragen zu können, dass ich alle Jetons auf dem grünen Spieltisch verloren habe. Er holt mich in Sportkleidung auf seinem röhrenden Motorrad ab, bei dem man Lust bekommt, mit einem Rucksack an Orte wie Tangeri zu fahren, sich dort zu verlieren und immer weiterzureisen. Er ist mit mir in die Via Oriani gefahren und hat mir das Gartentor geöffnet, das inzwischen repariert ist.

Der Garten der kleinen Villa hängt voller gleißender Lampen. Das Licht, die Farbe, das Dekor, alles wirkt künstlich. Alles wirkt kalt, die Bänke sollen bequem sein, doch sie sind ohne jeglichen Charme und so neutral, damit es jedermann gefällt. Ich bin irritiert.

»Nett«, murmelt Scalzi. »Aber was für eine Verschwendung, aus diesem hübschen Ort etwas so Banales zu machen.«

»Das finde ich auch«, sage ich.

»Sie haben kein besonders gutes Bier«, meint er, nachdem er die Karte studiert hat.

»Tut mir leid«, sage ich, als wäre es meine Schuld.

»Nicht so wichtig. Ich möchte viel lieber wissen, was Sie mir zu sagen haben.«

»Wie geht es Ihrer Mutter?«

»Gut. Seltsamerweise vermisst sie Sie. Ich hätte nie gedacht, dass Sie so gut nähen können.«

»Ich habe versteckte Ressourcen, vor allem in der Not. Und was macht Osvaldo?«

»Er hat furchtbare Blähungen. Aber Sie weichen mir aus, Signorina de Tessent.«

Er hat recht. Ich nehme allen Mut zusammen und sage, ohne nur einmal Luft zu holen: »Ich habe bei der Fairmont gekündigt, deshalb würde ich, wenn Ihr Angebot noch gilt, nun doch sehr gern für die Waldau arbeiten.«

Auf dem Gesicht des Produzenten zeigt sich ein maliziöses, triumphierendes Lächeln.

»Und Sie haben schon gekündigt?«, fragt er in neutralem Ton, während ein Wagen, der am Haus vorbeifährt, die Luft mit Maracaibo erzittern lässt.

»Ja.«

»Bevor Sie wussten, was ich dazu zu sagen habe?«

»Ja.«

»Dann sind Sie entweder davon ausgegangen, meine Antwort ist ja, oder Sie sind verrückt.«

»Oder ich habe begriffen, dass dies nicht mehr meine Arbeit ist, so wie die Dinge gelaufen sind.«

»Da bin ich völlig Ihrer Meinung.«

Ich habe das Gefühl, dass Scalzi mich auf die Folter spannen will.

»Hat die Sache mit der Aubegny den Ausschlag gegeben?«

Ihm kann ich die Geschichte mit den Ninja-Schildkröten wohl kaum erzählen.

»Zum Teil, aber ich habe auch viel nachgedacht.« Und ich versuche es ihm zu erklären, mit wohlüberlegten Worten, ohne die Reptilien zu erwähnen und all den anderen Unsinn, der auf der Leinwand um sich greift. Er hört mir aufmerksam zu und trinkt dabei sein Bier.

»Alles sehr interessant. Rührend irgendwie. Und glauben Sie, in der Waldau ist es anders? Denken Sie an den Roman der Aubegny, der von uns verfilmt wird. Ich finde ihn banal und voller Klischees. Ich muss aber einen Film daraus machen. Mir ist das Budget genauso wichtig wie die Ästhetik. Ich fürchte mich etwas vor Ihrem Idealismus, ich will Sie nicht enttäuschen, aber ich bin Geschäftsmann und kein Künstler.«

»Es ist eine Frage der Qualität, nicht der Handlung. Ich bin schlechten Geschmack einfach leid und will nicht mehr dazu beitragen. Ich spüre, dass es bei der Waldau anders sein könnte. Vorausgesetzt, Ihr Angebot gilt noch. Ich möchte Sie um nichts bitten und wünsche mir, dass Sie mir gleich reinen Wein einschenken und mir sagen, ob sich etwas geändert hat.«

»Nein, nichts hat sich geändert. Warum sollte es auch? Es sei denn, ich müsste plötzlich feststellen, dass Sie etwas ganz anderes sind, als ich gedacht habe, aber das glaube ich nicht.«

Seine Stimme verwirrt mich.

»Morgen stelle ich Sie der Personalabteilung vor. Aber ich warne Sie, mit mir zu arbeiten ist nicht einfach. Ich habe einen schlechten Ruf, aber in Wirklichkeit bin ich noch schlimmer.«

Eine Glyzinienblüte fällt auf meinen Teller, und ich verspüre eine große, unwiderstehliche Freude. Etwas ganz Neues, Überraschendes. So sage ich mir, dass das Schöne in meinem oft düsteren Leben mich gelehrt hat, das Leuchten der Farben zu lieben und sie in meinem Herzen aufzubewahren, wo sie unverfälscht weiterleuchten.

24

DIE WACKERE PRAKTIKANTIN
UND DER AUFBRUCH
ZU NEUEN UFERN

Wenn man die Hälfte seines Lebens ohne die ökonomischen Vorteile, welche die Gegenwart eines Mannes gewährt, verbracht hat, besitzt man Fähigkeiten, die einen in mehreren Disziplinen zum Meister machen. Vor allem aber lernt man, mit Krisensituationen umzugehen, weil es ja niemanden gibt, der einem hilft.

Deshalb weise ich immer darauf hin, wie ruhig ich in Notfällen bleiben kann, da ich jahrelanges Training darin hatte. Wenn unsere Mutter sich ausgesperrt hatte, habe ich kurzerhand unsere Tür aufgebrochen, da wir kein Geld für den Schlüsseldienst hatten.

Und hier haben wir es mit einem Notfall zu tun.

Ich habe ein Brötchen mit Feigenmarmelade für die Nichten fertig gemacht und sie mit der Haushaltshilfe, die nach Camembert riecht, in den Park geschickt. Danach habe ich versucht, meine Mutter zu beruhigen, die etwas mitbekommen hat, aber zum Glück nichts Genaues weiß.

Der schreckliche Schwager hat Arabellas Verrat entdeckt, er ist in seinem Ehrgefühl tief verletzt und ist auf und
davon.

Für immer, das schwört er.

Jetzt, wo sie ihn verloren hat, ist Arabella klar geworden, dass sie auf ihr Bedürfnis, unbedingt etwas für den Gra-
fen Valmont empfinden zu müssen, gern verzichten kann.
Stattdessen wünscht sie sich aus tiefstem Herzen, dass ihr
Ehemann ihr verzeiht.

Sobald ich in ihr Haus komme, höre ich nichts als »Ohne
ihn ist das Haus so leer!« und »Könnte ich doch bloß die
Zeit zurückdrehen«. Sie ist blass, als wäre sie todkrank, und
ihren roten Augen sieht man an, dass sie ständig weint.

Der Graf Valmont hat sie immer weiter angerufen, und
einmal hat sie die Nerven verloren, weil sie hoffte, der
schreckliche Schwager sei am Telefon, und hat es aus dem
Fenster geworfen. Zum Glück wohnt sie im ersten Stock.
Ich habe das Telefon schnell wieder hochgeholt, und es
funktioniert noch.

»Es ist aus. Ich weiß es. Er kommt nie mehr zurück, und
ich sehe ihn erst vor Gericht wieder«, weissagt Arabella.
»Wie konnte ich nur so dumm sein?«

Ich bin auch schon ganz deprimiert und wünschte, ich
hätte früher und energischer eingegriffen, und wir müssten dieses ganze Dilemma jetzt nicht erleben. Dann sage
ich mir, dass es in unserem Leben immer wieder Momente
gibt, in denen wir alles verloren glauben und dass das auch
manchmal tatsächlich so ist. Und dass niemand etwas tun
kann, um es zu verhindern.

»Lass ihm Zeit, er wird dir verzeihen.«

»Glaubst du das wirklich?«, fragt sie hoffnungsvoll, als habe sie das Orakel von Delphi vor sich, das ihr die absolute Wahrheit verkündet.

»Ich habe keinen Zweifel daran«, sage ich. Das ist gelogen, denn ich weiß es ja wirklich nicht. Ich weiß auch nicht, was der Schwager will. Ich habe versucht ihn anzurufen, im Badezimmer eingeschlossen, während Arabella sich ausruhte, nachdem sie die ganze Nacht kein Auge zugetan hatte. Auch mit mir will er nicht sprechen, und ich habe keine Ahnung, wo er sich aufhält. Ich habe ihn mit Nachrichten bombardiert, und bisher habe ich noch nicht die große Trumpfkarte gezogen, nämlich die Kinder, aber ich glaube, ich schaffe es nicht, damit bis heute Abend zu warten.

»Es gibt in Wahrheit nur wenige Männer, die die Gefühle, die sich hinter dem Seitensprung einer Frau verbergen, verstehen, akzeptieren und letztlich verzeihen können«, sagt Arabella in einem lichten Moment. »Es gibt sie nur im Film oder in Romanen.«

»Und selbst in Filmen oder Romanen sind es nur wenige Männer«, füge ich hinzu und rühre etwas Zucker in ihren Kamillentee.

»Ich will sterben.«

»Das kannst du aber nicht. Wenn du allein wärest, hättest du die Wahl. Aber du bist für die Mädchen verantwortlich. Dies war ein Erdbeben, und vieles ist eingestürzt. Aber es ist auch etwas übriggeblieben. Auf dieser Basis musst du neu anfangen.«

»Ich will aber ohne ihn nicht neu anfangen.«

An diesem Punkt schweige ich lieber. Man muss vorsichtig sein. Urteilen geht immer sehr schnell, aber oft verstehen wir die Gründe der anderen nicht, wissen nicht, was sich hinter scheinbar falschen Entscheidungen verbirgt, welches Bedürfnis, welcher Wink des Schicksals. Ich weiß nur, dass die Tränen von Menschen, die einem nahestehen, schmerzlicher sind als die eigenen.

Ich beschließe, die Mädchen zu unserer Mutter zu bringen und nachts bei meiner Schwester zu bleiben. Eine unruhige Nacht. Arabella schläft zwischendurch immer mal wieder, dann wird ihr klar, dass sie nicht den Schlaf des Gerechten schlafen kann, sie wird wach und weint lange.

Früh am Morgen höre ich den Schlüssel im Schloss, wir wachen beide auf, ich halte ihre Hand wie damals, als wir klein waren und zusammen schliefen, weil wir einen Film gesehen hatten, der uns Angst machte. Es ist der schreckliche Schwager, der nicht allzu überrascht scheint, mich neben seiner Frau im Bett zu sehen.

»Ich lasse euch allein.«

Da ich mich erst gar nicht ausgezogen hatte, spritze ich mir nur ein wenig Wasser ins Gesicht und stürze einen schwarzen bitteren Kaffee herunter.

In Windeseile habe ich die Wohnung verlassen, gespannt, als wartete ich auf ein Urteil über mich, als ginge es um mein Leben.

Eine solche Nacht vor dem ersten Arbeitstag bei der Waldau ist nicht gerade ideal. Ich habe gerade noch Zeit, zu Hause vorbeizugehen, den Fragen meiner Mutter, was denn mit Arabella passiert sei, auszuweichen, Nichte Nr. 2 übers Haar zu streicheln, die mit einem Becher Milch, die sie durch einen Strohhalm schlürft, am Küchentisch sitzt, vier Minuten zu duschen, eine frische Bluse anzuziehen und ins Prati-Viertel zu fahren, das nicht gerade um die Ecke ist.

Das erste Gesicht, dem ich begegne, ist das der lockigen Gloria, die den Mund verzieht und mir einen guten Tag wünscht, aber ganz klar das Gegenteil meint.

Ich verstehe ihre Abneigung nicht so ganz, zumal sie diejenige war, die dem Produzenten falsche Dinge über mich erzählt hat, um mich in Misskredit zu bringen. Doch die Welt dreht sich weiter, und ich bin jetzt hier, um mein Brot zu verdienen.

»Gloria, zeig der Signorina de Tessent ihr neues Büro«, weist Scalzi sie an, der mich nicht begrüßt hat, aber gesehen haben muss. Er ist um zehn Uhr gekommen, mit einer tropfenförmigen Sonnenbrille, die grässlich verspiegelt ist, und sieht aus wie der letzte Geck. Er überragt seine Angestellten, sieht etwas verwildert aus mit seinen graumelierten Haaren, die durch den Motorradhelm ganz plattgedrückt sind, und durch die er sich jetzt mit einer unwillkürlichen, recht verführerischen Geste fährt.

Er will gerade in seinem Büro verschwinden, als Gloria ihn erinnert: »Der Termin.«

Wenn sie eine Mücke wäre, würde der Produzent sie wohl am liebsten mit einem dieser Elektrokiller, die man bei den Chinesen kaufen kann, auslöschen; da er sich diesem Vergnügen aber nicht hingeben kann, schickt er seine Assistentin mit einem ärgerlichem Knurren weg.

Mein Büro ist klein, aber ich brauche es mit niemandem zu teilen. Es ist ganz hell, das ist wichtig. Nur ein Computer, ein Drucker, ein Schreibtisch aus Birkenholz und ein ergonomischer Bürostuhl, mehr brauche ich nicht.

»Das war früher Theas Büro«, sagt der Lockenkopf mit überlegener Miene. Mir ist egal, wer Thea ist, vielleicht sogar ein Hund, ich brauche das nicht zu wissen, doch sie sagt es, als würde sie mir einen Stein an den Kopf werfen, damit ich eine Beule bekomme.

Ich begebe mich in das Büro mit der rätselhaften Vergangenheit und komme nur heraus, um mir eine Flasche Wasser zu holen.

Da höre ich eine vertraute Stimme. In dem Bereich meines Gehirns, in dem unwichtige Dinge gespeichert sind, setzt sich die Erinnerung an diese Person mit dem Bild zusammen, das ich vor mir habe.

Da steht an die Wand gelehnt der Schauspieler von der Piazza di Spagna, in einer sinnlichen, an Lächerlichkeit grenzenden Pose. Er ist gerade dabei, aus einem Pappbecher einen heißen Kaffee zu trinken.

»Du bist doch Emma, oder?«, ruft er ein wenig unsicher. Ist sein Erinnerungsvermögen gestört, weil er seit seiner Jugend kifft oder weil ich den Standort gewechselt habe?

»Ja, ich bin's, ciao«, entgegne ich widerwillig, aber in freundlichem Ton.

»Was für ein Zufall! Ich bin hier, um mit Scalzi über meinen Vertrag zu sprechen.«

»Welchen Vertrag?«, frage ich. Ich muss schließlich anfangen, mir eine Vorstellung von dem zu machen, was hier abgeht.

»Vielleicht weißt du es noch nicht, aber ich spiele die Hauptrolle in *Nach dem Regen.*«

Er täuscht Bescheidenheit vor, kann aber seinen Hochmut kaum verbergen. Aha. Der schlechteste Schauspieler der Welt wird also in der Verfilmung von Madame Aubegnys Roman die Hauptrolle spielen. Oder habe ich das falsch verstanden?

»Darf ich dir meinen Agenten vorstellen«, sagt er, und ein Typ, der wie ein Leichenbestatter aussieht, reicht mir herablassend die Hand.

Inzwischen ist Scalzi in seiner ganzen Pracht aufgetaucht und begrüßt den Schauspieler, als sei er gezwungen, Hundedreck aufzusammeln.

»Ich freue mich sehr, heute hier zu sein«, murmelt der Schauspieler gerührt.

Scalzi begrüßt ihn rasch, während er ihn in sein Büro führt.

»Was für ein außerordentlicher Zufall, hier Emma zu begegnen«, fügt der Schauspieler mit träumerischem Blick hinzu.

Scalzi bleibt überrascht stehen. »Sie kennen Signorina de Tessent?«

»Oh, ja. Wissen Sie ... zwischen Emma und mir gab es immer schon so ein *feeling* ... beruflich und überhaupt.«

In was für ein Licht rückt mich diese miese Ratte denn bloß?

180

Der Produzent sieht resigniert drein angesichts von so viel Dummheit, dann grinst er und antwortet träge, aber mit unverhohlenem Spott.

»Dann sind Sie ja ein glücklicher Mann.«

Wenn ich geglaubt hatte, alle Widrigkeiten hätten sich in Luft aufgelöst, habe ich mich geirrt.

25

DIE SORGEN DER WACKEREN
PRAKTIKANTIN
NEHMEN KEIN ENDE

Am Ende des ersten Monats, den ich bei der Waldau gearbeitet habe, fühle ich mich noch gestresster als in der Zeit, als die Nichten Läuse hatten und mich damit ansteckten.

Ich muss zugeben, dass die Arbeit mit Scalzi nicht einfach ist, weil er eine ganz eigene Vorstellung vom Leben – und damit auch von Filmen hat. Da er den Roman von der Aubegny verabscheut, aber gegen seinen Willen daraus ein filmisches Meisterwerk machen soll, entwickelt er eine ganz persönliche Interpretation, die sonst keiner nachvollziehen kann.

Den Aufhänger für diesen Film könnte man so nennen: Ich muss diesen Film machen. Also mache ich ihn auf meine ganz eigene Art.

»Doktor Scalzi, ich glaube nicht, dass Madame Aubegny das so gemeint hat«, sage ich ihm, als er mir meine Arbeit zurückgibt, völlig verändert und voller Korrekturen.

»Das glaube ich sehr wohl. Also lassen Sie es gut sein.«

»Doktor Scalzi, warum ist Walter La Motte überhaupt für die Rolle des Maxime engagiert worden?«

»Das müsste Sie doch mit Freude erfüllen.«

»Nein, tut es nicht. Ein Hund kann besser sprechen als er.«

»Das überrascht mich jetzt aber. Wo ist denn das wunderbare *feeling* zwischen Ihnen geblieben?«

»Das gibt es überhaupt nicht.«

»Wie schade. Ich hatte mir schon überlegt, wie man es nutzen kann.«

»Das meinen Sie wohl nicht ernst.«

Er dreht sich um und sieht mich lange an, bevor er in sanftem Ton sagt: »Nein?«

Ich sage nichts, denn manchmal nimmt dieser Mann mir meine Schlagfertigkeit.

»Nun, meine liebe Signorina de Tessent, verstehen Sie jetzt, was ich gemeint habe, als ich sagte, Sie sollten nicht allzu große Hoffnungen auf mich und die Waldau setzen. Wir leben in einer grausamen Welt, und der schlechte Geschmack beherrscht uns alle.«

»Ich gebe nicht auf.«

Er schreibt weiter Anmerkungen an meinen Text, eine nach der anderen, bis meine ganze Arbeit auf den Kopf gestellt ist.

»Jetzt ist es perfekt«, sagt er und reicht mir die Seiten, mit einem schiefen und umso attraktiveren Lächeln, während er sich schwarzen Kaffee in seine Tasse gießt.

Gerade als mir bewusst wird, dass ich ihn anstarre, klopft es an die Tür.

»Das muss Milstein sein. Bleiben Sie hier.«

Rudolph Milstein ist der oberste Chef der Waldau und stattet der italienischen Niederlassung einen Besuch ab, um die Vorbereitung der Vorproduktion von *Nach dem Regen* zu überwachen.

Er ist ein vornehmer und kräftiger Mann, und es fällt mir schwer, sein Alter zu schätzen. Entweder ist er wirklich noch in den Vierzigern, oder er hat sich gut gehalten. Er hat ein kaltes Lächeln, seine Hände sind feucht, und er trägt einen glänzenden Ehering am Ringfinger.

»Signorina de Tessent, kennen Sie Rudolph Milstein schon?«

Ich schüttele den Kopf und reiche dem CEO die Hand.

»Rudolph, Emma de Tessent ist neu bei uns. Ein kleines Schreibgenie, sehr geschickt.«

Von der ewigen Praktikantin zum kleinen Schreibgenie ist es ein riesiger Schritt nach vorn.

»Ich freue mich sehr.«

»Nennen Sie mich Rudolph«, entgegnet der Boss.

Der Produzent scheint es eilig zu haben. »Signorina de Tessent, haben Sie schon etwas von den Drehbuchautoren gehört? Wir haben bald den Termin für die ersten Aufnahmen, und sie sind im Rückstand.«

»Ja sicher, das habe ich, Doktor Scalzi.«

In Wahrheit muss die letzte Version des Drehbuchs noch überarbeitet werden und er, der so besessen an den Texten herumfeilt, wird damit bestimmt nicht zufrieden sein. Um ihm zuvorzukommen, habe ich schon heftig eingegriffen und ermahne die armen Teufel jeden Tag, und je mehr ich sie ermahne, desto mehr wird im Text herumgeschmiert.

»Sehr gut.«

Jetzt ist der Moment gekommen, sich zu verabschieden, und ich gehe zur Tür. Da aber die teuflische Gloria immer hinter der Tür lauert, macht sie sie auf und schlägt sie mir gegen die Nase.

»Oh Gott, Emma«, höre ich sie noch rufen.

Das ist das Letzte, was ich höre, bevor ich vor Schmerz ohnmächtig werde.

Zu der Zeit, in der ich gerne gelebt hätte, wären sie mit Riechsalz gekommen. Aber heute ist es anders. Ich werde wach, weil Scalzi mir auf die Wangen klopft. Ich habe das Gefühl, dass meine Nase in einem katastrophalen Zustand ist, dazu pocht es von innen heftig. Ich bin wie betäubt.

»Vielleicht sollten wir sie ins Krankenhaus bringen«, sagt Scalzi.

Milstein, der den Unfall miterlebt hat, steht da wie ein ausgestopftes Tier.

»Ihre Nase ist ganz blau«, sagt Gloria, und ich wüsste gern, ob sie bemerkt hat, dass ich wieder aus meiner Ohnmacht erwacht bin.

»Es geht mir gut«, bringe ich mühsam heraus und spüre im Mund den Eisengeschmack von Blut.

»Rufen Sie ihr ein Taxi, Gloria. Besser, sie fährt nach Hause.«

»Nein, nein, ich kann arbeiten.«

»Nein, das können Sie nicht. Wenn Ihnen danach ist, kommen Sie morgen wieder. Und gehen Sie vorsichtshalber zum Arzt.«

Scalzi nimmt wenige Dinge ernst, aber gesundheitliche Probleme doch. Manzelli hätte mich einfach an den Schreibtisch zurückgeschickt, damit ich bis in die Nacht arbeite.

Der Arzt in der Notaufnahme – ich bin doch hingegangen, weil die Schmerzen zu heftig wurden – schickt mich mit der Diagnose »Nasenscheidewand eingerissen« nach Hause. Ich habe tamponierte Nasenlöcher, und es wird zwanzig Tage dauern. Keine schönen Aussichten.

Da ich nicht zufällig »die wackere Praktikantin« genannt worden bin, werde ich das Feld wegen einer banalen Nasenverletzung jedoch nicht so schnell räumen.

»Mein Schatz, jetzt übertreib mal nicht, sei nicht so übereifrig. Du brauchst jetzt Ruhe«, sagt meine Mutter, als ich ihr sage, dass ich wieder zur Arbeit gehen will, als sei nichts passiert.

»Die Oma de Tessent sagte immer, freie Menschen brauchten keine Erholung, das sei eine Idee, die aus der Monarchie stammt«, antworte ich. Ich weiß nicht, warum, aber Erholen ist mir unangenehm. Es ist, als drehe die Welt sich weiter und ich träte auf der Stelle.

»Na ja, mit der Monarchie kannte sie sich aus, und wenn sie das so sagte«, entgegnet meine Mutter kritisch, denn sie hat die adelige Familie ihres Mannes noch nie besonders geschätzt. Immer wieder erinnert sie uns daran, dass die de Tessent, Fürsten der Fuffa, ihre Besitztümer mit Gewalt erobert haben.

Im Jahr 1775 bekam der Ururgroßvater de Tessent, ein kleiner Baron aus dem Heideland von Yorkshire, die x-te

Tochter von seiner Ehefrau geschenkt, die bei der Geburt dieses Mädchens starb. Zur Hilfe stellte er eine Amme ein, die auch ein Kind bekommen hatte, aber unverheiratet war, ein riesiger Skandal. Ihr eigener Sohn war wenige Wochen nach der Geburt gestorben und noch nicht ganz unter der Erde, als Sir Edward Morton de Tessent die neue Amme mit einer prächtigen Karosse abholen ließ und ihr seine jüngste Tochter anvertraute.

Die Frau hieß Rose und schlief gleich neben dem Kinderzimmer, und bald kümmerte sie sich auch um alle anderen Töchter. Da der alte de Tessent seine Mädchen liebte, besuchte er sie oft, und da er Rose jeden Tag sah, verliebte er sich in sie. Nach einiger Zeit bekam die Schöne wieder ein Kind, das der Baron anerkannte. Er schenkte ihm alle seine italienischen Besitztümer. Dieses Kind, Sohn einer sündigen Amme, ist der Stammvater unseres Geschlechts. Sein ganzes Vermögen wurde nach und nach von einer Reihe untätiger Erben durchgebracht, und die Hypothek auf unser Haus hat der gute Sinibaldi noch vor seinem Tod bezahlt – wie ich erst vor kurzem erfahren habe. Das Haus von dreihundert Quadratmetern hat meine Mutter verkaufen müssen, Zimmer für Zimmer, und es sind neben der Küche und dem Bad nur noch zwei Zimmer übrig, ihres und meines.

»Hast du etwas von Arabella gehört?«, fragt meine Mutter besorgt.

Meine Schwester erzählt ihr nichts von der dramatischen Entwicklung ihrer Ehe. Da der schreckliche Schwager an einer vorsintflutlichen Auffassung von Treue festhält (Männer können betrügen, so viel sie wollen, ihnen muss man verzeihen, die Frau darf es nicht und verziehen wird schon gar nicht), schwimmt die Arme in einem Meer der Verzweiflung und Einsamkeit. Michele ist gegangen, und ich kann mir nicht vorstellen, wie Arabella dies weiter verbergen will, besonders vor Mama, die einen siebten Sinn besitzt, wenn es um das Unglück ihrer Töchter geht.

»Sie arbeitet sehr viel«, sage ich.

»Ich habe Angst um sie.«

»Warum?«, frage ich.

»Da ist etwas mit Michele, ich spüre es genau, da stimmt etwas nicht.«

Ich erfinde eine ganze Reihe von Ausreden und hoffe, die Unbestimmtheit meiner Behauptungen rechtfertigt sich durch meine Nasenverletzung, denn wenn einem eine Tür ins Gesicht fällt, vernebeln sich die Sinne.

»Was habe ich nur falsch gemacht, dass man mir solche Lügen auftischt« sagt meine Mutter, ohne Fragezeichen. Ohne Selbstmitleid, sie kann nur nicht verstehen, warum manche Dinge geheim gehalten werden müssen. Das muss sie gerade sagen, schließlich hat sie es nicht anders gemacht.

26

DIE WACKERE PRAKTIKANTIN
UND *NACH DEM REGEN*

So vergehen Tage, Wochen, Monate.

Momente der Freude, des Schmerzes, alles geht vorüber, und manchmal zweifelt man, ob die Dinge wirklich so passiert sind oder ob wir sie bloß geträumt haben.

Arabella baut sich ein Leben ohne Michele auf, und obwohl die Nichten alles machen wie im *Doppelten Lottchen*, die Geschichte, in der Zwillinge konspirieren, um ihre Eltern wieder zu versöhnen, bleibt der schreckliche Schwager hart und peinigt immer wieder das Herz meiner armen Schwester.

Meine Nase ist wieder heil, hat aber einen kleinen Höcker, der irgendwie ganz interessant wirkt. Trotzdem hat sie mir vorher besser gefallen

»Signorina de Tessent.«

Am Ende des Tages kommt überraschend der Produzent herein. Ich bin gerade dabei, mir meinen Höcker auf Photo Booth anzusehen. Ich gebe nicht auf. Mit dem dreizehnten Monatsgehalt lasse ich meine Nase operieren.

Er hält das fertige Drehbuch in Händen. Er hat es abgesegnet, also wird nichts mehr geändert. Es hat wenig mit dem Roman der Aubegny zu tun, den Titel behält er, auch die Figuren und die Grundidee, aber ansonsten hat Scalzi den furchtbaren Bestseller in ein Drehbuch von erlesener Feinheit verwandelt. Trotz des Hauptdarstellers, den man nicht loswerden kann, ist der Film von einem anmutigen Gleichgewicht, bei dem alles an der richtigen Stelle ist, strahlend, einfach perfekt. Scalzi hat die Drehbuchautoren extrem unter Druck gesetzt, aber sie können alle sehr stolz auf das Ergebnis sein.

»Ist Ihnen klar, wie weit wir vom Original abgewichen sind?«, fragt er.

»Das ist der Grund, weshalb aus einem miserablen Buch ein wunderbarer Film geworden ist.«

»Signorina de Tessent, vergessen Sie nicht, dass wir eine Minderheit sind. Millionen haben das Buch so geliebt, wie es ist, Leser in ganz Europa. Sie könnten uns vorwerfen, dass wir es übel zugerichtet haben. Wer hätte dann unrecht?«

»Die anderen.«

»Natürlich. Darf ich Sie zum Essen einladen?«

»Leider habe ich schon eine Verabredung.«

Ich treffe mich zum Aperitif mit Tameyoshi Tessai und gehe danach zu Arabella und den Nichten, mit Süßigkeiten beladen, denn sie brauchen Zuwendung und Gesellschaft.

»Verstehe, dann bis morgen.« Er knöpft seinen Tweedmantel zu und wirft einen raschen Blick nach draußen in die Abenddämmerung durch die Fensterscheibe, an der die Regentropfen hängen. Ich kann nicht umhin, sein markantes Profil zu bemerken, das mir gut gefällt.

»Werden Sie heute Abend nicht nass, Signorina de Tessent. Bis morgen.«

Tameyoshi Tessai hat einen Wagen mit Chauffeur und holt mich am Eingang der Waldau ab.

Er sitzt auf dem Rücksitz, raucht eine Zigarre und trägt seinen Panamahut. Er scheint müde zu sein, eine besondere Müdigkeit wie die nach einer langen Schlacht.

»Sie sehen großartig aus, Emma. Ihre neue Arbeit hat Sie offenbar verjüngt. Haben Sie sich die Nase operieren lassen?«

»Nein, sie war gebrochen.«

»Steht Ihnen gut, das Unregelmäßige wirkt lebendiger.«

»Und Sie?«

»Ich habe meinen Roman abgeschlossen. Ich bin wirklich glücklich.«

»Und ich bin begierig, ihn zu lesen.«

»Er hat nicht den Schmelz von *Schönheit der Finsternis*. Es ist ein Buch über den Schmerz.« Ich freue mich, dass Tessai offenbar seinen gesprächigen Tag hat, denn er redet gleich weiter. »Darüber, wie wichtig der Schmerz in unserem Leben ist, und welchen Fehler wir machen, wenn wir uns ihm verweigern.«

»Ich glaube, das macht man instinktiv.«

»Meine liebe Emma, haben Sie nicht gemerkt, dass ein fröhliches Leben ohne Hindernisse uns kalt und gefühllos macht? Und anspruchsvoll. Unfähig, andere zu verstehen und ihnen zu verzeihen. Nur der Schmerz kann uns zu besseren Menschen machen. Er öffnet unsere Seele dem Fluss all dessen, was wirklich gut ist.«

Er hat eine neue Heiterkeit in seinem Blick, die weit entfernt ist von der nervösen Unzufriedenheit, die ich auf der Beerdigung von Sinibaldi an ihm bemerkte.

»Ich möchte ...«, fährt er fort, dann macht er eine lange Pause, als ginge er im Kopf Tausende von Möglichkeiten durch.

»Ich hätte nachher gern einen Spritz.«

»Dann soll es Spritz sein.«

»Erzählen Sie mir von Ihrer neuen Arbeit.«

»Ich weiß nicht, wo ich anfangen soll. Ich glaube, es dreht sich alles um ihn ... den Produzenten, meine ich. Er verkörpert die Arbeit.«

»Ich bin überrascht. Wie darf ich das verstehen?«

»Nun, ich habe mich bewusst für diese Arbeit entschieden. Ich glaube an das, was dieser Mann macht und wie er es macht.«

»Ich vermute, *dieser Mann* würde aus *Schönheit der Finsternis* einen unvergesslichen Film machen«, sagt Tessai mit einem ironischen Lächeln, aber ich antworte mit freundlichem Ernst.

»Da können Sie sicher sein. Aber die Rechte sind weiter nicht zu haben. Oder irre ich mich etwa?«

»Nein, nein. Die Rechte sind unverkäuflich, und sie werden es wohl auch bleiben. Ich bin immer mehr davon überzeugt, dass es so genau richtig ist.« Er nickt nachdenklich.

Wieder eine verlorene Schlacht, aber ich bin so sehr an das Ritual unserer Begegnungen gewöhnt, dass es schon keine Rolle mehr spielt. Ich werde nie den Film machen, von dem ich träume, seit ich seinen zauberhaften Roman gelesen habe, aber ich kann trotzdem immer einen Cocktail mit ihm trinken und ihm zuhören.

»Erzählen Sie mir noch mehr von diesem Mann.«

»Er hat zum Beispiel ein mittelmäßiges Buch in ein Skript verwandelt, das so …«

»So was?«

»… das so anders ist.«

»Aber ist das auch gut? Was wird der Autor dazu sagen?«

»Der Autor oder besser gesagt die Autorin hat viel zu viel Geld bekommen, und das Drehbuch ist tausendmal besser als ihr Roman. Sie müsste eigentlich dankbar sein.« Erst als ich zu Ende gesprochen habe, wird mir klar, dass ich ganz schön überheblich rede.

Tessai sieht mich streng am. »Ich kann dem, was Sie gerade gesagt haben, keineswegs zustimmen. Aber ich bin müde und möchte mich nicht streiten. Jedenfalls nicht mit Ihnen. Wissen Sie, dass Sie für mich so etwas wie eine Enkeltochter sind?«

»Haben Sie denn keine eigenen Enkelkinder?«

»Nein, ich bin allein auf der Welt. Den einzigen Menschen, den ich liebte, habe ich verloren.«

»Möchten Sie darüber sprechen?«

»Heute nicht, aber wenn ich darüber sprechen möchte, dann nur mit Ihnen.«

»Das ehrt mich sehr.«

»Sagen Sie mir, an welchem Film Sie gerade arbeiten.«

»Er heißt *Nach dem Regen* – wie das Buch.«

»Ich kenne es nicht. Ich lese nur Bücher von verstorbenen Autoren. Aber kommen wir wieder auf Sie zu sprechen.

Fassen Sie für mich das Buch zusammen, über das Sie gerade geredet haben.«

Nach dem Regen

Maxime Calvet ist Beamter beim Europäischen Parlament. Er wohnt und arbeitet in Brüssel. Er ist ein Einzelgänger, der ein langweiliges, routiniertes Leben führt. Seine Tochter lebt bei ihrer Mutter. Er hat sie, als sie schwanger wurde, nach sieben Monaten Ehe sitzen lassen. Wahrscheinlich ist die Tochter gar nicht von ihm, aber er hat sie trotzdem anerkannt.

Auf einem beruflichen Flug nach Tel Aviv findet Maxime in der Tasche am Sitz vor ihm auf jeder Seite der Bordzeitschrift eine Reihe von Zahlen. Sie haben scheinbar keine Bedeutung, denn man kann sich noch so sehr den Kopf zerbrechen, es kommt kein mathematischer Sinn zustande. Sie scheinen zufällig von einer weiblichen Hand aufgeschrieben. Maxime wird neugierig. Er nimmt die Zeitschrift mit, und die Zahlen werden zu einer Obsession. Er ist überzeugt, dass sich darin eine Nachricht verbirgt.

Als er wieder in Brüssel ankommt, empfängt er die Tochter, die durch Zufall ein kleines Rechengenie ist – so wie Maximes bester Freund, was kein Zufall ist, denn Maxime wurde von seinem eigenen Freund betrogen. Nun dechiffriert die kleine Odette die Zahlenreihen, und dabei kommt der verzweifelte Hilferuf einer Frau mit Namen Naima Courchavon zutage.

Maxime versucht mit aufwendigen Recherchen, diese Frau zu finden, und nach vielen Hindernissen und Schwierigkeiten findet er heraus, dass Naima eine Belgierin ist, die zur Hälfte Syrerin ist, von ihrem Onkel entführt wurde (der einem Terrornetz angehört), der sie nach Aleppo bringen und bei der dortigen Regierung gegen einen in Belgien inhaftierten Dschihadisten austauschen will. Der Versuch, die Behörden einzuschalten, misslingt. Aber ein Dolmetscher im Außenministerium scheint ihm zuzuhören und ist, wie es der Zufall will, sehr verständnisvoll. Maxime ist offenbar der Einzige, der Naima retten kann ...

»Oha!«, sagt Tessai, während er an einem Lakritzbonbon lutscht. »Eine Ansammlung von Banalitäten, und alles höchst unwahrscheinlich. Was hat eigentlich der Regen damit zu tun?«

»Das habe ich auch nicht verstanden. Vielleicht ist er eine Metapher. Sie werden es seltsam finden, aber es könnte ein guter Film daraus werden.«

»Emma, ich finde gar nichts mehr seltsam.«

»Aus einer solchen Geschichte könnte ein banaler Actionfilm werden, voller Knalleffekte und Klischees. Aber Doktor Scalzi und meiner Wenigkeit ist es gelungen, den darin enthaltenen Geist tragischer Aktualität herauszuholen, gepaart mit poetischer Innerlichkeit.« Ich muss mich etwas zusammenreißen. Mir wird klar, dass ich, wenn von Doktor Scalzi die Rede ist, fanatischer werde als ein Groupie. »Wissen Sie, Signor Tessai, ich habe begriffen – und das wahrscheinlich zu spät –, dass Kino für mich nichts anderes sein kann als Poesie. Alles andere macht für mich keinen Sinn.«

»Sie müssen etwas flexibler sein in der Beurteilung der Dinge, Emma. Kunst ist nicht nur das.« Kaum hat er den

Satz beendet, erleidet er einen heftigen Hustenanfall. Wenig später hält das Auto vor dem Restaurant. »Wir sind da. Ertränken wir die Sorgen im Spritz, und denken wir an nichts anderes mehr!«

27

DIE WACKERE PRAKTIKANTIN
SPIEGELT SICH
IN DER VERGANGENHEIT

Was ist Kunst dann? Gute Frage. Bei der Prüfung in vergleichender Literaturwissenschaft haben sie mir die gleiche Frage gestellt, und ich kam mit der schlechtesten Note nach Hause, die ich je hatte.

Morgens bei der Arbeit denke ich noch an Tessais Worte. Ich trinke meinen Kaffee aus, der wunderbar duftet und schön heiß ist, und chatte mit meiner Schwester auf WhatsApp. Sie klagt darüber, dass sie allein auf eine Einladung gehen muss, und möchte von mir, der Spezialistin auf diesem Gebiet, wissen, wie man das am besten macht.

Emma: Wie man was macht?

Arabella: Ich komme an, gehe rein … bin allein, was mache ich dann?

Emma: Du gehst zum Buffet, und dort fängst du mit jemandem an zu reden. Wenn keiner zum Reden da ist, tust du, als müsstest du telefonieren, oder gehst ins Bad.

Arabella: Ich bin aber daran gewöhnt, überall mit Michele hinzugehen.

Emma: Dann musst du deine Gewohnheiten ändern.

Arabella: Du bist ein Biest.

»Emma, schnell in den Konferenzraum.« Gloria hat nicht einmal angeklopft und ist schon wieder verschwunden, als könnte sie sich, wenn sie die Luft meines Büros atmet, mit Pocken anstecken.

Im Konferenzraum sitzen bereits alle. Nur ein neues Gesicht ist in der Runde. Das einer schönen Frau, elegant und erfahren. Sie hat grüne Augen, lange, dichte Wimpern, lange leicht rötliche Haare, hochgesteckt wie eine Lady vor hundert Jahren. Ihre Nase passt nicht zu ihr, aber ich bin die Letzte, die dazu etwas sagen sollte.

Bei der Besprechung geht es um *Nach dem Regen*. Es ist vom Budget die Rede – das für das Drehbuch ist schon aufgebraucht – und von der Notwendigkeit, neue Sponsoren aufzutreiben.

Alle machen sich Notizen, außer der Unbekannten.

»Ist das Drehbuch denn fertig?«, fragt sie. Sie hat eine etwas aufdringliche Kontra-Alt-Stimme.

»Rechtzeitig.«

»Du schließt also aus, dass es noch Änderungen geben muss, um dem Text des Originals näherzukommen.«

»Meinst du, das wäre nötig?«, fragt er und weicht ihrem Blick aus.

»Ich sage nur, Pietro, wir müssen sehr auf die letzte Version des Drehbuchs achten.«

»Müssen wir das?«

»Achtung!«, sagt sie und erntet einen kühlen Blick.

Die Besprechung ist schnell zu Ende.

Es kostet mich große Überwindung, Gloria fragen zu müssen. Sie antwortet geheimnisvoll und mit sadistischem Vergnügen:

»Wie, wer das ist? Natürlich Thea.«

Bei der Waldau nennen sie mein Zimmer immer noch Theas Büro.

Vielleicht hat diese Thea einen unzerstörbaren Eindruck hinterlassen, oder ich habe es noch nicht geschafft, aus der Anonymität herauszutreten.

Sie kümmert sich um Akquise und Rechte. Mehr habe ich nicht erfahren können, ich hätte ja im Internet recherchiert, um nicht so unvorbereitet zu sein, aber ich kenne nicht mal ihren Nachnamen.

Dann geht mir ein Licht auf. »Thea« und »Waldau«, und während Google 0,54 Sekunden braucht, um 86 000 Einträge zu produzieren, kommt Scalzi eilig in mein Büro und lädt mich zum Abendessen ein. Diesmal gehe ich mit, immerhin habe ich auch noch ein eigenes Leben.

Und so komme ich nicht dazu, die Ergebnisse zu lesen, und esse stattdessen mit dem Produzenten. Er zeigt Verständnis dafür, dass manche Leute auf bestimmte Dinge fixiert sind, und fährt mit mir zu der kleinen Villa, obwohl er das dortige Bier nicht mag. Die Glyzinien sind leider verblüht, und es ist zu kalt, um draußen zu essen. Aber drinnen – in dem, was eigentlich mein Haus sein sollte – brennt der

Kamin, und das mag ich besonders gern. Ich liebe das behagliche Knistern des Holzes. Und ich sitze hier zusammen mit dem Produzenten. Es kann also nur ein unvergessliches Abendessen werden, oder?

Leider ist Scalzi heute Abend sehr zurückhaltend, wie jemand, der eine Strapaze hinter sich hat, und ich schätze, das hat mit dieser merkwürdigen Thea zu tun.

Ich bin überzeugt davon, dass Zurückhaltung die bewundernswerteste Eigenschaft einer feinen Dame ist, und halte mich zurück, ihm die übrigens durchaus erlaubte Frage zu stellen, wer diese Kollegin eigentlich ist.

»Vom nächsten Montag an halte ich mich vorwiegend am Set auf. Ich fürchte, dass der Regisseur und die Schauspieler allzu frei mit dem Text umgehen und man sie überwachen muss. Wir können nicht zulassen, dass sie den Text verschlimmbessern, in der Überzeugung, das sei gut. Sie halten das Gute nämlich immer für schlecht.«

»Doktor Scalzi, ich werde schon darauf achten, dass die lexikalischen Feinheiten unseres Drehbuchs nicht angetastet werden.«

»Das hätten Sie nicht besser ausdrücken können. Meine Ravioli sind versalzen, Ihre auch?«

»Der Koch ist offenbar nicht in Form.«

»Daran wird dieses Restaurant scheitern.«

»Wie schade.«

»Das finde ich nicht. Man könnte diese kleine Villa viel besser nutzen.«

»Und wie?«, frage ich, neugierig geworden.

»Darin wohnen.«

Da haben Sie ja eine echte Entdeckung gemacht, mein lieber Herr Produzent. Doch irgendwie finde ich es schön, dass er es so empfindet, und ich erzähle ihm, wie oft ich schon von diesem Haus geträumt habe.

»Ich wollte schon immer an solch einem Ort leben. Sie werden denken, das sind alberne Träume, aber es ist so. Als ich hörte, dass die kleine Villa verkauft worden war, habe ich mich gefühlt, als sei mir ein Traum gestohlen worden. Und noch mehr, als ich erfuhr, dass man daraus ein Restaurant macht. Dann habe ich eingesehen, dass ich auf diese Weise wenigstens immer mal wieder hierherkommen kann, und habe dieses kleine Vergnügen schätzen gelernt. Sonst würde jetzt jemand darin wohnen, und ich hätte nie mehr herkommen können. Das wäre noch trauriger gewesen.«

»Wer kann schon sagen, was Träume wert sind? Jeder bewahrt seine eigenen. Möchten Sie wissen, was mein alberner Traum ist?«

»Wollen Sie es mir denn sagen?«

»Warum nicht? Ich weiß, dass Sie ihn verstehen.« Er gießt sich ein Bier ein, und dann öffnet er die verriegelte Tür seines Herzens. »Ich möchte jemand sein, zu dem man gerne zurückkommt.«

Der alberne Traum des Produzenten ruft unangenehmes Schweigen hervor. Auch ich habe diesen Traum, aber ich bin wohl kein solcher Mensch. Hanna ist so ein Mensch, Carlo ist immer wieder zu ihr zurückgekehrt in diesen vier schrecklichen Jahren.

»Ich glaube, Doktor Scalzi, das ist nicht unser Problem«, erkläre ich und versuche, Zuversicht zu verbreiten. »Wir sind beide keine Menschen, die andere unglücklich machen und zu denen man nicht gerne zurückkehren würde. Dieses Problem haben andere. Es gibt sicher jemanden, der überglücklich wäre, zu uns zurückzukommen.«

Und gleich nachdem ich dies gesagt habe, wird mir klar, wie gerne ich zu ihm zurückkäme.

»Signorina de Tessent, manchmal würde ich Sie gerne Emma nennen und du zu Ihnen sagen. Aber dann scheint es mir, ich würde unseren Gesprächen ihren Reiz nehmen.«

»Dann sagen wir eben einfach weiter Sie. Mich stört es nicht.«

Es ist wie bei Jane Austen.

Er trinkt sein Bier aus und winkt dem Ober wegen der Dessert-Karte.

»Meinen Sie, Thea Milstein hat recht mit dem, was sie über das Drehbuch sagt?«, fragt er.

»Es ist sicher riskant, sich so weit vom Original zu entfernen. Aber wenn man das Ergebnis sieht, ist es ein Risiko, das sich lohnt. Doktor Scalzi, wer ist eigentlich Thea Milstein?«

Er antwortet mit großer Gleichgültigkeit.

»Thea hat bei uns gearbeitet. Dann hat sie den CEO geheiratet und ist eine Weile ins Ausland gegangen. Sie und Milstein leben in Oslo, aber ich habe das Gefühl, sie wird noch oft nach Rom in unser Büro kommen. Als First Lady.«

Mein lieber Produzent, da ist doch sicher noch mehr, aber du hütest dich, mir davon zu erzählen.

»Und für Sie? Ist Thea für Sie eine Angestellte wie alle anderen? Oder ist sie vielleicht mehr?«

Ich frage einfach so, soll er doch von mir denken, was er will. Er scheint gar nicht mehr so gleichgültig, als er sagt:

»Nein, nicht wie alle anderen. Da war mehr, vielleicht zu viel. Manche Dinge sollte man nicht vermischen, das wissen alle, aber dann passiert es doch, und man denkt: Bei mir wird alles anders sein. Aber das ist es für niemanden. Dinge, die für uns am wichtigsten sind, die alles sind, darf man nicht vermischen, sonst nehmen sie ein schlimmes Ende, und am Schluss bleibt nichts mehr übrig.«

Der Produzent hat vermutlich zu viel Bier getrunken, dass er so frei redet, und gleich darauf fährt er fort:

»Ganz gleich, um welche Arbeit es sich handelt, Manager oder Umweltfachmann, am Ende interessiert den Menschen nur die Macht. Darauf sollten wir noch einen trinken!«

»War das auch bei Thea so?«

»Vor allem bei Thea. Wie wär's mit Crème brûlée?«

»Ich erinnere Sie daran, dass die Ihnen beim letzten Mal nicht geschmeckt hat.«

»Sie haben recht, suchen Sie etwas aus, ich bin zu bequem.«

Ich wähle einen Käsekuchen mit weißer Schokolade und Orangen, der sehr künstlich schmeckt. Wie schade, dass es an einem so hübschen Ort so mieses Essen gibt.

Währenddessen geht mit einem leisen Pling eine Nachricht nach der anderen auf dem Mobiltelefon des Produzenten ein, er schaut kurz auf das Display, und seine Laune wird nicht besser. Am Ende zahlt er die Rechnung und fährt mich nach Hause. Die leise Musik im Wagen übertönt das gelegentliche Schweigen, aber nicht meine Angst, dass ich mich wieder mal verliebe und mein Gefühl nicht erwidert wird.

28

DIE WACKERE PRAKTIKANTIN
UND DIE BUDGET-PROBLEME

Der Verwaltungsrat der Waldau hat seinen Sitz in Oslo, und Rudolph Milstein regiert dort von seinem Gipfel aus. Wie in allen Hierarchien kann man nur überleben, wenn man sich an die Regeln hält. Wer dieses Detail vergisst, bekommt es zu spüren.

Und er muss dafür zahlen.

Dabei hatte der Tag so gut angefangen. Der schreckliche Schwager hatte Arabella eine versöhnliche Nachricht geschickt; so fröhlich klang Arabellas Stimme seit Jahrhunderten nicht mehr. Außerdem hatte meine Mutter auf dem Flohmarkt für einen Euro eine Ausgabe von *Harmony* gefunden, die sie seit Jahren gesucht hat, und heute Abend, vor allem weil es regnet, kann mir niemand meine Stunden auf dem Sofa streitig machen, ich wollte mir nur noch ein großes Päckchen Schokoladenkekse mit vielen gesättigten Fettsäuren kaufen.

Anstatt mich aber auf den Abend mit mir allein zu freuen, hocke ich in meinem Büro, in konzentriertem Schweigen, total geschockt und traurig. Offenbar hat Rudolph Milstein persönlich die Absetzung des Produzenten und Chief Executive Officers seiner italienischen Niederlassung verfügt. Begründung: Es heißt schon seit längerem, dieser sei zu eigenwillig. Dann habe er noch – und das sei der Gipfel! – das gesamte Drehbuch-Budget für *Nach dem Regen* aufgebraucht, das Skript sei zu weit vom ursprünglichen Text entfernt und gefalle Madame Aubegny, dem Ehepaar Milstein und dem gesamten Verwaltungsrat der Gesellschaft *nicht*. Und damit sei Dr. Scalzi als Produzent für die Waldau nicht länger tragbar.

In dieser Atmosphäre, in der eine Tragödie bevorsteht, sucht sogar Gloria bei mir Schutz. »Wir müssen mit dem Schlimmsten rechnen. Wenn Milstein Scalzis Kopf will, bekommt er ihn.«

Nur noch ein dünner roter Faden verbindet die Milsteins mit Scalzi und allem, was uns bevorsteht.

»Das sieht für mich so aus wie ein persönlicher Rachefeldzug«, sage ich.

»Das ist es auch.«

Dann schweigt Gloria, als habe sie sich auf die Zunge gebissen, und ich bin immer neugieriger und ängstlicher. Ich muss meine Zurückhaltung überwinden und fragen.

»Milstein hasst Scalzi. Wegen Thea. So ist es doch, oder?«

Gloria sieht aus, als müsse sie eine Wahrheit aussprechen, die sie bis zu ihrem Tod verleugnen wollte.

»Thea und Pietro haben zehn Jahre zusammengelebt. Du kannst mir glauben, es gab kein zufriedeneres Paar, jedenfalls von außen betrachtet. Offenbar waren sie wunschlos glücklich.«

Diese Eröffnung nimmt mir den Atem, und ich spüre einen Anflug von heftiger Eifersucht. Und an dem neidischen Klang von Glorias Stimme erkenne ich, dass ich da nicht die Einzige bin.

»Dann lernte Thea auf einer Konferenz Rudolph Milstein, den neuen obersten Chef kennen, ließ nach wenigen Wochen Scalzi und die italienische Niederlassung der Waldau im Stich und ging nach Oslo.«

»Und wann passierte das alles?«

»Im vergangenen März hat Thea Milstein geheiratet.«

Ich hatte mein Bewerbungsgespräch im Mai. Da war der Sturm noch nicht lange vorüber, vorausgesetzt, dass er überhaupt jemals vorüber sein wird.

»Ich habe aber das Gefühl«, sagt Gloria bedächtig und auch ein wenig hinterlistig, »dass ein Ort wie Oslo einer Frau wie Thea auf Dauer zu kalt ist. Und darüber ärgert Milstein sich offenbar.«

Hinter einem Kündigungsmanöver, das vorgeblich mit mangelnder Disziplin zu tun hat, verbergen sich also ganz persönliche Dinge. Aber ist Rudolph Milstein so kleinlich, dass er den Ex-Freund seiner Ehefrau aus reiner Eifersucht absägen will? Oder gibt es Meinungsverschiedenheiten, oder beides?

Ich weiß nur, dass ich gern ins Büro des Produzenten ginge, um ihm ermutigend auf die Schulter zu klopfen. Um ihm zu sagen, dass ich ihm bis in den Tod bei seiner künstlerischen Mission folgen möchte. Natürlich hätte ich nie den Mut, dies auch wirklich zu tun. Unter einem Vorwand bleibe ich im Büro, hoffe, ihm zu begegnen, aber Scalzi kommt nicht aus seiner Höhle, wo er sich, wie ich mir vorstelle, in großer Einsamkeit die Wunden leckt. Vielleicht arbeitet er auch stur weiter, und dieser ganze Erdrutsch ist ihm gleichgültig.

Ich werde es wohl nie erfahren.

Als ich durch das Eingangstor gehe, stelle ich erschrocken fest, wie dunkel es schon ist. Ob ich es will oder nicht, auch der Herbst geht vorbei, und die Tage werden immer kürzer, auch wenn ich einen Tag hinter mir habe, an dem bereits um neun Uhr die Dinge in düsteres Licht getaucht waren.

Ich finde keinen Laden, wo ich meine Kekse, eine Cola, Eis und Kerzen kaufen kann. Die wesentlichen Elemente für die Party mit mir allein fehlen.

Aber das Glück lässt mich nicht ganz im Stich. Meine Mutter hat die Kekse gekauft, den Ofen angemacht und mir eine Fleecedecke hingelegt, die nach Weichspüler riecht. Sie gibt mir einen Kuss auf die Wange und wünscht mir einen angenehmen Abend.

So kann eigentlich nichts schiefgehen.

29

DIE WACKERE PRAKTIKANTIN
IST EINE
GLÜCKLICHE SCHWESTER

»Tante Emma, ich spreche ganz leise, damit mich keiner hört.«

Es ist Maria, Nichte Nr. 1.

»Ich habe mich im Bad versteckt.«

»Was ist passiert?«, frage ich leicht alarmiert.

»Ich weiß es nicht. Jemand hat an der Tür geklingelt und Mama etwas gegeben. Jetzt weint sie.«

»Wo ist Valeria?«

»In der Ballettschule. Ich glaube, Mama hat vergessen, sie abzuholen.

»Ich komme.«

Gleich nachdem ich aufgelegt habe, versuche ich Arabella zu erreichen. Aber ich komme nicht durch, es ist, als habe sie ihr Telefon unter dichtem Schnee vergraben. Wahrscheinlich hat Maria nicht richtig aufgelegt. Ich verstehe nicht, ob jemand die arme Nichte Nr. 2 mitgenommen hat oder ob sie allein auf dem Bürgersteig steht. Mir kommen Horrorszenarien in den Sinn, mein Herz klopft wie wild, während ich aus dem Büro stürze, ohne Bescheid zu sagen, gefolgt von den verwunderten Blicken Glorias.

Valerias Ballettschule ist dreizehn Kilometer von der Waldau entfernt, und das ist bei dem höllischen Verkehr, der in Rom immer herrscht, ein sehr weiter Weg. Als ich ankomme, steht meine kleine sensible Nichte Nr. 2 allein im Warteraum, wenigstens nicht auf dem Bürgersteig, weil ich ihre Lehrerin angerufen und ihr gesagt habe, dass wir uns verspäten.

Wie sie da so steht in ihrem rosa Tutu, mit dem aufgesteckten Haar und dem kleinen Rucksack auf dem Rücken, scheint es, als habe sie nicht gelitten. Sie spielt mit ihren Stickern und ist nur erstaunt, als sie mich sieht.

»Tante Emma!«

»Mein Flöhchen«, sage ich und umarme sie fest, als hätten wir uns eine Ewigkeit nicht gesehen. »Komm, fahren wir nach Hause.«

Zwischendurch bombardiere ich meine Schwester mit SMS-Nachrichten. Sie kommt uns im Eingang der Ballettschule entgegen.

»Mein Gott, Emma! Ein Glück, dass du da warst. Mein Schätzchen, entschuldige bitte!«, sagt sie und umarmt Valeria, die an diesem Nachmittag schon zum zweiten Mal beinahe zerquetscht wird.

»Ein Glück, dass deine fünfjährige Tochter schlauer ist als du!«, sage ich aufgebracht.

»Es ist nicht, wie du denkst. Ich habe diesmal einen triftigen Grund. Wir sehen uns zu Hause, komm schnell!«

Valeria folgt ihrer Mutter, und ich fahre in meinem Wagen hinterher. Ich sage mir, dass meine Schwester zu sehr unter Druck ist und ich sie deshalb nicht so beschimpfen darf. Ich will mich entschuldigen, lege mir die Worte zurecht, läute an der Tür, und es öffnet der schreckliche Schwager. Er wirkt zufrieden wie jemand, der unerwartet vergnügliche Momente genossen hat.

»Und wo sind jetzt alle?«

»Maria ist bei der Nachbarin. Arabella ist losgerannt, um Valeria abzuholen, sie war zu spät dran ...«

»Das weiß ich!«, sage ich. Fast hätte ich gefragt: Was machst du hier eigentlich? Aber ich sage mir, dass er vielleicht, vielleicht ...

Inzwischen kommt Arabella mit den beiden Mädchen aus dem Aufzug, und sie sieht ähnlich aus wie ihr Ehemann (oder Ex-Mann? Oder vielleicht neuerdings Liebhaber?)

»Na gut, dann gehe ich mal wieder«, sage ich etwas unsicher.

Der schreckliche Schwager scheint sich zu freuen, aber die Mädchen hängen sich an meinen Rock: »Nein, Tante Emma, nein! Lass uns Chips kaufen und sie auf dem Sofa essen.«

Er, der ein Gesundheitsfanatiker ist, hätte dies am liebsten überhört. Arabella weiß schon, was sie zu tun hat – und ich habe keine Zweifel mehr, wie die Geschichte weitergeht, denn noch nie war meine Schwester so darauf aus, ihre Töchter loszuwerden.

»Wollt ihr beiden mit Tante Emma zur Oma fahren? Ich packe euch schnell eure Pyjamas ein.«

Die Nichten jubeln vor Freude, und ich habe nicht mal die Zeit zu sagen, dass es bei uns Pyjamas für beide Mädchen gibt und wir die Sachen nicht brauchen, da sitzen wir schon im Auto und lassen die beiden Ehebrecher die Freuden der Versöhnung genießen.

30

DAS WEINENDE HERZ
DER WACKEREN PRAKTIKANTIN

In einer windigen Oktobernacht, in der dicke Wolken über den Himmel trieben, einer Nacht von einer seltsamen Oktanfarbe und winzigen funkelnden Sternen, einer schlimmen Nacht, einer räuberischen Nacht, in der es nach welken Blättern roch, der Boden kalt war, einer einsamen und ungerechten Nacht, in der ich schlief, wie immer ohne Träume oder Alpträume, in dieser Nacht starb Tameyoshi Tessai.

Ich hätte mich gern von ihm verabschiedet.

Er war schon seit einer Weile krank und hatte sich geweigert, sich behandeln zu lassen, und als er schließlich ins Krankenhaus kam, konnte man ihm nicht mehr helfen.

Wer weiß, ob ihm jemand die Lippen mit etwas Wasser befeuchtet hat, weil er nicht mehr trinken konnte, oder ob jemand umsichtig eine Faust auf seine Brust gelegt hat, um die bösen Geister zu vertreiben.

Sein Agent und seine Cousins aus Mailand haben eine Totenwache abgehalten, später wird er verbrannt. Kein Gott, keine Feier. Offenbar wollte er es so.

Ich habe ein helles Kleid angezogen, weil er Licht und Klarheit schätzte, und bin zu seinem seltsamen Haus im Wald gegangen. Er liegt in einem Sarg aus Birkenholz, weiß gekleidet, friedlich.

In den Zeitungen fanden sich schmeichelhafte Schlagzeilen, aber die hätten ihm nicht gefallen. Der Verlag des verstorbenen Sinibaldi, der jetzt einen Geschäftsführer hat, der nicht weiß, was sich gehört, will nun die Veröffentlichung seines letzten Romans beschleunigen, weil nur wenige Ereignisse so verkaufsfördernd sind wie ein plötzlicher Tod. Ich stelle mir schon die grellrote Bauchbinde vor, die um seinen letzten kostbaren Band gelegt wird. Er hätte all dies sehr ungern gesehen.

Ich habe Orchideen mitgebracht, seine Lieblingsblumen.

Ich habe ihm leise Adieu gesagt und hoffe, er hat mich gehört.

Im Aufzug schaue ich, bevor ich ins Büro gehe, in den Spiegel. Ich sehe schrecklich aus, aber als ich dem Produzenten auf dem Flur begegne, bemerke ich, dass es ihm kaum anders geht. Er hat wieder einen Bart und riecht nicht so frisch wie sonst.

»Signorina de Tessent, heute habe ich Sie den ganzen Morgen gesucht. Urlaub haben Sie meines Wissens nicht.« Er sagt dies in einem feindseligen Ton, der mich ins Herz trifft.

»Doktor Scalzi, ich habe einen schlimmen Vormittag hinter mir.«

»Aha, das tut mir leid.«

»Warum haben Sie mich denn gesucht?«

»Kommen Sie mit in mein Büro.«

Scalzi schließt vorsichtig die Tür. Er hat Musik an und hört die Ramones.

»Ich brauche Ihre Hilfe in einer etwas delikaten Angelegenheit.«

»Wenn ich Ihnen helfen kann …«

»Tameyoshi Tessai ist tot«, beginnt er, dreht mir den Rücken zu und sieht aus dem Fenster. Ich sehe seine breiten Schultern und seinen Pullover in der Farbe von Johannisbrot – sicher ein Werk seiner Mutter –, die Hände in den Taschen.

»Ich weiß. Ich kannte ihn.«

»Tatsächlich?«

»Wir waren …« Ich merke, dass ich gar nicht weiß, wie ich unsere Beziehung beschreiben soll. Freunde? Ich weiß nicht so recht. Was war ich für ihn? Manchmal ist es schwierig, die Beziehungen zwischen Menschen richtig zu beschreiben. Zuneigung hat viele Formen.

»Was waren Sie?« Scalzi hat sich umgedreht, um es genauer zu erfahren.

»So etwas wie Freunde.«

»Oh. Dann muss sein Tod ja schlimm für Sie sein. Das wusste ich nicht. Darf ich Sie trotzdem etwas fragen?«

»Natürlich.«

»Hat Tessai Erben?«

»Ich weiß es nicht genau, vermute es aber schon. Jeder hat doch irgendwelche Erben, und wenn es nur eine Katze ist.«

Scalzi unterdrückt ein Lächeln.

»Wissen Sie, Signorina de Tessent, ich hätte eine Aufgabe für Sie, will aber jetzt nicht pietätlos erscheinen.«

Meine Sinne sind geschärft. »Versuchen Sie, es mir zu sagen.«

»Wie Sie sicher wissen, hat sich Tessai immer geweigert, die Filmrechte seiner Bücher zu verkaufen, seit dieser unglaublich schändliche Film gedreht worden ist. Da kann man ihm nur recht geben. Jetzt, wo er tot ist, ist es vielleicht nicht abwegig, zu hoffen, dass die Erben diese Dinge anders sehen.«

Seine Überlegung ist logisch, aber brutal. »Vielleicht kann man ihnen ein gutes Angebot machen. Sie verstehen sicher, dass man diese Sache sehr zügig angehen müsste«, sagt er und spürt meine Empörung, die ich schlecht verbergen kann.

»Das ist ja widerlich«, sage ich.

»Wie bitte?«, sagt er und zieht eine Augenbraue hoch. Ich glaube, er weiß genau, was ich meine.

»Ich sage nur, dass ich das ganz furchtbar finde«, wiederhole ich etwas lauter und mit zitternder Stimme. »Tessais Leiche ist noch nicht kalt und Geier wie Sie umkreisen schon seinen literarischen Nachlass.«

Er hüstelt nervös und scheint bis zehn zu zählen, bevor er mir antwortet. Dann setzt er sich mit größter Ruhe an den Schreibtisch, sieht mich höchst irritiert an und sagt:

»Emma, wenn Sie nicht eine Freundin von ihm wären, wären Sie dann nicht auch darauf aus, seine Erben zu treffen? Sie wissen doch, warum ich Sie eingestellt habe, so was ist Ihr Job.«

Ich weiß nicht, was ich sagen soll. Vielleicht hat er recht, vielleicht nicht. Wenn die Dinge unumgänglich sind, warum soll man sich dann Alternativen ausdenken? Ich starre ihn schweigend an.

»Schon gut. Ich habe verstanden, dass Sie nicht die richtige Ansprechpartnerin für diese Sache sind.«

»Doktor Scalzi, ich …«

»Nein, lassen Sie nur. Fangen wir nicht wieder an zu streiten. Dazu habe ich weder Lust noch Zeit.«

Das Blut des Fürsten der Fuffa wird in mir wach. Wütend und hochmütig verlasse ich sein Büro mit einem distanzierten Gruß, den er, wenn er intelligent ist (und das ist er), als ›Geh zum Teufel!‹ verstehen wird.

31

DIE WACKERE PRAKTIKANTIN
UND DAS SCHICKSAL
DES PRODUZENTEN

»Tante Emma, was bedeutet ›verzeihen‹?«

Nichte Nr. 2 und ich liegen unter der Decke. Mein Bett mit dem Messinggestell steht in meinem Zimmer, das noch eine richtige Tapete hat, ziemlich vintage, um nicht zu sagen, alt. Inzwischen ist es Dezember und viel kälter als im Herbst.

»Warum fragst du mich das?«

»Mama und Papa sagen das jetzt immer. Heißt das um Entschuldigung bitten?«

»Nicht ganz. Verzeihung kommt, nachdem man sich entschuldigt hat.«

Gar nicht so einfach, dies einem kleinen Mädchen zu erklären.

»Tante Emma, und was heißt jetzt ›verzeihen‹?«, fragt Valeria wieder.

Die Antwort kommt wie von selbst.

»Vergessen. Böse Dinge vergessen, und den anderen trotzdem gern haben.«

»Dann verzeihe ich dir, dass du mir heute keine Chips gekauft hast.«

»Danke, mein Schätzchen, Verzeihung ist immer ein schönes Geschenk.«

Valeria gähnt.

»Bist du müde?«

»Ein bisschen …«

Ich küsse sie, und sie schließt die Augen mit diesen langen dunklen Wimpern, die auch der schreckliche Schwager hat. Nach ein paar Minuten atmet sie ruhig und tief. Ich beneide sie, denn ich würde auch gern so friedlich einschlafen und die Gedanken an den Streit mit dem Produzenten vergessen, die immer wieder auftauchen. Vielleicht hatte Scalzi doch recht, und ich habe mich kindisch benommen.

Die ganze Nacht über werde ich immer wieder wach, ich bedaure mein Verhalten und will alles gutmachen, indem ich dem Produzenten etwas schenke, vielleicht eine Packung feiner Schokolade, und ihm sage: Tut mir leid, ich weiß ja, dass Ihr Job an einem seidenen Faden hängt und dass Sie in einer schlimmen Lage sind und sich etwas einfallen lassen müssen, und ich war sehr unhöflich. Ich verabscheue Unhöflichkeit wirklich zutiefst.

Aber vielleicht vergisst er ja auch die bösen Dinge, die ich gesagt habe, und verzeiht mir.

Mit Schokolade und einem malvenfarbenen Kostüm gerüstet klopfe ich am nächsten Morgen an Scalzis Bürotür.

»Ach, Sie sind es.«

»Doktor Scalzi, ich wollte noch einmal über gestern reden.«

»Gestern?«, fragt er, als erinnerte er sich nicht.

»Ja, gestern.«

»Was war denn gestern?«

Er hat Ringe unter den Augen, und sein Telefon klingelt unentwegt; er lässt es klingeln und sieht mich irritiert an. Er ist mit seinen Gedanken ganz woanders.

»Wegen Tessai, meine ich …«

»Ach, Tessai. Das hatte ich schon vergessen. Lassen wir das, Signorina de Tessent. Es ist nicht wichtig.«

»Doch, das ist es … Oder … von mir aus auch nicht«, stottere ich und rede unverständliches Zeug.

Er unterbricht mich mit einer zerstreuten Handbewegung, hört mir gar nicht mehr zu, und am Ende geht er doch an sein Telefon.

Er antwortet nur einsilbig, aber seine Augen funkeln. »Einen Moment«, sagt er in den Hörer. »Emma, war das alles?«

»Ja.« Ich weiß, dass ich gehen soll. Jetzt habe ich mir die ganze Nacht Sorgen gemacht über etwas, das ihm offenbar ganz gleichgültig war. Ich komme mir extrem lächerlich vor, wenn ich nur an die Schokolade in meiner Handtasche denke. Was habe ich mir nur dabei gedacht? Gut, dass ich sie ihm nicht gegeben habe. Ich werde sie mittags essen, ich brauche mindestens dreitausend Kalorien.

Nach einem eher langweiligen Arbeitstag nehme ich meine Tasche, ein Manuskript und meine Jacke. Als ich mein

Büro verlasse, habe ich das Gefühl, als Einzige noch hier zu sein. Aber dann höre ich eine Frauenstimme. Es ist die von Thea Milstein.

Ich gehe auf Zehenspitzen, damit man die Absätze auf dem Parkett nicht hört, und nähere mich der Tür von Scalzis Büro. Jetzt höre ich keine Stimmen mehr. Weder den Kontra-Alt von Thea noch die saudische Prinzenstimme des Produzenten. Schweigen sie gerade? Vielleicht arbeiten sie. Vielleicht haben sie sich nichts zu sagen. Oder vielleicht reden sie nicht, weil sie sich gerade küssen.

Darüber will ich lieber nichts wissen.

Rudolph Milstein ist mittags eingetroffen. Er ist schwer herausgeputzt und wirkt sehr entschlossen. Er begrüßt mich auf dem Flur mit distanzierter Freundlichkeit und geht dann auf Scalzis Büro zu, als sei er Hausbesitzer und kontrolliere die Wohnung eines Mieters, der mit seiner Miete im Rückstand ist.

Was er dem Produzenten der Waldau zu sagen hat, wissen die meisten nicht. Vielleicht weiß Gloria es, die ein Gesicht macht wie auf einer Beerdigung, nur die Chrysanthemen fehlen noch, und sie hütet sich, auch nur die geringste Information weiterzugeben. Milstein bleibt sehr lange in Scalzis Büro. Am Ende begleitet Gloria ihn zur Tür und richtet Thea schöne Grüße aus. Er reagiert mit eisiger Freundlichkeit.

Dann folgt die wöchentliche Programmkonferenz, auf der Scalzi aussieht wie ein besiegter Kämpfer, ein bisschen erloschen, ein bisschen gleichgültig. Noch vor Ende der Sitzung überlässt er die Leitung seiner Assistentin, verlässt den Raum und kommt nicht wieder.

Die Konferenz endet in gedrückter Stimmung, und ich kann danach nicht mehr konzentriert arbeiten. Meine Gedanken bewegen sich auf dem Flur hin und her, halten vor Scalzis Tür inne und kehren ohne Antwort zurück, wobei es immer mehr Fragen gibt.

»Emma?!«

Ruft er mich, oder habe ich schon Halluzinationen?

»Ich muss mit Ihnen reden, können Sie in mein Büro kommen?«

Eine Minute später bin ich dort.

Ich sehe ihn von hinten. Dann wendet er sich um und lächelt mir zu. Er verzieht das Gesicht.

»Signorina de Tessent, ich weiß nicht, wie lange ich noch Ihr Chef sein werde.«

»Oh, hat Milstein …«

Er lässt mich nicht ausreden. »Sehen Sie, Emma. Sie glauben an Ihr Ideal von Schönheit. Ich glaube an mein Ideal. Ich erfinde keine neuen Formen, ich bin kein Künstler. Aber …«, er bricht ab, als suche er nach den richtigen Worten, »ich halte mich an die Formen, weil ich die Regeln gelernt habe. Wie ein Handwerker. Ich habe geglaubt, ich könnte mit meinem Handwerk auch Geschäfte machen, in einer Welt, die morsch ist bis ins Mark und in der Verträge nur zustande kommen, wenn man Lobbyarbeit betreibt und am richtigen Hebel sitzt.«

»Aber … die Waldau ist anders, das war immer so«, entgegne ich schüchtern.

»Irgendwann werde ich Ihnen erzählen, wann und wie oft ich stolz darauf war, dazuzugehören. Viele haben über uns gesagt, wir seien Snobs.«

»Auch ich habe diesen Snobismus kennengelernt.«

»Wir müssen ihn uns abgewöhnen, denn diese Waldau gibt es nicht mehr.« Draußen ist es dunkel geworden, und das Licht geht automatisch an.

»Sie werden doch wohl nicht weggehen?«

»Der Verwaltungsrat hat kein Vertrauen mehr in meine Entscheidungen. Unsere kreative Arbeit hat sich mit Rudolph Milstein verändert. Auch wenn ich nicht entlassen werde, kann ich nicht anders, als meinen Posten hier aufzugeben.«

»Aber wohin gehen Sie dann, Doktor Scalzi?«

Plötzlich fühle ich mich so verlassen wie ein Kind, das sich im Wald verirrt hat und keine Brotkrümel mehr findet.

»Machen Sie sich keine Sorgen, Emma. Ich habe ein dickes Fell. Und ich kann neu anfangen.«

»Aber Sie sind doch die Waldau«, sage ich leise.

»So wichtig bin ich nicht.«

»Und Sie geben nur aus ... Stolz auf. Das ist der Grund? Das ist nicht richtig, Doktor Scalzi.«

Er sieht mich ernst an. »Jeder hat seine Gründe, wenn er jemanden oder etwas aufgibt, und man kann nicht darüber diskutieren, ob diese Gründe eine Berechtigung haben oder nicht.«

»So habe ich das nicht gemeint. Was ich sagen will ist ... Bitte gehen Sie nicht weg, weil ich mit Ihnen arbeiten möchte. Ich bin mir sicher, dass Milstein Sie loswerden will, aus Gründen, die nichts mit der Verfilmung der Aubegny zu tun haben. Wenn Sie weggingen, würden Sie keinen Mut beweisen, sondern handeln wie ein Seemann, der bei ungünstigem Wind sein Schiff verlässt. So sind Sie aber nicht. Wenn Sie weggehen, setzt Milstein Thea an Ihre Stelle, das wissen Sie genau. Wenn Sie weggehen, habe ich alles falsch gemacht.«

Er weicht meinem Blick aus, antwortet nicht und hört vielleicht nicht einmal zu.

»Es ist schon spät. Sicher wartet jemand auf Sie.«

»Denken Sie darüber nach, ich meine es ernst.«

Er deutet ein Lächeln an, offen und müde zugleich, aber sein Blick lässt erkennen, dass er seine Entscheidung bereits getroffen hat.

32

EIN GESCHENK FÜR
DIE WACKERE PRAKTIKANTIN

Die Jahreszeiten wechseln, die Blumen verblühen und folgen einem Zyklus, in dem nichts ewig dauert. Auch die Straßen und die Häuser und die Geschichten in Häusern verändern sich von einem Tag auf den nächsten. Die Wandelbarkeit der Dinge – und ihre Unwandelbarkeit – ist die wahre Rettung der Menschheit. Seltsam, dass gerade ich dies sage, der wohl sesshafteste Mensch der Welt.

Ich wartete, bis meine Mutter vom Tango-Unterricht zurückkam, und sagte ihr, sie solle ihre Jacke gar nicht erst ausziehen.

»Ich habe mein Gehalt bekommen. Lass uns essen gehen, ich lade dich ein.«

Wir sind zur Glyzinienvilla gefahren. Es regnete in Strömen, und meine Mutter meinte, es sei vielleicht besser, erst später loszugehen.

Das Restaurant war geschlossen. Ich dachte, es sei Ruhetag, aber warum am Donnerstag? Dann fand ich heraus, dass das Restaurant geschlossen wurde, überstürzt und im Streit. Ich habe im Internet eine entsprechende Notiz gefunden. Offenbar hatten die Pächter einen Mietrückstand von zwanzigtausend Euro, Gott sei Dank hatten sie die Villa nicht gekauft. Auf Tripadvisor waren so viele negative Bewertungen über das Restaurant, dass sie schließen mussten.

»Immerhin war es eine schöne Idee, Schätzchen, ich danke dir«, sagt meine Mutter. »Essen wir zu Hause und gehen ein anderes Mal ins Restaurant.«

»Es war nicht so sehr wegen des Essens, ich wollte einfach hier sein.« Sehnsüchtig starre ich zu der kleinen Villa hinüber.

Meine Mutter sieht mich erstaunt an. »Hattest du einen schwierigen Tag im Büro? Wir könnten zu Hause noch einen Pudding mit Nutella machen. Auch wenn es später wird, macht es nichts. Wir sind niemandem Rechenschaft schuldig.«

»Mama, manchmal glaube ich, du möchtest jeden Kummer mit Nutella heilen.«

»Aber es hilft doch auch.«

So wie ich mich heute Abend fühle, kann mir gar nichts helfen. Vielleicht eine Umarmung, aber ich bin daran nicht mehr gewöhnt und kann nicht mal darum bitten.

Ich drücke gegen das Gartentor der Villa, um wenigstens eine kleine Runde durch den Garten zu gehen. Vergeblich.

Wie bitter. Die Restaurantbetreiber haben das Schloss reparieren lassen, und ich muss draußen bleiben.

»Weißt du was, Mama, ich werde warten«, erkläre ich trotzig.

»Worauf, mein Kind?«

»Das weiß ich selbst nicht.«

Tagelang erscheint Scalzi nicht zur Arbeit. Gloria hat erfahren, dass er plötzlich nach Oslo fliegen musste. Sie weiß nicht, warum, und ebenso wenig, wann er wiederkommt.

Ich habe angefangen, mir die Dreharbeiten anzuschauen, und stelle fest, dass *Nach dem Regen* genau so wird, wie Scalzi es haben wollte. Es wäre schön, ihm davon erzählen zu können, und ich warte auf seine Rückkehr.

»Hier ist ein Einschreiben für dich. Ich habe es angenommen«, sagt meine Mutter, die weiter Nachtische mit Nutella für mich macht. Mir geht es dadurch auch nicht besser, aber sie kann es nun mal nicht lassen.

»Sicher ein Strafzettel.«

»Nein, es kommt von einem Notar namens Artusi. Ich habe dir den Brief auf deinen Schreibtisch gelegt.«

Ich stelle meinen Regenschirm in die Ecke und sehe gleich nach, was es ist. Ich reiße den Umschlag auf und ziehe einen vornehmen Briefbogen heraus.

Sehr geehrte Signorina de Tessent,

ich wende mich an Sie als der Notar von Signor Tameyoshi Tessai. Wie Sie sicher wissen, ist Signor Tessai am 21. Oktober nach langer Krankheit verstorben. Da er sich über die Tragweite seines Gesundheitszustandes im Klaren war, hat er ein Testa-

ment verfasst, mit dessen Vollstreckung ich beauftragt bin. Da Sie einer der Nutznießer des Testaments sind, bitte ich Sie um ein Treffen, damit wir die Angelegenheit besprechen können. Sie haben selbstverständlich auch die Möglichkeit, das Erbe auszuschlagen.

Mit freundlichen Grüßen
Enrico Artusi
Notar

Ich wähle die im Briefkopf angegebene Nummer und verabrede mich für den folgenden Tag.

Die Kanzlei ist ein vornehmer Ort mit alten Stichen an der Wand und Gegenständen aus Silber, und die Atmosphäre ist ruhig und feierlich. Der Notar Artusi wirkt wie ein Hundertjähriger, und meine Oma de Tessent hätte ihn sicher »einen Mann mit Qualitäten« genannt.

»Nehmen Sie doch bitte Platz, Signorina.«

»Vielen Dank.«

Der kleine mit kürbisgelbem Samt bezogene Holzsessel knarrt bei jeder meiner Bewegungen, und so rühre ich mich nicht und lausche gespannt Artusis Worten.

»Wie ich Ihnen schon sagte, ist es klar, dass üblicherweise im Gegensatz zu den Erben die Legatäre nur Vorteile und keine Lasten haben. Deswegen möchte ich Ihnen nahelegen, nicht auf Ihr Erbe zu verzichten.«

»Das hatte ich auch nicht vor. Was immer mir Signor Tessai hinterlassen hat, es ist ein willkommenes Geschenk.«

»Gut. Er hat Ihnen auch einen Brief hinterlassen, den ich Ihnen hiermit übergebe.« Er reicht mir einen Umschlag, auf dem handschriftlich geschrieben steht: *Für meine liebe Emma.*

»Kommen wir nun auf Ihr Erbe zu sprechen oder besser gesagt auf das Vermächtnis.«

Der Notar ergeht sich in einer instruktiven (aber furchtbar langweiligen) Erörterung des Unterschiedes zwischen Erbe und Vermächtnis, erwähnt eine ganze Reihe legaler und administrativer Besonderheiten, reicht mir Schriftstücke zum Unterzeichnen (jede Menge), und am Ende sagt er mit leiser und gleichmütiger Stimme, so als gehe es um etwas ganz Unwichtiges, dass mir Tameyoshi Tessai die Filmrechte für *Schönheit der Finsternis* vermacht hat.

Und ich sitze einfach nur da, stumm, starr vor Staunen, überglücklich.

»In seinem Testament schreibt Signor Tessai, dass alle Gründe für seine Entscheidung in dem Brief aufgeführt sind, den ich Ihnen übergeben habe. Und jetzt hier bitte die letzte Unterschrift.«

Der Notar schiebt mir ein Protokoll über die lederne Schreibtischplatte zu, das mich an Klassenarbeiten in der Schule erinnert. Ich unterschreibe ein letztes Mal.

»Gut. Jetzt sind Sie, Signorina de Tessent, die alleinige Besitzerin der Filmrechte.« Er gibt mir die Hand und strahlt. »Meinen allerherzlichsten Glückwunsch!«

Ich bin noch etwas benommen und rot vor Freude. Ich habe ein Gefühl, wie man es wohl nur bei einem überwältigenden und unerwarteten Geschenk haben kann.

Liebe Emma,

ich bitte Sie, mir nicht böse zu sein, dass ich mich nicht von Ihnen verabschiedet habe.

Ich hasse Abschiede.

Ich will Sie nicht mit Details über meine Krankheit langweilen. Wenn Sie diese Worte lesen, dann deshalb, weil Sie am Ende doch noch gewonnen haben mit Ihrer ganzen Beharrlichkeit und ich schon in der Luft bin. Ich würde mir wünschen, dass Sie sich mit Zuneigung an mich erinnern.

Doch jetzt möchte ich mit Ihnen über Schönheit der Finsternis sprechen.

Ein Buch ist nicht nur ein Buch. Es ist ein ganzes Universum von Empfindungen. Wenn dem nicht so ist, dann ist es nur ein Haufen Papier zwischen zwei Buchdeckeln, nutzlos, und niemand wird sich daran erinnern. Deshalb sind alle Autoren immer so empfindlich gegenüber Kritik. Kritiken sind immer persönlich.

Schönheit der Finsternis erzählt die Geschichte eines Gefühls, das nie das Licht der Sonne berühren durfte. Bei manchen unglücklichen Menschen ist dies so. So ist es mir ergangen, wie vielen anderen.

Dieses Buch lag mir mehr als alle anderen am Herzen, als sei es von unschätzbarem Wert, und ich konnte mir nie einen anderen Hüter dieses Schatzes vorstellen als Sie.

Damit will ich nicht sagen, dass ich Ihnen vorgeben will, wie Sie damit umzugehen haben. Ein Geschenk sollte nicht an Bedingungen geknüpft sein. Ich will nicht, dass Sie sich eingeschränkt fühlen oder unter einem moralischen Druck.

Das würde mich zutiefst unglücklich machen.

Was Sie tun, wird die Bedeutung haben, die Sie diesem Buch geben. Ich weiß, Sie werden das Richtige tun.

Letztlich, Emma, ist es nicht so entscheidend, was Sie damit machen. Es ist doch nur eine Geschichte! Allerdings ist es meine Geschichte.

Ein schönes Leben und günstige Winde wünsche ich Ihnen, meine liebe Emma.

Immer der Ihre
Tessai Tameyoshi

33

DIE WACKERE PRAKTIKANTIN
UND DAS WARUM DER DINGE

»Hast du schon entschieden, was du mit den Rechten machst?«, fragt meine Mutter mit leicht angespanntem Gesichtsausdruck.

»Ich habe hin und her überlegt, aber alle Möglichkeiten könnten einen Verrat an Tessai bedeuten. Ich werde es schon wissen, wenn der richtige Augenblick gekommen ist.«

»Wieso? Hast du nicht immer gesagt, die Waldau würde daraus ein Meisterwerk machen?«

»Mama, die Dinge sind inzwischen kompliziert geworden. Tessai hätte die Wahl treffen müssen, nicht ich.«

»Aber jetzt gehören die Rechte dir, und nur du kannst entscheiden.«

»Ich werde es irgendwann tun, es hat ja keine Eile.«

Mama ist beunruhigt. Sie hat inzwischen aufgehört, Desserts zu zaubern, die zu nichts anderem gut sind, als mich dicker zu machen.

»Darf ich Tessais Brief noch einmal lesen?«, fragt sie schüchtern.

Ich hatte ihn schon in den Sekretär gelegt, in dem ich meine Preziosen aufbewahre: ein Foto mit meinem Vater; das Buch, das Tessai ihm gewidmet hat; die Chipkarte für mein Zimmer in der Park Lane in New York; ein (schreckliches) Armband, das Carlo mir geschenkt hat, das ich nicht mehr anzusehen wage, aber auch nicht wegwerfen kann.

Ich nehme den Brief und reiche ihn meiner Mutter, die ihn so gründlich liest, als hoffte sie dort versteckte Hinweise zu finden. Wahrscheinlich gibt es sogar welche, denn nach einer Weile fasst sie Mut und spricht über eine geheime Sache mit mir, eine etwas schwierige, delikate Angelegenheit. Etwas, das eine Antwort auf meine Fragen gibt. Jetzt wird alles klar, als hätte ich endlich die Lösung einer schwierigen Aufgabe gefunden, die doch eigentlich ganz logisch war.

»Nein!«, rufe ich erstaunt.

»Doch.«

»Bist du dir sicher?«

»Natürlich.«

»Hat Sinibaldi dir das gesagt?«

»Auf seine Art. Er war ein sehr zurückhaltender Mensch. Und wenn dieses Buch ihre Geschichte ist, die Geschichte von Tessai und meinem Bruder, dann finde ich es noch wichtiger, Emma, dass du über das, was davon übrig ist, verfügst.«

Ich seufze tief.

»Das ist eine große Verantwortung, Mama.«

»Ich habe mit neunundfünfzig Jahren noch nicht gelernt zu akzeptieren, dass ein Geschenk, jede Art von Geschenk, auch die, die uns riesig erscheinen, auch die Erfüllung eines Traums … also, jedes Geschenk nimmt uns auch etwas. Und alles ist in Ordnung, wenn man keinen Preis bezahlt, der sich am Ende als zu groß erweist.«

Mama kann einen sehr gut aufmuntern, aber manchmal verbreitet sie auch großen Pessimismus. Sie muss gesehen haben, wie sich mein Gesicht verdüstert hat, und gibt sich Mühe, es wiedergutzumachen.

»Weißt du was? Tessai hat recht. Im Grunde sind es ja nur Geschichten.«

»Ich weiß nicht so recht. Vielleicht hat Tessai das so geschrieben, um mir zu sagen, dass er mir nicht nur die Rechte schenkt, sondern auch die Freiheit, damit zu machen, was ich will. Dieser Großzügigkeit muss ich mich würdig erweisen.«

Es vergehen Tage, in denen es immer früher dunkel wird, bevor der Produzent von seiner Dienstreise nach Norwegen zurückkehrt. Er betritt sein Büro, verlässt es mit seinem Tweedmantel über dem Arm und beschränkt seine Kontakte zum Rest der Welt auf kurze, zerstreute Begrüßungen und Blicke.

Selbst an dem Tag, an dem Thea Milstein ihr prachtvolles Büro als Chief Financial Officer bezogen hat, ließ er sich nicht blicken. Die Glocken der benachbarten Kirche läuteten, während sie vorsichtig Kartons hineintrug, alle ihre Unterlagen. In diesem Moment hatte ich das Gefühl, dass eine neue Jahreszeit beginnt. So wie wenn man irgendwann abends seine Strickjacke dabeihaben muss und weiß, dass der Sommer vorbei ist. Mit ihrer rotblonden Mähne, dem energischen Kinn, das an eine Bulldogge erinnert, dem Ausdruck von jemand, der weiß, was er wert ist, ihren goldenen Armbändern und diesem Blick, einem Blick, den ich nicht ertragen kann und mit dem sie ihre Umgebung mustert, als bedauere sie, dass 99 Prozent aller Menschen ihr geistig unterlegen sind, und mit dem sie mich ansieht wie eine minderbemittelte Kreatur. Wo steht geschrieben, dass sie etwas vom Kino versteht? Ich bin überzeugt, dass ihre besondere Vorliebe für Düsteres alles andere als zeitgemäß ist. Wenn sie ihr neues Büro betritt und ich das grauenhafte Foto – aus irgendeinem russischen Film – von einem Mädchen in einem altmodischen Unterrock sehe, das Gesicht von einer Unmenge Haaren bedeckt, wird mir ganz übel.

An der Seite so einer Person zu arbeiten, die von aufdringlicher Intellektualität ist, ist ein neues Unglück, das mir der Schöpfer auferlegt. Da ich mir aber vor Monaten vorgenommen habe, mich nicht zu beklagen, setze ich meine Arbeit mit der Gelassenheit eines tibetischen Mönchs fort und warte ab.

Ich weiß nicht genau, worauf, ich warte jedoch.

Wahrscheinlich rechne ich damit, dass Scalzi irgendwann wiederkommt. Dieser Mann, der so gut aussieht, weil er paradoxerweise eigentlich gar keine Schönheit ist, dieser Mann, der ein Wolfsfell trägt, aber aus der mitreißendsten Romanze zu kommen scheint, die je geschrieben wurde.

Ich hoffe, dass wir nach Fertigstellung von *Nach dem Regen* den Film zusammen anschauen können und dann sagen, »Wie überwältigend ist er doch«, oder »Der Anfang ist ganz irrsinnig«, oder auch »Gut, dass wir das Finale noch mal geändert haben«. Dann machen wir uns über alle lustig, die unsere Arbeit nicht verstanden haben, und wenn wir am Ende sehen, dass auch sie begeistert sind, dann können wir beide, nur wir beide, uns sagen, dass wir es immer gewusst haben.

34

DIE WACKERE PRAKTIKANTIN
UND DIE NEUEN
ENTWICKLUNGEN

In einem Anflug von Aufräumwut habe ich mir einen Koffer vorgenommen, welcher der Großmutter de Tessent gehörte. Darin waren Bettjäckchen aus Baumwolle, die weder Arabella noch mir passen. Die Spitzen sind handgewebt und haben die Farbe von Walfischknochen, sie sind ganz anders als die schrecklichen Synthetikspitzen, die mich Signora Vittoria hassen gelehrt hat. Ich erinnerte mich an ihre Abscheu gegen industriell hergestellte, hässliche Billigprodukte und kam auf die Idee, sie zu besuchen.

Ich habe die Spitzen sorgfältig mit einer kleinen Schere abgetrennt, und so können sie bald ein neues Leben beginnen. Für einen Moment hatte ich das Gefühl, auf Wolken zu schweben, und so waren für eine Weile alle beunruhigenden Gedanken in die Ferne gerückt.

Ich habe die Spitzen in cabernetfarbenes Seidenpapier gewickelt, das ihr sicher gefallen würde, und ihren Laden mit derselben Freude betreten wie beim ersten Mal.

»Emma, warum hast du so lange gewartet, mich zu besuchen?«

Signora Vittoria freut sich, kann aber eine gewisse Enttäuschung nicht verbergen.

Sie hat recht. Es war nicht sehr nett von mir, einfach so zu verschwinden und nichts mehr von mir hören zu lassen.

»Ich hatte Angst, ich würde alles stehen und liegen lassen, um wieder bei Ihnen zu arbeiten«, sage ich, »und genau dies fühle ich wieder in diesem Moment.« In der Tat spüre ich dieses aufgeregte Kribbeln in meinen Händen.

»Ich hätte dich aber nicht wieder eingestellt.« Signora Vittoria wirkt leicht distanziert.

»War ich eine solche Katastrophe?«

»Oh nein, nicht deswegen, im Gegenteil, ich hätte mich gefreut. Aber du bist so talentiert in deinem Beruf.« Ich werde rot bei dem Gedanken, dass der Produzent mit seiner Mutter offenbar über mich redet. »Ist ja gut, Osvaldo. Du hast Emma lange nicht gesehen, aber deshalb musst du sie trotzdem nicht gleich umwerfen.«

»Wie geht es Ihnen denn überhaupt?«

»Ich bin ein wenig müde. Ich hatte eine andere Aushilfe, aber sie war eine Katastrophe, jetzt bin ich wieder allein, und meine Hände sind nicht besser geworden.« Sie trägt keine Ringe mehr, und ihre Gelenke sind noch dicker als vorher. »Das Sticken ist sehr mühsam geworden. Ich habe schon daran gedacht, aufzuhören.«

»Geben Sie nicht auf. Das dürfen Sie nicht. Sehen Sie mal, was ich Ihnen mitgebracht habe.«

Ich gebe ihr mein Geschenk und sehe ihre Augen leuchten.

»Das sind ja wunderbare Spitzen! Daraus könnte ich ein Taufkleidchen nähen.«

»Das hatte ich auch schon überlegt.«

»Helfen Sie mir dabei? Sie könnten doch vielleicht nach der Arbeit vorbeikommen, wenn das möglich ist.«

Ihre Bitte ist wie ein Tropfen Milch, der sich sorgfältig mit dem Kaffee vermischt. »Warum nicht? Nach der Arbeit. Da sage ich gerne ja.«

Wir verabschieden uns in Vorfreude auf ein baldiges Wiedersehen. Der Weg von dem Laden mit den pastellfarbenen Wänden bis zu meinem skandinavisch kargen Büro ist kurz, aber welche Welten liegen dazwischen!

»Ach, da bist du ja endlich, Emma«, sagt Thea mit ihrem schlangengleichen Lächeln und drückt mir einen Stapel Blätter in die Hand.

»Wir sind mit der Redaktion des neuen Projekts im Rückstand. Alles muss morgen früh fertig sein.«

Ich sehe sie fassungslos an. »Thea, das würde ich ja nicht mal schaffen, wenn ich die ganze Nacht durcharbeite.«

»Dann fang am besten gleich an. Ich erwarte, dass das morgen fertig ist, ich hoffe, wir verstehen uns«, sagt sie mit einem bösen Lächeln auf ihrem schönen Gesicht, doch das Lächeln erstirbt, als Scalzi plötzlich heranrauscht wie eine Windböe.

»Sklaverei gehört nicht zu unserer Unternehmensphilosophie, jedenfalls jetzt noch nicht. Oder habt ihr neue Regeln eingeführt, von denen ich nichts weiß?«

»Diese Art zu reden geht mir mächtig auf die Nerven«, erklärt Thea von oben herab.

»Ach ja? Was meinst du, was mir alles auf die Nerven geht?«

Ich fühle mich unwohl, als wäre ich unfreiwilliger Zeuge eines privaten Disputs.

»Tja, dann mach ich mich mal an die Arbeit«, höre ich mich sagen und hoffe, die angespannte Situation zu entschärfen.

Scalzi sieht Thea missbilligend an, diese Szene braucht keine Zuschauer, ich bin da, zugleich aber auch nicht, und wenn ich jetzt wegginge, würde das niemand merken. Dann sieht Scalzi mich an, und seine Missbilligung weicht etwas anderem. Ich weiß nicht, was es ist, aber es tut mir von Herzen gut.

Thea beobachtet dies alles mit einem kalten Lächeln und nickt mir dann kurz zu.

»Sehr gut, meine Liebe, ich verlass' mich darauf.« Und während ich gehe, sieht sie mir bis zur Tür mit einem seltsamen Blick und diesem beunruhigenden Lächeln nach.

Um die Arbeit für Thea fertig zu bekommen, konnte ich zwei Tage nicht am Taufkleid nähen. Wir sind immer bereit, alles, was uns Freude macht, wegen einer vermeintlich wichtigeren Sache aufzugeben. Ich bin müde, bleibe aber trotzdem sehr lange im Büro. Ich bin nicht die Einzige.

Auch Gloria leistet Außerordentliches und macht Überstunden, der Produzent ebenso. Ich merke, wie ich müde werde. Als ich wie eine Gestalt aus einem Sanatorium des neunzehnten Jahrhunderts über den Flur wanke, um mir einen Kaffee zu holen, geht Scalzis Tür auf, und er ruft mich in sein Büro. Er wirkt munter, als sei es nicht neun Uhr abends und als arbeite er nicht seit sieben Uhr morgens.

»Ich muss mit Ihnen reden, Emma. Es kann eine Weile dauern. Wenn es für Sie zu spät ist, müssen Sie es sagen.«

Ich schüttele den Kopf.

Er lächelt wie ein kleiner Junge, als er jetzt mit einem Briefbogen in der Luft herumwedelt und verkündet:

»Signorina de Tessent, das hier ist mein Kündigungsschreiben. Mit sofortiger Wirkung. Ich wollte, dass Sie es als Erste erfahren.«

Er geht also doch.

»Wenn man nicht mehr an das glaubt, was man tut, bleibt einem nichts anderes übrig. Sie sind sicher die Erste, die das versteht.«

Ich nicke stumm. »Und jetzt?«

»Ich werde versuchen, eine eigene Firma zu gründen, die mir allein gehört. Einen Ort, an dem meine Regeln noch gelten.«

Ich sehe ihn mit einem Gefühl des Bedauerns an. Nur wenige dieser Firmen, die mit besten Absichten entstehen, sind erfolgreich. Ich habe sofort eine tragische Vision vor Augen, die direkt aus einem Roman von Thackeray stammen könnte. Das Bild des Produzenten mit wirrem Haar und schlechten Zähnen, der im Gefängnis sitzt wegen seiner Schulden, und Signora Vittoria muss ihren kleinen Laden verkaufen, um ihren Sohn auszulösen. Einer wie er wird als mittelmäßiger Fondraiser enden, der B-Filme produziert, die die Leute gratis runterladen können und hinterher auf Youtube mit kritischen Kommentaren versehen.

»Emma, hören Sie mich?«

»Ja, natürlich.«

»Ich halte es hier nicht mehr aus. Lieber sterbe ich.«

Ich unterdrücke die Antwort, die mir auf der Zunge liegt, nämlich dass er beruflich schon so gut wie tot ist. In dieser Branche ist man das wert, was der letzte Film eingebracht hat. Und Ausnahmen von der Regel gibt es nur, wenn man einen robusten Fallschirm hat. Was wird aus meinem Produzenten, dem strahlenden Helden, in diesem grausamen und schwierigen kulturellen Klima?

Sein Kündigungsschreiben, unterschrieben mit der Schrift eines Größenwahnsinnigen, liegt auf dem Schreibtisch, und Milstein hat es noch nicht erhalten. Ein paar Schritte noch, und Scalzi ist fort, und ich spüre, dass meine Entscheidung, die mir damals so schwergefallen ist, für die Katz war.

Wenn ich noch eine Karte, ein letztes Ass im Ärmel habe, dann muss ich es jetzt ausspielen, jetzt macht es einen Sinn, dies zu tun. Ich hoffe, dass Tessai da oben mir seinen Segen gibt, denn unter einem wilden Ansturm von sich widerstreitenden Gedanken und Gefühlen weiß ich, dass ich etwas habe, das mir bleibt, und das auch ihm einen Grund geben wird, zu bleiben.

»Doktor Scalzi, erinnern Sie sich noch, wie Sie mich damals nach den Erben von Tessai gefragt haben?«

»Ja«, entgegnet er leicht verwirrt.

»Also, aufgrund sehr verworrener Umstände und einer langen Geschichte, die ich Ihnen eines Tages sicher erzählen werde, gehören die Rechte an dem Roman *Schönheit der*

Finsternis jetzt mir. Lange Zeit habe ich überlegt, was ich damit machen sollte, aber jetzt habe ich eine Entscheidung getroffen. Ich möchte sie Ihnen schenken.«

Tessai hat mir klargemacht, dass die Filmrechte an diesem Buch nur verschenkt werden können. Und zwar aus einem ganz bestimmten Grund. Weil jemand, der ein anderes Temperament hat und von echter Nächstenliebe beseelt ist, daraus etwas Großartiges machen könnte und den Erlös für einen guten Zweck verwenden würde. Ich glaube, dass genau das Tessais Idee war. Und wenn ich diese kostbaren Rechte, die er mir anvertraut hat, einfach an den Meistbietenden verkaufte, würde ich immer das Gefühl haben, ihn verraten zu haben.

Ich kann nichts anderes tun, als sie ihm schenken.

Kein Zweifel, ich habe zu viele Liebesromane gelesen.

Scalzi schweigt und sieht mich lange an, es dauert eine Ewigkeit. Dann kommt er entschlossen auf mich zu, sieht mir dabei die ganze Zeit in die Augen, und erst ganz zum Schluss umarmt er mich. Es ist eine lange, sehr lange Umarmung, die von paradiesischer Wärme ist. Eine Umarmung, die jeden Teil von mir sanft und wehrlos macht, aber wie alle schönen Dinge endet. Der Wert allen Glücks liegt darin, dass es vergehen kann. Würde es so lange andauern, dass wir uns daran gewöhnten, würden wir es nicht mehr erkennen. Was wäre das für ein Verlust!

35

DIE WACKERE PRAKTIKANTIN
UND THEA, FAUST
UND MEPHISTO

Nach dieser Umarmung verschwand der Produzent. Als hätte diese stumme Umarmung uns in eine Dimension versetzt, in der Worte überflüssig sind. Doch dies ist nur zum Teil wahr, denn ich würde zu gerne wissen, was ihm durch den Kopf gegangen ist, denn während er schwieg, muss er ja doch etwas gedacht haben.

Doch in einer Zeit, in der Kommunikation durch alle möglichen Mittel vereinfacht wird und man nur mit einer kurzen Nachricht an die Tür eines anderen klopft, lassen der Produzent und ich über die Zeit hinaus nur unsere Gedanken miteinander kommunizieren, in einer persönlichen Herzenspost, die nichts Technologisches hat und den Träumen ein weites Feld lässt.

An den folgenden Tagen, als ich mit Signora Vittoria an dem Taufkleid arbeite, unterdrücke ich mehr als einmal die Frage, wie es ihrem Sohn geht, da er sich nicht mehr in der Waldau hat blicken lassen. Vielleicht hat er das Kündigungsschreiben abgeschickt, vielleicht auch nicht. Er ist nicht da, vielleicht weiß Gloria, wo er ist, ganz sicher weiß sie es, hütet sich aber, etwas zu sagen.

So vergehen die Tage, bis ungefragt die alles vereinnahmende, tröstliche Atmosphäre der Vorweihnachtszeit begonnen hat. Tausend Lichter und die Aufforderung, Geld auszugeben für Dinge, die man nicht braucht.

Wenn man nicht gläubig ist, hat Weihnachten nur Sinn, solange man noch ein Kind ist, und dann ist es vorbei, und es macht einen manchmal sogar ein wenig traurig. Besonders wenn das Wetter schön ist und die Sonne scheint. Wenn schon Weihnachten ist, soll es wenigstens kalt sein und schneien.

Während das fahle Dezemberlicht den Staub auf meinem Schreibtisch sichtbar macht, erhalte ich per Mail die Nachricht, mich sofort zu Thea Milstein zu begeben, die mich in ihrer üblichen anmaßenden Art empfängt. Neulich habe ich mir ihr Profil auf Facebook angesehen und dort lauter Selfies gefunden, mit dem selbstverliebten Blick, der sie, wenn dies überhaupt möglich ist, noch unangenehmer macht.

Am liebsten würde ich ihr sagen: Ach, Thea, was soll die ganze Show? Genau wie ich, wie Angelina Jolie und alle Menschen auf der Welt musst auch du aufs Klo.

»Ach, Emma, da bist du ja.«

Sie legt ihre Lesebrille auf den Schreibtisch und lächelt herablassend.

»Wie geht es dir?«

Diese Frage trifft mich unvorbereitet, ich kann mir kaum vorstellen, dass ihr mein Befinden wirklich wichtig ist. Wenn ich ehrlich antworten würde, dann würde ich sagen, dass es mir nicht allzu gut geht, dass ich etwas verwirrt und auch unzufrieden bin, weil ich mich ohne Pause mit zu vielen Dingen abrackern muss und meine Grübeleien mich fertigmachen.

»Danke, gut.«

»Sehr schön, hör zu, Emma«, sagt sie, nachdem sie kurz auf ihre große maskuline Armbanduhr geschaut hat. »Mir ist eine Gelegenheit entwischt.«

Hört, hört!

»Wie du weißt, hat die Waldau vor einem Jahr einen Sitz in New York eröffnet. Ein ambitionierter Posten, voller Pläne, und es gibt auch ein ordentliches Budget. Um es kurz zu machen, es ist der Posten eines Chief Creative Officers zu besetzen. In Oslo möchten sie, dass ich ihnen jemand Passenden nenne, und ich habe an dich gedacht. Du bist zwar noch nicht lange hier, aber ich sehe bei dir ein großes Potenzial. Wenn du interessiert bist, würde ich deine Ernennung befürworten. Nun, was denkst du?«

Ich denke, dass ich sofort annehmen würde, wenn ich darin nicht eine Falle sähe.

»Weiß Doktor Scalzi davon?«

»Pietro ist derzeit in Paris. Es ist nicht notwendig, mit ihm darüber zu reden. Er hat sich nie besonders für andere interessiert. Für ihn sind alle Angestellten gleich. Wir bei der Waldau haben größere Visionen. Es ist Verschwendung, eine talentierte junge Frau wie dich hier als Textredakteurin zu beschäftigen. Mit jemandem wie Pietro zu arbeiten mag ja ganz … reizvoll sein, nennen wir es mal so. Aber du solltest deine eigene Karriere im Blick haben und deinen Horizont erweitern, Emma.«

Ich habe versucht darauf zu achten, welche Worte sie verwendet, und es war nicht ganz einfach zu verstehen. Vielleicht weil ich etwas durcheinander bin oder mein Geist benebelt ist durch ihr schweres Parfum, von dem sie immer zu viel nimmt.

Dann aber wird es mir klar. In ihrem Ton schwingt so etwas wie Mitleid mit.

»Ich finde deinen Vorschlag wirklich interessant«, sage ich langsam, »aber sicher verstehst du, dass ich darüber erst nachdenken muss.«

Sie hebt eine Augenbraue. »Das sehe ich genau anders. Ich finde, man muss spontan zugreifen. Wer zu viel nachdenkt, der macht Fehler, man muss nach dem Bauchgefühl entscheiden.«

»Wann würde ich denn anfangen, wenn aus der Sache etwas würde?«

»Nun, wir müssten abwarten, ob es Vorschläge aus anderen europäischen Filialen gibt. In Deutschland gibt es viele ehrgeizige Mitarbeiter, die keine Sekunde zögern und sofort diese Stelle annehmen würden.«

»Ich verstehe.«

»Entschuldige die persönliche Frage: Hast du Familie? Ich sehe keinen Ring an deinem Finger …«

»Nein, ich bin nicht gebunden.«

»Sehr gut. Eine solche Entscheidung ist ja viel einfacher, wenn man … frei ist. Und sie eröffnet nicht nur berufliche

Möglichkeiten. Wie gern wäre ich noch mal dreißig und allein in New York!«, sagt sie mit aufgesetzter Heiterkeit. Ich möchte sie mal in New York sehen. Ohne dass Rudolph Milstein alles für sie macht. Sie, die typische »Frau von«.

»Das kann ich mir vorstellen«, sage ich und lache komplizenhaft. Manchmal fordern die Leute einen geradezu heraus, sich über sie lustig zu machen.

»Wunderbar, ich sehe, du bist ein kluges Mädchen. Ich erwarte deine Entscheidung so bald wie möglich. An deiner Stelle würde ich mir diese Chance nicht entgehen lassen.«

Ich nicke bemüht ernst und habe den Kopf schon voller Träume. Ein Studio in der Perry Street, mich in der *Magnolia Bakery* mit Muffins vollstopfen, bei *Bloomingdale's* einkaufen und natürlich einen Mann finden, mit dem ich auf Vernissagen gehen, samstags morgens im Central Park joggen und vielleicht eines Tages Kinder haben kann. Kleine und große Träume breiten sich in meinem Gehirn aus und überdecken das Alltägliche, alles, was ich schon habe und das eigentlich gar nicht schlecht ist. Doch in einem Strom von Phantasien, der außer Kontrolle gerät, sehe ich mich als modernes Wesen, neu und anders, mit anderen Worten als New Yorkerin, und vergesse beinahe, mir eine wichtige Frage zu stellen, die weniger aufregend und ziemlich beunruhigend ist.

Warum das alles?

Weil Thea Milstein mich auf schnellstem Weg nach New York schicken will mit einem so attraktiven Angebot, dass ich nicht ablehnen kann?

Talent? Habe ich das wirklich? Und reicht es aus, dass ich es verdiene, dermaßen von Fortuna verwöhnt zu werden?

»Du bist immer so negativ und misstrauisch«, sagt meine Mutter, als ich ihr davon erzähle. Wir sitzen an dem Tisch aus Erlenholz mit den weißgestrichenen Beinen, uralt, für den uns eine snobistische Freundin von Mama eines Abends tausend Euro angeboten hat, und wir hätten das Angebot beinahe angenommen, doch dann haben wir uns erinnert, dass Papa immer so gern an diesem Tisch saß. Arabella ist auch da, und die Nichten sehen sich *Cinderella* an. »Warum kannst du nicht glauben, dass die Dinge auch mal gut gehen?«

»Mama, das passiert nie. Es ist unmöglich. Irgendetwas Unerkläriches ist an dieser Sache dran, aber ich weiß nicht, was.«

»Dass dein Chef verschwunden ist, nachdem du ihm etwas zum Geschenk angeboten hast, das von unschätzbarem Wert ist, ist schon unerklärlich genug«, bemerkt Arabella, die wieder gelernt hat, normal zu essen, und glücklich und zufrieden ist. »Valeria, wie oft habe ich dir gesagt, du sollst dich nicht so nah vor den Fernseher setzen!«

Nichte Nr. 2 gehorcht sofort. »Mama, wenn du so schimpfst, werde ich ganz traurig!«

»Arabella, sei nicht so streng«, ermahnt meine Mutter sie, und von meinem Problem redet schon keiner mehr. Erst beim Dessert erinnert sich meine Mutter daran, dass ihre zweite Tochter, die Stütze ihres Alters, die am Abend und sonntags bei ihr ist und den Abfluss reinigt, wenn er verstopft ist, in einem Monat in New York sein könnte.

»Im Winter ist es in New York ziemlich kalt«, sagt sie in einem Anflug von Traurigkeit.

»Ich kann mich ja hinter den Badeofen setzen.«

»Ja, das ist eine Idee.«

Arabella fährt fort, mit den Mädchen zu schimpfen, die am Ende auf dem Sofa einschlafen, während Cinderella mit den Mäusen singt.

Mama sieht etwas nachdenklich aus. Dann sagt sie:

»Ich wollte eigentlich bis Weihnachten warten, aber ich mache es jetzt.«

Arabella schneidet sich noch eine Scheibe Pandoro ab. »Was?«, fragt sie, die Lippen voll Puderzucker.

Mama steht auf und geht in ihr Zimmer, dann kommt sie mit zwei kleinen Schachteln zurück.

»Ein Geschenk für euch beide. Ein bisschen zu früh, aber es ist der richtige Augenblick.«

Meine Mutter hat die Geschenke so gut eingepackt wie möglich, mit Papier und Jute. Als ich meines auspacke, spüre ich einen Hauch von Vergangenheit, die Kraft und Energie eines Objekts, das nicht nur ein Gegenstand, sondern auch eine Botschaft ist.

Es ist ein Anhänger, aber ich erkenne ihn – es ist einer der Ohrringe jener Großmutter, die wir nie kennengelernt haben, der Schmuck, den Sinibaldi meiner Mutter geschenkt und den sie im Schrank aufbewahrt hatte. Sie hat die beiden Ohrringe in Anhänger umarbeiten lassen. Meine Schwester, die eine Schwäche für Schmuck hat, ist ganz begeistert.

»Sie haben meiner Mutter gehört«, erklärt Mama. Sie sucht meinen Blick, weil sie weiß, dass ich es verstehe, Arabella fragt nicht weiter nach und rennt gleich zum Spiegel, um zu sehen, wie ihr der Anhänger steht.

»Danke Mama, das ist wunderschön«, sagt sie und umarmt sie fest.

Mama ist zufrieden. Wahrscheinlich denkt sie jetzt: Wie dumm von mir, ich hätte sie doch schon früher glücklich machen können, anstatt diese prachtvollen Ohrringe in einer Schachtel ganz oben im Schrank zu vergessen. Wie dumm, wenn wir alles im Dunkeln lassen und nicht ans Tageslicht bringen.

36

WARUM HAST DU MEINE HAND LOSGELASSEN?

Ich habe meine Entscheidung getroffen. Ich gehe Thea ins Netz, ganz gleich, was sie damit beabsichtigt. Der Apfel, den sie mir hinhält, ist es wert, probiert zu werden, auch wenn er vergiftet ist. Zuerst aber muss ich mit dem Produzenten sprechen. Ich schicke Scalzi eine Nachricht und bitte um ein Treffen in einem Teesalon in der Via Claudia.

Jetzt sitzen wir hier, eine Sonate in D-Dur von Mozart erklingt, wir trinken eine heiße Schokolade mit einer riesigen Sahnehaube.

»Sie müssen gewusst haben, dass ich nicht mehr Ihr Chef bin.«

»Nein, ich wusste es nicht, ahnte es aber.«

»Manche glauben noch, dass ich meine Kündigung zurückgezogen habe.«

»Sie glauben und hoffen es«, sage ich.

Er genießt seine Schokolade mit ansteckender Ruhe. »Ich war in Paris und habe dort Luc Montand getroffen. Er war jahrelang bei der Waldau und hat ebenfalls den richtigen Augenblick gesucht, um sich selbständig zu machen und etwas Neues zu schaffen. Es wird nicht leicht, aber wir glauben daran.«

Ich nicke, fühle mich aber ein wenig unbehaglich: Gern würde ich ihm hundert Fragen zu seiner Firma stellen, um mehr zu erfahren und alles besser zu verstehen, aber ich bin wie gelähmt und kann nichts anderes sagen als:

»Thea will mich bei der Geschäftsführung für die Leitung der New Yorker Niederlassung vorschlagen.«

Diese Neuigkeit scheint ihn zu treffen. Er reißt die Augen auf und stellt seine Tasse ab.

»Aha. Und Sie nehmen es an?«

»Ich habe es vor, wollte aber vorher mit Ihnen sprechen.«

»Und was erwarten Sie sich von einem Gespräch mit mir?«, fragt er mit mühsam ruhiger Stimme.

»Ihre Meinung, eine Antwort.«

»Auf welche Frage?«

»Ich hatte Ihnen die Rechte von *Schönheit der Finsternis* angeboten. Sie haben sich nie konkret dazu geäußert und …«

Er hebt die Hand und unterbricht mich. »Emma, so ein Geschenk kann ich nicht annehmen, das muss Ihnen doch klar sein.«

»Das hätten Sie mir auch früher sagen können.« Meine Stimme zittert vor Enttäuschung. Wenn ein Geschenk zurückgewiesen wird, dann zerbricht etwas.

»Sie anzunehmen und bei der Waldau zu bleiben, hätte mich an etwas gekettet, was für mich nicht mehr tragbar ist. Und die Rechte für die neue Produktionsfirma zu verwenden, wäre ein zu großes Risiko. Sie waren sehr großzügig,

Emma, aber ich kann nicht verantworten, dass Sie etwas so Wichtiges verlieren.«

Ich würde ihm gerne sagen: Aber so verliere ich etwas anderes, was mir noch viel wichtiger ist. Aber ich schweige, und er redet weiter.

»Und ich muss Ihnen auch sagen – falls Sie meine Meinung wissen wollen – dass es sicher richtig ist, den Posten anzunehmen. Die Sache ist sicher sowieso schon unter Dach und Fach.« Er klingt fast ein wenig zornig, als er es sagt.

Ich sehe ihn an und denke:

Doktor Scalzi, wenn Sie mich fragen würden, ob ich Ihnen in Ihr neues Abenteuer folge, würde ich es tun und auf New York verzichten.

Er bittet mich aber nicht darum. Er drückt kurz meine Hand und lächelt mir zu.

»Der Sitz in New York ist ein ganz besonderer Posten. Ich beneide Sie ein wenig«, sagt er und lächelt nervös. »Nur ein Verrückter würde so etwas ablehnen.«

»Es ist ein großer Schritt für mich, von zu Hause wegzugehen«, sage ich schüchtern.

»Ach, das ist pure Nostalgie. Ihre Heimat sollte Ihr Herz sein, lassen Sie sich von glücklichen Winden leiten. Sie haben eine glänzende Zukunft vor sich, da bin ich ganz sicher.«

»Die wünsche ich Ihnen auch«, antworte ich förmlich.

»Es ist eine Herausforderung. Das Risiko ist hoch, aber ich bin noch nicht so alt, dass ich mich an einen Schreibtisch setze, den ich hasse. Früher war das anders. Ich hätte nie geglaubt, dass ich die Waldau eines Tages verlasse. Aber wissen Sie, Emma, das Leben überrascht uns immer wieder.

Auch Sie: Innerhalb eines Jahres sind Sie von der ewigen Praktikantin bei der Fairmont zur Chefin der Waldau in New York aufgestiegen. Was für ein glückliches Ende.«

»Zwischendurch war ich aber auch noch Schneiderlehrling, nicht vergessen«, erwidere ich mit Tränen in den Augen. Alles um uns herum ist so feierlich, das Weihnachtsdekor, die blinkenden Lichter in den Filigranherzen, die Girlanden aus Ilex mit den roten Beeren, der Geruch von Tannennadeln.

»Tja, wie es aussieht, war es ein sehr ereignisreiches Jahr«, stellt er fest. Dann überprüft er ein wenig zerstreut die Rechnung.

»Ich habe einfach Glück gehabt«, sage ich.

Er lächelt sanft. »Frohe Weihnachten, Emma«, sagt er, als wir schließlich aufstehen, und verabschiedet mich mit einer herzlichen Umarmung, die aber nichts von der Umarmung an jenem besonderen Abend hat.

Ich hätte mir gewünscht, dass er mich aufhält. Geh nicht nach New York, Emma. Lass dich mit mir auf etwas Neues ein. Wir werden zwar arm sein, aber wir waren doch niemals reich.

Stattdessen lässt er mich los. Keine romantischen Hirngespinste nach dem Motto »sehr arm, aber sehr glücklich«. Er hat seinen Tweedmantel angezogen, der am Kragen etwas abgewetzt ist, hat die Rechnung bezahlt, hat gelächelt und ist gegangen.

In einem hatte er jedenfalls recht. Thea Milsteins Wille ist Gesetz. Schließlich war das auch ein Grund, warum er die Waldau verlassen hat.

In wenigen Tagen breche ich nach New York auf und packe riesige Mengen ein. Ich bin in der melancholischen Stimmung, die man vor weiten Reisen hat und die man nur verspürt, wenn man ein One-Way-Ticket in der Hand hält. Ich sehe mir alles an, was ich liebte, und denke, dass ich nicht weiß, ob ich je wieder hier leben werde. Umziehen ist eine Sache, sich irgendwo aufhalten eine andere, aber leben ist etwas ganz anderes.

Bevor ich wegfahre, haben Signora Vittoria und ich aber das Taufkleid noch fertig genäht.

»Es ist wunderschön. Das Kind, das es mal bekommt, kann sich glücklich preisen«, sagt sie nach dem letzten Stich.

Vittorias Augen leuchten, weil sie aus dem Nichts etwas so Zauberhaftes gemacht hat.

»So etwas findet man heute nirgendwo mehr«, erklärt sie stolz.

»Sie sollten es ins Schaufenster legen.«

»Es ist mir zu kostbar.«

»Dann behalten Sie es bei sich.«

»Nein«, sagt Signora Vittoria bitter, »es würde mich zu sehr daran erinnern, dass mein Sohn nie die Freude erleben wird, ein Kind zu Hause zu haben.« Dabei sieht sie zärtlich auf das Kleidchen. »Es gab eine Frau, die ihm alles bedeutet hat. Aber sie ist gegangen und hat verbrannte Erde hinterlassen, und es wird dauern, bis diese Erde jemals wieder Blüten hervorbringt ... und dann ist der Moment vielleicht vorüber.«

Ich frage mich, ob Signora Vittoria weiß, wie weh mir diese Worte tun.

»Wenn er sich in eine Frau verliebte, die zu ihm passt, eine die kommen würde und dieses unwirtliche Terrain kultivierte ... aber ich fürchte, diese Gärtnerin wird nicht auf ihn warten und ihrer eigenen Wege gehen.«

Sie schüttelt traurig den Kopf, und ich bin sicher, dass sie von mir redet, mit mir, in der ihr eigenen vorsichtigen Art. Ich bin nicht unangenehm berührt, aber es gibt nichts mehr dazu zu sagen, das wissen wir beide.

Sie nimmt ihr schönstes Seidenpapier und packt das Kleid mit der üblichen Sorgfalt ein. Sie bindet eine hübsche Schleife darum. Dann reicht sie mir das Päckchen mit einem feinen Lächeln.

»Ein Geschenk für dich, Emma.«

»Aber, Signora Airoldi, ich weiß gar nicht, wem ich das geben kann. Das ist doch viel zu schade.«

»Die Dinge können sich ändern.«

»Mir wäre lieber, dieses Kleid bekommt ein Kind aus Fleisch und Blut und kein Traum.«

»Nichts ist endgültig. Wenn du eines Tages wirklich sicher bist, dass du es nicht brauchen wirst, kannst du immer noch etwas anderes daraus machen.«

Ich möchte ihr um den Hals fallen.

»Nein, Schätzchen, das ist eine liebe Idee, aber wir sind hier in keiner Romanze.« Lachend hält sie mich auf. »Gute Reise, Emma!«

37

DIE WACKERE PRAKTIKANTIN
UND DIE EINSAMKEIT
DER FLUGHÄFEN

In New York wohne ich in einer Sardinenbüchse, die sehr teuer ist. Doch ich wohne an einem der pulsierenden Orte der Erde, und dies macht mir das Leben hier leichter, an diesem Ort, der noch nicht mein Zuhause ist. Aber mein früheres Zuhause gibt es nicht mehr, und so gehöre ich nirgendwo hin.

Hätte ich die Riesensumme angenommen, die mir eine amerikanische Filmfirma für *Schönheit der Finsternis* angeboten hat, hätte ich mir eine größere und elegantere Wohnung an der Upper West Side zulegen können. Unweit vom Metropolitan Museum, und so hätte ich mich öfter mit Ingres' *Princesse de Broglie* unterhalten können. Wenn wir miteinander reden, sage ich ihr immer, dass ich mich etwas einsam fühle, und dann antwortet sie: Das ist normal, es geht vorüber.

In dieser ausfernden Stadt sind die Cupcakes nichts Besonderes mehr, es ist ziemlich kalt, die U-Bahn ist überfüllt, und manchmal verpasse ich den Zug und nicht nur das, weil ich mich im Strom der Leute verliere, die irgendwohin fahren, während ich nur zur Arbeit fahre – alles andere fehlt mir ... Ich esse in dieser riesigen Stadt zu viel chinesisches Essen, und die Kunst ist meine Begleiterin.

Am Tag meiner Abreise, als ich in Fiumicino durch die Duty-free-Läden streifte, ohne etwas kaufen zu wollen, in der Hand eine Cola light, erhielt ich den Anruf von jemandem, der mir anbot, sich als mein Agent um meinen literarischen Nachlass von Tameyoshi Tessai zu kümmern. Er sagte, ich würde das bald sicher dringend brauchen. Ich ließ mir Zeit mit meiner Antwort, denn ich war etwas durcheinander. Er hätte mich sicher für verrückt gehalten, wenn ich ihm gesagt hätte, dass ich die Rechte verschenken wollte. Ich habe sie immer noch, weil der, dem ich sie schenken wollte, sich wie ein Gentleman verhalten hat. Jeder andere hätte sie genommen und hätte sich damit aus dem Staub gemacht. Aus diesem Grund schätze ich Scalzi noch, auch wenn ich leide, sehr leide, weil er doch verstanden haben muss, was mein Geschenk bedeuten sollte. Schon früher hieß es immer, Liebe sei wie Husten und lasse sich nicht verbergen. Er hat getan, als bemerke er diese Liebe nicht, dabei war sie unübersehbar, und mir ist nichts als eine Umarmung geblieben, von der ich mir gewünscht hätte, dass sie ewig anhielte.

Am Gate erhielt ich einen weiteren Anruf.

»Was, Sie haben keinen Agenten?«, fragte eine Frau nach einer langen Einleitung, von der ich nur die Hälfte verstand, weil der letzte Aufruf für fehlende Passagiere durch den Lautsprecher dröhnte. Ihre Stimme klang aufdringlich, sie hatte einen englischen Akzent.

»Nein.«

»Das ist ja unglaublich. Also, Signorina de Tessent, die *Clovermind* möchte Ihnen ein Angebot auf die Option für die Filmrechte des Buches *Schönheit der Finsternis* von Tameyoshi Tessai machen.«

Ich weiß nicht, wieso sich in wenigen Stunden herumgesprochen hatte, dass ich die Erbin dieser Rechte war, aber ich sagte mir, ich würde noch viele solcher Angebote bekommen. Was immer in meinem Leben auch geschieht, ich habe immer eine Rückversicherung. Es ist wie ein Fallschirm. Auch wenn ich sicher tausend Skrupel hätte, ihn zu verwenden, aber das ist eine andere Sache.

Dann bin ich abgereist, und nun trennt mich ein großer Ozean von meinem früheren Leben. Ich habe den ersten Anrufer zurückgerufen, nachdem ich entdeckt hatte, dass er einer der ganz seriösen und vertrauenswürdigen Agenten ist, und habe ihn gebeten, alle Angebote abzulehnen.

»Sind Sie sich wirklich sicher?«

»Absolut«, habe ich gesagt und es bis heute nicht bereut.

Die New Yorker Niederlassung der Waldau ist der in Rom sehr ähnlich. Chef ist der Franzose, der Scalzi den Posten weggenommen hat, nachdem Manzelli sich vorübergehend die Rechte der Aubegny gekrallt hatte. Er ist ein warmherziger Mensch, und es macht Spaß, zu seinem Team zu gehören. Wir sind die einzigen Europäer, alle anderen sind Amerikaner, die gerne eine Synthese aus europäischer

Empfindsamkeit und amerikanischem Geschmack zustande bringen würden, und das ist zweifellos eine reizvolle Aufgabe. Bei der Arbeit höre ich Ella Fitzgerald und trinke Kaffee mit viel Wasser. Es hat mich auch schon ein Kollege nach der Arbeit auf einen Drink eingeladen, und das war sehr nett, aber ich hatte wieder das Gefühl, nicht dazuzugehören, und war voller Nostalgie.

Ich lebe in einer Vergangenheit aus Erinnerungen und in Erwartung einer Zukunft voller Versprechungen. Aber die Gegenwart ist eher düster, kurze Euphorie und Traurigkeit wechseln einander ab. Da hat die Princesse de Broglie gut reden, so schnell geht das nicht vorbei. So ein Pech, dass sie mir nicht sagen kann, wann es so weit ist.

EIN JAHR SPÄTER

Ich lebte schon seit fast einem Jahr in New York, als mein Agent anrief, um mir wieder einmal von einem Angebot für *Schönheit der Finsternis* zu berichten.

»Signorina de Tessent, Sie müssen sich endlich entscheiden und die Dinge in Angriff nehmen. Sie besitzen ein wertvolles Erbe, und es hat doch keinen Sinn, es einfach nur so herumliegen zu lassen.«

Diesmal käme das Angebot von einer ganz neuen Firma – er sagte es in leicht skeptischem Ton und rechnete sicher schon damit, dass ich wieder ablehnen würde –, sie sei jedoch von zwei sehr erfahrenen Produzenten gegründet worden.

Sie hätten bereits sehr originelle und gute Filme herausgebracht, sehr französisch, die vom Publikum und der Kritik sehr freundlich aufgenommen worden seien. Es sei eine aufsteigende Produktionsfirma, um die sich die Verleihe rissen und die gerade ziemlich in Mode käme. Ja, antwortete er auf meine Frage, die beiden Produzenten seien Pietro Scalzi und Luc Montand.

»Was soll das heißen, diesmal würden Sie die Rechte vielleicht verkaufen?« Mein Agent war außer sich. »Es ist das niedrigste Angebot, das wir je bekommen haben!«

»Darum geht es nicht. Ich habe allerdings eine Bedingung. Ich will mit Pietro Scalzi persönlich reden.«

»Ich kümmere mich sofort darum.«

Als ich dieses »sofort« hörte, bekam ich ein Herzklopfen wie nie zuvor.

In all den Monaten – ich hatte nie nach Italien fahren wollen, weil der Abstand wichtig für meine innere Ruhe war – hatte ich nur einmal mit Scalzi gesprochen. Er hatte mir erzählt, dass seine Mutter ernsthaft krank gewesen war, zum Glück hatte sie sich rasch wieder erholt. Bei dieser Gelegenheit fragte er mich, wie es in New York und mit dem dortigen Chef ginge, und wir stimmten darin überein, dass er viele guten Seiten hätte, waren uns aber auch über seine Grenzen einig. Dann sprach er noch davon, wie viele Ideen er für die neue Produktionsfirma habe und dass er voller neuer Energie sei. Es war schön, mit ihm zu sprechen, so schön, dass ich an jenem Apriltag alles nur wunderbar fand, und ich bin sicher, wenn nicht ein Ozean zwischen uns gelegen hätte, hätten wir uns sofort wiedergesehen und ich hätte nicht nur davon geträumt. Wir machten aus, dass wir uns auf jeden Fall wieder anrufen würden. Aber dann kam es nie dazu, und in diesem Moment fand ich es einfach nur unfassbar, um nicht zu sagen beleidigend, dass sein Angebot über einen Agenten zu mir gelangt war und er mich nicht persönlich angerufen hatte.

Das Telefonat kam »sofort« zustande, was mich nicht sonderlich überraschte. Was mich aber wirklich verblüffte, war zu hören, dass Scalzi in New York war. »Wir sehen uns gleich«, sagte er, einfach so, als ob das nichts wäre, und ich dachte, er hätte sich vielleicht auch mal früher bei mir melden können.

Wir trafen uns vor der Public Library. Ein Afroamerikaner spielte auf der Trompete eine melancholische Melodie, und die Luft war kühler, als ich gedacht hatte. Ich hatte meine Arbeit liegen lassen und war losgerannt, ohne Bescheid zu sagen, und die Kollegen waren etwas besorgt, weil das so gar nicht meine Art ist. Weil ich sonst meistens an meinem Schreibtisch hocke, auch in der Mittagspause, weil ich niemand kenne, den ich treffen könnte.

Er kommt mir mit einem Lächeln entgegen, das mich wohl versöhnlich stimmen soll. Er hat sein Musketier-Gesicht aufgesetzt, trägt den üblichen Tweedmantel, sein Haar ist länger und etwas zerzaust. Er begrüßt mich mit einem Kuss auf die Wange, aber etwas, ein heftiger Impuls, ein Zeichen dafür, wie satt ich es habe, lässt mich zurückweichen.

»Warum? Warum, zum Teufel, warum? Was habe ich dir eigentlich getan? Warum bist du hier und meldest dich nicht mal, du Idiot? Warum kaufst du eiskalt etwas, was ich dir schenken wollte?«, schreie ich ihn an.

Die Antwort liegt natürlich auf der Hand, aber jetzt ist die Zeit gekommen, es mir zu sagen, ein für alle Mal: Ich will dich nicht, Emma, ich erwidere deine Gefühle nicht. Das hat er nie gesagt, aber ich spüre es nur allzu deutlich. Und wenn er es endlich täte, würde ich vielleicht aufhören, an ihn zu denken.

Er sieht mich verblüfft an, als hätte ihn eine Flutwelle überrollt, aber er reagiert gelassen, wie es seine Art ist.

»Na, ganz einfach. Weil du alles zu verlieren hattest und ich alles zu gewinnen. Du hattest alles, und ich hatte nichts. Zwischen uns gab es einen nicht hinnehmbaren Unterschied. Ist das nicht Grund genug?«

»Und jetzt nimmst du diesen Unterschied hin?«

»Jetzt gibt es diesen Unterschied nicht mehr. Meine Lage hat sich geändert, und ich bin nicht in der Position eines Bittstellers.«

»Und wäre es nicht viel einfacher gewesen, wenn du mich direkt angerufen hättest, ohne dass ich durch meinen Agenten davon erfahre? Ich wusste ja nicht mal, dass du in New York bist. Ich muss schon sagen, ich finde das alles sehr verletzend«, erwidere ich, halb wütend, halb betroffen.

Er schweigt eine ganze Weile, bevor er etwas sagt.

»Es tut mir leid.« Er sagt es mit Nachdruck und auch mit ein wenig Leidenschaft, als entschuldige er sich zugleich für viele andere Dinge. Dann sagt er es direkt noch einmal. »Es tut mir leid, Emma, es tut mir leid, es tut mir leid. Ich hätte damals alles dafür gegeben, dass du nicht weggehst.« Mehr sagt er nicht, er fasst sich gleich wieder, und ich antworte nur, es wäre gar nicht notwendig gewesen, »alles zu geben«, er hätte mich auch einfach nur bitten können, dazubleiben, und das hätte ich dann auch gemacht.

In diesem Moment hätten wir nichts anderes gebraucht als eine Umarmung oder besser noch einen Kuss. Er hätte alles begriffen, ohne dass ich etwas hätte erklären müssen.

Ich verstehe nicht, warum wir Menschen immer alles so kompliziert machen müssen und die einfachsten Gefühle verbergen und nicht zeigen können. Manchmal genügt es in schwierigen Momenten, seiner Eingebung zu folgen und das Einfachste zu tun. Aber nein, mein Produzent tat es nicht, obwohl ich es mir sehnlich gewünscht hätte. Und deshalb tat ich es.

Deswegen war unser Kuss nicht weniger heftig. Ich war so stolz, dass ich den Mut gefunden hatte, mir etwas zu nehmen, allein für mich, und nicht mehr darauf zu warten, dass er den ersten Schritt tat. Ich nahm dabei das Risiko in Kauf, dass es das einzige Mal bleiben würde.

Zu dem Musiker mit der Trompete hatte sich ein Schlagzeuger gesellt, und ein Mädchen fing an, ein Lied zu singen, welches weiß ich nicht mehr. Aber ich erinnere mich an ihre warme und zugleich zarte Stimme. Es war ein wirklich vollkommener Augenblick.

Dann musste ich wieder zurück ins Büro. Mein Herz war wie ein flatternder Schmetterling, ich wollte an nichts denken, der ängstliche Teil in mir flüsterte: Und damit geht die ganze Sache zu Ende, du wirst schon sehen.

Aber so war es nicht, im Gegenteil. Der Produzent und ich haben uns immer wieder gesehen, wieder und wieder.

Und wie es aussieht, werden wir auch nie damit aufhören.

DAS GLÜCKLICHE ENDE
DER WACKEREN PRAKTIKANTIN

Ich habe vorzeitig gekündigt und Rudolph Milstein gebeten, mich wieder nach Rom zu versetzen, auf einen Posten, der ihm geeignet schien. Thea, die wie vorhergesehen inzwischen die Stelle des Produzenten übernommen hatte, ärgerte sich zwar, aber als ich wieder da war, stellte ich ihr Maria Giulia vor, die wegen der Krise bei der Fairmont bald arbeitslos geworden wäre. Sie und Thea mochten sich sofort. Vielleicht liegt es daran, dass sie die beiden Letzten auf der Welt sind, die dieses grässliche Parfum benutzen, das bei mir Kopfschmerzen hervorruft. Und so landete Maria Giulia in New York. Ihr Verlobter ging mit ihr.

An manchen Nachmittagen gönne ich mir nach der Arbeit eine Stunde Nähen. Auch meine Mutter arbeitet inzwischen mit. Sie ist perfekt im Bügeln und näht kleine Jacken für römische Mütter, die Unikate lieben und Unsummen dafür bezahlen.

Das niedrige Angebot des Produzenten (so niedrig war es im Übrigen gar nicht!) habe ich ohne Verhandlungen angenommen, zum Ärger meines Agenten, der seine zwanzig Prozent eingesteckt, mich für verrückt erklärt hat und nie wieder hat von sich hören lassen. Ich habe meine Entscheidung nie bereut, denn mein geliebter Produzent – trotzdem wir zusammen sind, nenne ich ihn weiterhin gerne so – hat *Schönheit der Finsternis* so verfilmt, wie ich es von ihm erwartet hatte.

Die Einkünfte haben wir als Anzahlung für den Kauf der Glyzinienvilla in der Via Oriani verwendet. Ich habe bei der Bank ein Darlehen aufgenommen, und am Monatsende ist es immer ein wenig knapp. Ich sage mir aber, dass Tessai sich für mich freuen und das, was mir großartig erscheint, gutheißen würde.

Sicher ist das Haus ein bisschen groß für jemand, der allein lebt. Aber mein Produzent ist an meiner Seite, und meine Nichten kommen mich besuchen, und es ist wunderschön, sie in meinem Garten spielen zu sehen. Genauso hatte ich es mir vorgestellt. Und wunderbar sind auch die Blüten der Glyzinien im März.

Ich lebe allein, aber ich bin es nicht. Und das ist ein großer, großer Unterschied. Ich habe derzeit nur vierzehn Euro auf meinem Konto, aber das ist kein Weltuntergang. Ich glaube fest daran, dass viele Dinge sich noch ändern werden und – wie es meistens der Fall ist – zum Besseren.

» … als wir sehr arm und glücklich waren.«
ERNEST HEMINGWAY

DANK

Die Autorin dankt

- *Stefano*, *Eloisa* und *Bianca*, sie sind eine wahre Bereicherung;
- *Mama*, *Nonna Anna* und der Schwägerin *Grazia* für ihre Unterstützung;
- *Rita Vivian* jetzt und immer;
- dem *Verlag Feltrinelli*, dass er mich an Bord genommen hat;
- *Ricciarda Barbieri*, dass ihr Emma so gut gefallen hat, und *Donatella Berasi*, die eine von den Sternen beschlossene Nähe hergestellt hat;
- *Giuseppe Catozzella*, der eine glückliche Gelegenheit arrangierte;
- *Jane Austen* und *Virginia Woolf*;
- der Fernsehversion von *North and South* der BBC;
- *Michela*, die weiß, warum;
- *Amalia*, *Maria*, *Grazia*, *Valeria* und *Laura*, Freundinnen seit jeher;
- *Edvige Liotta*, dem Fenster zur Kinowelt, die mir eine große Hilfe war beim Aufbau nach tagelangem Abriss;
- *Cristina Cassar Scalia* für ihre freundliche Nachbarschaft;
- *Benjamin Moore*, der mir, ohne es zu wissen, den Hinweis auf manche der genannten Farben gegeben hat.

ISBN 978-3-85179-407-6

Alle Rechte vorbehalten

© 2016 Giangiacomo Feltrinelli Editore, Mailand
Titel der italienischen Originalausgabe:
Non è la fine del mondo

© 2018 für die deutschsprachige Ausgabe
Thiele Verlag in der
Thiele & Brandstätter Verlag GmbH,
München und Wien
Umschlaggestaltung: Christina Krutz, Biebesheim am Rhein
Satz: Christine Paxmann • text • konzept • grafik, München
Druck und Bindung: CPI books GmbH, Leck

www.thiele-verlag.com